陆仲阳 著

公关是种信仰

一个公关顾问的职业实践

上海三联书店

春天的羊（代自序）

本人属羊，生于春天，名字当中又有"阳"字，从星相上排下来还算白羊座，用句羊年的应景话，倒是名副其实的"三羊开泰"。

父36岁那年我出生，所以从小家里就有两头"羊"，一点也不觉孤单。小时候很听话，上小学抄生字、做算术题一天不拉下，认认真真，任劳任怨，尽显羊本性。当然啰，小羊也有发犟脾气时，往往也会与父母对着干。为此父亲常常耿耿于怀。有一回我顶嘴后他当着我面对母亲说："这小人真没出息。"遂心有块垒。自此以后我始终都在试图竭力挑战，设法击破这一断言。当然父亲早已离我而去，已不能跟他作任何计较了。然随着时间的推移，内心越发爱他了。每次叩头，总要仰望照片上那神气而又十分熟悉的脸。

有人说，男属羊命好。我不以为然。3岁时一次意外，几成瞎子，一只眼睛上下眼皮至今仍留下了褪不净的疤痕，还好命大没伤着眼睛。25岁时刚工作不久，为表年轻人的上进心，响应号召带头无偿献血。不料第二天身体有些虚弱的我骑着赛车发生车祸，一个嘴啃地，当即面孔血肉模糊，心想这次完结，彻底破相。痊愈后幸好只是门牙磕掉半颗，其余无伤大雅。

人生谁言无磨难？虽然自己谈不上是福星高照，但自感亲情满堂，全家人相亲相爱，却是实实在在的一点也不错。我与姐姐相差10岁，那时久未添丁的家里对我宠爱有加。小时经常能得到最贵的铅笔盒和其他学习用品。姐姐在一所中学教外语，仗着她奔波，我又顺利进入重点中学读书。据她说我的名字还是她取的。有一晚皓月当空，正想着为我起什么名好，她猛地看到月亮，想到太阳。于是仲字辈的我取阳为名。旅途漫漫，款款而行。被老师、领导表扬、看中、重用的时候数数还真不少。朋友间互相督促、提携，往事历历在目，岂能忘怀？老人常说，吉人天相，自有人助。然我觉得一个人的人生好比酿酒，全是社会环境综合作用的结果。

属羊之人野心不大，心气不甚浮躁。这一点我深有体会。当年人人都在发财时，有人倒卖钢材拉我入伙，家庭价值观总使我反思这违法吗？终踟蹰不行。圈地房产热时也有业界朋友叫我一起干，说只要搞到银行贷款就行，但转念一想不能让担保的朋友多担风险啊。直到自己做生意后，还有许多人鼓动我与其"为他人作嫁衣"，不如投资开厂做只产品打市场，生钱易且快。我说不熟不做。术业有专攻！心想，我这行像口深井，源头活水就在地下，有得侬挖哩！夜深人静，左看右看，想想倒也真有点急人。不同是1967年的羊吗？有的青云直上已坐上市长宝座，有的因缘际会已成电视台名嘴，当上大型上市公司老总的也不乏其人。反观自己，虽说有自己的公司在运转，积累了一些资金，可远谈不上到何种程度，还不能大言不惭论成就。不过有一点聊以自慰，自己正从事着一份心爱的公共关系事业。这是专业分工明确的产物，它对推动社会进步更是有益的，对客户正体现出越来越大的真实价值。让他们找到经营企业做老板的踏实感觉，这正是我的专业服务公司的职责。一个公共关系的朗朗晴空正在照临中国！

英雄还是孬种？全然不在于属相。自从做起公共关系的生意后，倒有两点真切的感悟——"行行出状元"、"山外有山"。羊年人人都在给羊下品德评语，那长那短。人之属相出娘胎就已定。"肖"不由已，不必太过在意。只是有一点，任何生肖的人都永远不要丧失对理想的追求，这才是上上"相"。不丢做人基本准则，成为一个大写的人。属羊蛮好，特别当迎来春天、见到绿草时，这实在是羊之福啊。

陆仲阳
写于 2003 年

目　　录

第一部分 从业经历

第 一 章   创 办 公 司

"1948年,本·古里安带领一群犹太人,在本已十分拥挤的中东,在那块狭长的地带上,建立起了现代以色列国;现在我只不过是在创建一个小的公关公司。"

这是当有人问"开公司行吗"时,我在自己的公司内刊《沟通》首期创刊词上的回答。

1995年12月24日,我在一张A4白纸上,用圆规和直尺,按照黄金分割比例,画了一个图案,细心地涂上黑色,签上日期,准备作为我即将创立的公司的logo。

这个标志的最初来源,源自于我的星座图形。

我是四月生人,白羊座。

那时我寓居天津路,就在南京路后面。尽管身处闹市,无奈房间狭小,居民卫生、自来水公用,楼下整天车水马龙,嘈杂得很,无法安心做任何事。

有时晚饭后就到上海最闻名、现早已消失的南京东路新华书店去,翻翻书、看看书,再买点书。有一次一本介绍西方星相文化的书引起了我的兴趣,里面有一张图,像转盘一样,将所有的星座与相对应的图案一一画出来。白羊座的图案是上半部分一个圆、下半部分半个圆合起来的一个不完整的"8"字图样,我感觉这个标志简洁明快,可以用作我即将成立的公关公司的司标。

于是稍作变形处理:上面一个实心圆、下面由弧线勾起半个空白的圆,考虑到上面实心圆太闷,就从当中劈开露出一根白线,像后来姜文的电影《让子弹飞》标题当中子弹穿梭而过的情形。

这个"思索的头像"标志,一直使用至今。

俗话说得好:瘌痢头儿子,自己的好。

"十月革命一声炮响,给中国送来了马列主义。"这好像是小时候反复看的《东方红》电影中的一句台词。我们刻骨铭心,现在仍记忆犹新。

照此推理,那么柏林墙的倒塌,东欧、苏联的巨变,对中国人、对中国共产党人的内心,不会没有一点影响。

1992年,已经退休的邓小平,政治影响力还在,而且巨大。他的南巡讲话,启动了中国新一轮的改革开放。中国由此发生的改变,相信每个人都有切身体会。

我们理解作为一代伟人的邓小平当时的想法:与其像苏东一样共产党倒台后不得不推行资本主义,我们中国不如在共产党执政体系框架下,实行完全市场经济,采取主动。

思想决定行动。

中国的市场经济,真正风起云涌。史玉柱的脑白金的前身——后来被证明失败的脑黄金系列产品,正在全国轰轰烈烈推广。史玉柱真像一个英雄!

不过,深圳巨人大厦资金链断裂、史玉柱销声匿迹、又重出江湖……那都是后事呢。

民间戏言:"马路上,一片瓦砸下来,会砸中10个经理。"这句曾在中国到处流传的笑话,可以看出,不无讽刺与调侃。

其时,虹桥世贸商城首届汽车展销会,一票难求。大多数人,都是来拿免费海报的,望梅止渴呀。一个国营企业的经理厂长能开一部桑塔纳,已经不错了。

我,好像一匹被关在笼子里的狼,正在失去野性,失去在森林里奔跑的能力。

上班,8:30到办公室,5:30下班,像政府机关一样,上班一杯茶、一张报,不像现在挤进公务员队伍好像是人人的就业梦想。

当然更主要的是收入,2000元左右的工资。时时在想,一年总共三万元的收入,不死不活的,哪里赚不到呢?不可能就此了却一生。

我知道,我决不是一个好员工、好部下。我有自己的想法,我决定自己干,为自己打工。走路时、睡觉前、乘车中……我都在想这个想法。

王朔讲,无知者无畏。

我一猛子扎进水里,下海了。

不知全国的情形怎样。这时的上海,市区的工商登记"铁板一块",各郊县的经济开发区纷纷冒出来,雨后春笋,原因不言自明。自此,开发区经济红红火火。

宝山区,当时还叫县,最北端罗泾与太仓接壤,属于宝山乃至上海的"西伯利亚"——穷!穷则思变。在请一位退下来的市级老领导到该地转了一圈之后,酒足饭饱,老领导泼墨挥毫,"宝山有宝,罗泾有金"。不甘贫穷的当地人,如获至宝。宝山经济发展区,如火如荼开发起来了。

大多数开发区的最大特点是,在市区广设办事处,招商。通俗点讲,就是到它那儿去注册开公司。

在老北站后面的虬江路上,在一天到晚永远人声嘈杂的北区长途汽车站旁,在一小块沿街绿化带后面,有一排两层的小楼——当然这种房子,肯定属于旧区改造的当然对象,估计现在早就拆除了——也算街面房,适合做生意,宝山经济发展区的一个市区招商部就设在这里。

1996年11月15日,吃过中饭,骑着一部单位半公配、半自费的深蓝色永久燃油助动车去问问注册之事。其时,上海满城助动车风行。开摩托车的,就算你不稀罕,也已算大户了。摩托车开不起,开开助动车也不错。

原本光辉灿烂几十年的上海名牌凤凰、永久,在多年的振兴国企声中,却一天天黯淡下来,似乎已穷途末路。生产助动车,好像是它捞到的最后一根救命稻草,又发了一票。

　　当然,现在燃油助动车在上海早已废止多年,实践证明污染实在太大。只是不知当初在放行、发展助动车时,怎么没人考虑到这点呢?

　　招商部里一片忙碌,有点混乱,七八个办公桌旁都有人在咨询办执照的事。靠东北角最里面朝南坐的一张桌边,办理者刚走,我就插上去。对面是一个黝黑、敦厚的中年男子,抬头朝向我,嘴唇也厚。"注册,想办啥公司?"话中带着浓重的宝山本地口音。通过名片得知,他叫金寿明,说是主任,其实就是办事员。后来,我们成为朋友,以"老金"、"小陆"互称。

　　中国的工商注册,是很复杂累人的事情,现在已简化多了。工商执照上,经营范围密密麻麻一长串,不管今后是否用得着,大家就希望多写点,写宽点,以免"超越经营范围",省事。每家公司在开业之初就有深深的忧虑!

　　我的名字"仲阳"去掉左面边旁就成"中日"二字。我蓄谋已久,若叫中日公司,看上去简直就是合资公司,而且上海的日资企业较多,有利于今后开展这块业务。老金说"不行",不能取这个名。

　　那我想,索性以自己的名字来命名公司,直截了当。一开始,我就定位做公关,因此想叫公关公司,大概招商目录上允许注册的公司类型中还没有公关公司这一类,社会上可能普遍只知公关小姐,不知竟有正当的公共关系!

　　对此类对于公关的普遍误解,我在《新民晚报》夜光杯上专门写了一篇文章来驳斥,题目叫《选择公关》——

　　　我踏入公关这一行,还得从广告说起。
　　　早些年从事新闻报道,我还为一份电视节目报编版面,时常有厂商来登广告。记得有家百货公司的广告经理送来一张写了广告内容的报告纸。我不满足于那种"文字排队外加线框"的"传统"广告，于是着手创意。那条通栏要同时登两种商品的内容。我设计了一个新颖别致的版式，左半面标题好像是"为夏天准备凉席"，右半面是"给孩子一份礼物"。文案采用人性化诉求，充满促销力。看上去耳目一新，我的上司当场说："你这方面倒也有点小'门槛'嘛!"客户老总看了说"蛮有新意"，接着广告投放不断。这大概是我设计的第一个广告。

做广告不了解市场营销，终究是无源之水。在对营销这座山脉的探寻中，我发觉有近百年历史的公关别有洞天。它能为企业、组织、机构提供专业传播服务，协助与公众建立良好关系，塑造一个好形象。在发达国家公关已成为企业组织与环境沟通、适应的常规手段。公关专家是"传播工程师"、"舆论律师"。他以职业品质、能力、信誉支撑起出色的职业成就。

专业经验的积累令我对多才多艺的公关领域充满神往，更重要的是我看好公关前景。思想准备一成熟，便毅然选择创办自己的咨询公司。职业公关充满挑战，它更需要新思想。公关职业使命感让人不敢懈怠。品牌好比一个企业的孩子，而我们职业人士是品牌保姆，与企业一起将孩子带大，使之发育正常、少伤风感冒、健康成长是我们的天职。营造一种品牌安全环境，寻求品牌致胜之道，帮助企业兴旺发达。担当如此重任，能不神圣吗？真的，选择公关咨询职业，没错!

夜光杯的影响力太大。想不到此文发表不几天，就有多位读者看后写信来，请编辑转交给我。

有一位上海师范大学公关专业毕业，在基层政府部门工作的小伙子，在信中说，读了文章后"感触良久"，与我大谈对公关的认识,到底是科班出身,讲得很到位。

还有一位在延安西路仲盛金融中心上班搞管理的女士写信来说,看了《选择公关》后"再一次激起了我对公关职业的无限向往",希望到我公司义务打工……所有来信都"烦编辑转交"。那一阵,真累坏了夜光杯的编辑们。

我费尽口舌,老金还是讲:不能叫公关公司,公司名字当中不能出现"公关"二字;叫咨询公司好了,经营范围里可以写上"公关咨询"项。这就是规定!

先查名,老金告诉我,缴80元,回去等通知。

当然现在查名费已在上海的工商注册登记中取消了。早该取消!

在一个阳光明媚的早晨——请允许我这样写,为自己名字中的"阳"做一次广告,虽然记忆已迷糊,但可以肯定的是,那天没有下雨!

我与两位好友一起,来到我在中山公园旁的上海纺织工业高等专科学校校园内租借的经贸楼办公房,购置办公桌椅,正式开公司了。

一位叫陆善平,读法律的,我十多年来无话不谈的朋友;一位叫杨雪峰,每次碰面无酒不欢的"好酒之徒"。

当时,铁路西站还没拆,开往金山的铁轨一直要穿过宽阔的长宁路。每次火车开来,道口警铃大作,栏杆缓缓放下,直到将抓紧最后几分钟想要赶过铁道的行人和脚踏车完全拦在外面。

你知道,有铁路道口的地方,效率是低下的,地方是偏远的。

以前,纺专这一带已属市区外围了,似乎一过中山西路就是郊区了。

为什么要选在纺专做办公室? 一位毕业于纺专、后来分到海关的朋友曾问我。我不是毕业于斯,但他大学同班同学、我最要好的一个朋友胡志刚在这里上学时,我有时去那儿串门。

记得一次在胡志刚下课后,我们一起赶到大光明电影院隔壁、黄河路上的长江剧院,看了一场熊源伟执导、吕梁主演的话剧《耶稣·孔子·披头士列侬》。

吕梁当时大概刚毕业,演得很卖力。特别是演到他在台上光着上身、穿着游泳裤、在挡着的隔板内,模仿小便、声音"呼隆隆"响起的场景,令场内笑声四起。够开放吧!

长江剧场早已不复存在,取而代之的是百胜集团的塔可钟和商店之类的。当然现在上海的话剧市场,一直在呼吁要拯救。

我把租房的首选目标定在了高校。华师大的张校长,我在电视台报道部时采访过他两次,有点熟,但租房找他事太小,又电话咨询了一下房租,也不便宜,想想作罢。

我开公司时,胡志刚在东京打工。大概是对青春友谊怅然若失的某种补救吧,纺专成了最合适的选择,另一个重要原因是租金不贵。

独特,人人求之!

从一开始,我们印制的公司名片就比普通名片小一号——小名片,小巧玲珑,往往令收到者爱不释手,赞不绝口。说实在,在我收到的无数名片中,要我回忆一张给我留下最深印象的名片,唯一就是一张小名片——一家设在波特曼的外商投资银行的名片。我就完全按它的纸张、式样拷贝过来。不过,至今我再无见到其他人家有与我们同样的名片。

小有小的好处。

北京清华紫光保健品公司当年到上海开拓软磷脂产品市场,有一天新派来的经理在整理部下给他收集来的一大摞上海合作伙伴名片,一不小心,一张名片由于尺寸太小掉了下来。他捡起一看,嘿,小名片,蛮别致!

随后,他就首先找上我们门来,并兴致勃勃讲起他的"挑选名片的经历"。当然，后来我们合作很愉快，而且合作了两任经理。

　　他们南丹路上的办公室，我们常去。这位挑名片的经理，山东人，人随和，至今仍很怀念他。

　　纺专，现在叫东华大学长宁校区，以前是座天主教学校。校园内可以看到，古色古香的钟楼傲立风中。夏天爬山虎在墙壁上争先恐后地攀援，浓重的墨绿色就紧紧地将钟楼包裹了起来，宛若书法中饱满的一竖；冬天叶片褪尽，藤条密布，又多像气韵生动一枯笔。阳光下，红瓦白墙，绿意安闲……

　　有信仰的地方，精神是永久的。据说，张爱玲少女时期曾在此求学，此处情景是否在她描摹的上海风情里留下一些摇曳的痕迹？

　　我们公司就坐落在这里。走进校园向右一拐，一抹紫色就会出现在眼前。这是我们公司的指示牌。为方便客人寻找，校园内通往我们公司的路上，有一排清一色紫色的路标。"找到紫色，找到我们。"指示牌上还分别写了几个字——"仲阳咨询，一直向前"、"仲阳咨询，继续向前"……这哪里是指路牌？分明听到号角声声。

　　紫色是我们公司的标准色。紫色，庄严、高贵、奢华、孤独、不安、欲望、成熟。紫色没有红色耀眼，没有黄色明亮，没有蓝色冷峻，但它深不可测。紫的品性、紫的严谨，让思想飞舞的空间充满了理智和诗意。自然界不少花卉因拥有紫色而名闻遐迩。而这正是生机勃勃的公关咨询业孜孜以求的至境！

　　上世纪九十年代，是全国家电生产企业发展的黄金期。广东的家电制造业很发达，TCL在全国攻城略地，总裁李东生也算企业界明星，意气风发。在上海，新闻发布会上他信心满满要做"中国的松下电器"……晚上，我思考良久，针对他的观点，奋笔疾书写下《打出自己的品牌特色》一文，登载在隔周的《新民晚报》上：

事实上，我们新兴的品牌正奋勇争先于激烈的市场，并开始有了些苗头。同时，刚过上几天舒心日子的家电业巨头就踌躇满志"要与世界品牌共舞，早日取得像东芝、松下那样的国际地位"；才在市场小有收获的饮料企业便信誓旦旦"要做中国的可口可乐"。钦佩之余不免要问：做自己的牌子，何须都像别人样？

与整个世界竞争，面对现代市场经济的文明成果，毫不脸红地拿来，坚定的投资眼光，优秀的管理经验，摧枯拉朽的市场策略……更持一份不急不躁的心态，朝向百年品牌的目标迈进。

品牌有特色，即有个性。创业之初比尔·盖茨没说过要把企业做成 IBM 那样；通用电气的杰克·韦尔奇也没想过要当今日的爱迪生。微软就是微软，对世界新经济的推动甚至超过了 IBM；韦尔奇就是韦尔奇，创造 GE 在华尔街的市值神话，毫不逊色于其公司创始人。

品牌往往是一个国家的经济脊梁，品牌又生动体现出一个民族的创新意识。每个生命独一无二，每个品牌无可替代，动辄做"××（国际品牌）第二"，要不失风格才是。好样的，打自己的品牌特色！

犹如过江之鲫，各地白电、灰电、黑电制造商，粉墨登场，争先恐后，电器产品极其丰富，成为全国性电器连锁卖场国美、永乐、苏宁等产生的基础。

随着现在狱中的黄光裕当年登上国内首富的宝座，相形之下，那些电器制造商都像在为国美他们打工，风光不再。当然那是几年后的事了。这些实体经济的开创者，若与现时房产开发商的暴利和无上地位相比，简直不可同日而语，不能算做生意的。他们一定自惭形秽极了！红极了一个行业，暗淡了所有其它行业，这种经济结构正常吗？

我所从事的公共关系,具体做点什么呢? 在 2007 年 10 月 20 日《劳动报》上,该报资深编辑、记者范国忠作为主持人,在"职业五味"栏目对我作了一个专访,很好地回答了这个问题:

公关顾问:危机时刻见真章

　　国家颁布的职业标准中对"公关顾问"是这样表述的:为企业制定公关计划,组织公关活动,对外宣传解释公司重大事件,建立维护公司的名誉和形象。眼下,无论是新车上市造势、时尚活动,还是食品质量风波等,无不体现出公共关系的重要性。上海仲阳咨询有限公司总经理、高级公关顾问陆仲阳,就是一位拥有十多年媒体、公共关系资历的专业人士。

　　主持人:公关顾问的特点是什么? 能不能打个比喻说说这个职业的特点。

　　陆仲阳:公关顾问需要复合型人才。我来自新闻界,光有这背景不够的,经过近 10 年的公关历练,对市场形态、大众心理、流行趋势有所洞察,才积累了一些公关经验。从某种角度看,公关顾问有点像新闻顾问,它是客户的代言人,悉心维护他们的声誉和形象。

　　主持人:公关顾问需要什么样的素质和技能?

　　陆仲阳:成功的公关顾问应该有灵敏的职业嗅觉、能迅速把握客户需求、有团队精神和极强的协调能力、充满创意和活力、擅长写作、有说服力。

　　主持人:做公关顾问最苦恼的是什么?

　　陆仲阳:最苦恼的是人们对公关的误解,认为公关是软广告,不会直接提高产量、促进销量、赚取利润。还有人认为公关就是为企业讲好话,涂脂抹粉,"有事有人,无事无人"。老板要请人来采访、新产品要做广告或碰到危机,才想起公关,而没有长远的公关计划。事实上,卓越的公共关系往往是长期投资的结果,而不是"救火"、临时抱佛脚。

主持人：这个职业的最大魅力是什么？

陆仲阳：能接触明星、企业家，职业有挑战性。每一次知名产品上市、每一个重大经济事件发生，都少不了公关顾问。为客户赢得支持、创造效益，便是公共关系价值体现时。

主持人：从事公关顾问工作十年，你最开心的是什么？

陆仲阳：客户成功即快乐。3 年前，央视曝光绍兴黄酒质量低劣，引发绍兴酒全行业危机。虽只是个别小酒厂的行为，却牵连到整个绍兴酒业，"绍兴黄酒"金字招牌几乎毁于一旦。我公司应邀参与处理，做了大量前期工作，提出了全面的应对措施，协助绍兴黄酒集团、绍兴市黄酒行业协会积极稳定社会消费心态，迅速恢复市场供应和行业信誉，危机公关获得成功。后来行业协会会长还给我们介绍来该市其他酒厂的公关业务。

主持人：你平时闲暇做点什么事呢？

陆仲阳：公关顾问要成为全方位搜索的"雷达"，对舆论动态、流行时尚、社会热点、财经事件等都有了解。我一般每天看 7 份报纸，早中晚各用 15 到 30 分钟上网。阅读、跑步、看画展、看话剧，旅游也是长期爱好。最大愿望是将来自编自排一台话剧《公关英雄》，将公关人生展现在舞台上。

第二章　初 试 锋 芒

　　张艺谋自从拍商业大片后,批判力、思想性、穿透力开始萎缩。特别是奥运会开幕式后,如老妇人般,创作力江河日下。《山楂树之恋》的纯爱,号称史上"最纯情的影片",希冀煲一罐心灵鸡汤,给中国人调理一下那种"滥",但影片内容贫乏。

　　说起"纯",1996 年我们就开始推广"纯"的概念了。

　　现在的上海啤酒市场,有百威、三得利、青岛、雪花、哈尔滨等,但上海人知道,多年前,一直是力波啤酒独步申城。

　　当时,南浦大桥建成不久。作为黄浦江上第一座新造的桥,它是上海值得骄傲的建设成果。建黄浦大桥时。朱镕基主政上海,当时浦西有一个桥脚,据说质量没有 100％达到设计标准,但不影响使用,马马虎虎也过得去。朱镕基得知后,大发雷霆——这是上海老百姓素知和喜爱的市长风格——坚决要求重建！将这个有点勉强的桥脚,推倒重来。造桥修路,百年大计,不容一丝含糊。不知老市长的"训斥",现在上海的交通建设系统的干部,还记否？因为有了闵行区的新楼盘四脚朝天倒地的事,我们还能对"建设"这么放心吗？

　　力波啤酒当时拍了一个广为人知的电视广告——"力波啤酒,上海的选择"。远比三得利上来后,力波啤酒急走下坡路,欲挽回颓势而拍的广告"喜欢上海的理由",要早、影响大得多。在那个红极一时的"上海的选择"广告里,在闪回叠影了外滩的光怪陆离、南浦大桥的雄姿等上海风情之后,在冒着气泡的啤酒杯画面里,一个魅力十足的中国式吉普赛女郎趾高气扬,挥动裙摆,扭腰舞蹈,画外音还有"……和她的醉人风姿……",伴随着优雅可亲的男中音配音,最后跳出广告语"力波啤酒,上海的选择"。

　　广告漂亮,男人看了怕要多咽几口口水。业绩漂亮,力波在批发流通渠道说一不二,饭店里、家庭餐桌上,满城尽带力波啤酒呷!就像现在饭店里,金色年华和石库门占绝对主力地位一样。

　　生产力波的上海民乐啤酒饮料有限公司,由上海冠生园与新加坡合资建立,有荷兰啤酒商海涅根的血统、外资公司运作方式。许多大学刚毕业的人以进入这种公司工作而自豪。完全不像现在千军万马挤独木桥、"轧扁头"当公务员的情形。

　　力波找的广告代理商是所谓的4A公司,即外资广告公司——BBDO天联广告。实质上那也是合资,当时广告没有完全放开,外资只能与国内合资才能做生意。那是中国广告的青春岁月。4A公司广泛招兵买马,由国外总部派来的老外坐镇,广告以创意见长,对中国广告业进行了启蒙。当然现在的4A公司经过多次洗牌并购整合,纷纷组建什么集团、什么系的,以媒体购买、资本运作为主,不再普遍专精、醉心于广告创意,因此不过尔尔。

　　一位在我们电视台实习的上海机械学院学生后来进了BBDO,由其负责力波项目。力波日脚好过,并未如龟兔赛跑中的兔子那般打盹,也在花心思。他们推出了一个高档的新产品——金力波全麦芽啤酒,纯麦芽酿造,国内当时无人生产类似产品。BBDO项目组负责金力波上市策划。他们要为纯麦芽啤酒之"纯"大做文章,而BBDO想找人帮他们进行先期舆论铺垫。通过那位实习生的介绍,我与力波的品牌经理陈惠强见了面,谈妥合作。

　　这样,上海的报纸上,《文汇报》"率先发难",刊登了我们提供的一篇文章《讲究一个"纯"字　沪上流行"追求纯的消费时尚"》:

　　　　沪上消费者的目光开始盯上了一个字:
　　　　"纯!"
　　　　观察家们把这种现象称之为"纯的消费时尚"。在市场上,凡是产品名称或性质打上"纯"的标志的,消费者接受程度就高。因此,生产企业也十分愿意出品"纯"产品,如纯金饰品、纯羊毛衬衫、纯中药制剂、纯蜂皇干粉、纯水等,甚至在啤酒大家族中,也打出了"纯"的旗号。上海民乐啤酒有限公司新近推出了金力波全麦芽啤酒。所谓全麦芽,也就是"纯"的概念,因为啤酒中不再加大米、玉米等辅料,以百分之百的大麦作原料,色感和口感均上了一个台阶。难怪在德国境内,法令规定只能销售全麦芽啤酒。民乐此举,也算是和国际潮流接轨了。

"纯",当然是好事。但我们也必须提防"纯"字下的假冒,有许多消费者就曾发现,有些讲明"纯"的商品,其实不但不"纯",反面胡乱用其他不应有的原料替代。因此,买"纯"的时候,除了观其言还必须验其质才行。其次,我们也必须提醒消费者注意,并不是所有的"纯"都是好商品,比如羊毛当然要"纯"的,但羊绒则不然,"纯羊绒"制品身价虽然昂贵,但保管不易,也不实惠。

由此可见,在追求"纯"的消费时尚时,消费者必须要独立地正确判断。

第二天,《新民晚报》在第二版经济新闻刊登了《"民乐"开发全麦芽啤酒　金力波进入上海市场》的新闻:

本报讯　我国啤酒生产又上新台阶,投产的全麦芽啤酒,经4个月的试销后,于昨日正式进入上海市场。这种名叫金力波的啤酒是由上海民乐啤酒饮料有限公司首次开发成功并投入生产的。

啤酒一般以大麦为主要原料。但在实际酿制中常根据地区资源的价格,采用部分大米、小麦作为辅料。金力波全部采用大麦麦芽精心酿制,它选用优质的澳洲大麦、荷兰海涅根公司的酵母以及世界各地顶级的啤酒花。所以除了清香、纯正的特点外,全麦芽啤酒还含有更多的蛋白质、氨基酸和大量的维生素。

力波在上海市场,如日中天。

后来根据这些经历,我做了一下总结,在《新民晚报》上写了一篇《"知识营销"受重视　"五指功能"收成效》的文章:

> 现在的市场,消费者更成熟了。市场营销诸形式中,除广告硬推广外,一种软宣传新方法正额外受重视,知识营销即一例,其实质便是公关咨询。该领域中,上海仲阳咨询有限公司推出的"五指功能"公关服务模式,经一年多实践,在日前专题评估中得到专家、客户一致肯定。
>
> "五指功能"核心,是将调查、策略、新闻、广告、活动等市场宣传推广手段在公关主题下充分整合,发挥集群优势。去年,一合资公司啤酒新品欲在上海市场推广,接受委托的仲阳咨询公司首推"五指功能"服务模式。通过对目标消费群的分析、公关战略的制定、营销的处理和配合等,有效地向市场介绍了新产品并为其老产品注入新气息,建立了品牌知名度迅速上升的舆论环境。客户藉着对具有上海本地资源优势的公关咨询公司的积极评价,更增强了一份投资信心。
>
> 可以预计,随着国内外企业、组织对这一高智力服务方式的真正重视,申城公关咨询市场会更有潜力。

《新民晚报》是上海市民生活中不可或缺的,像每天买小菜一样,几乎家家户户必备。说得粗俗一点,"在《新民晚报》上放只屁,全上海都闻得着"。

"五指功能"一文见报后第三天,位于浦东金桥出口加工区一

制药公司的老总阅后颇受启发,他派人发来传真——

　　仲阳公司:
　　从《新民晚报》上得知贵司推出"五指功能"公关服务模式,本司深为赞赏且颇有同感。本司乃一制药合资企业,今年下半年将推广健字号药品,有关计划正在拟定之中,见了晚报的消息后,欲与贵司商谈一下有关合作的可能,希接传真后即与本司联络。
　　谢谢!

上海天赐福生物工程有限公司

总经理:朱康怀

1998 年 7 月 29 日

　　隔了几天,我们按约去他们金桥的厂里拜访。见面后,得知他们正在开发一种含硒新产品。

　　根据国际上的医学研究成果,硒是公认的抗癌元素。

　　苏北长寿之乡如皋,百岁老人人数全国之最。当地土壤中含有丰富的硒、锌、碘等微量元素。如皋的小麦、萝卜、白菜等蔬菜杂粮中,硒含量是普通产品的几十倍。富硒食物能提高人体免疫能力,防衰老。难怪给当地人带来了长寿。

　　应该讲,他们当时开发硒产品,是蛮有超前眼光的,市场很大。我曾竭力鼓励他们。

　　佛言:善有善报,恶有恶报。好人会有好下场,好产品会有好市场。但现实情况往往是,好人没有明显的好处,坏人倒很风光。

　　九十年代的保健品市场,真正叫兴旺发达,鱼龙混杂。

　　一个外地来的产品百消丹,瞄准庞大的妇科常见病市场,似能治百病,在上海就狂赚了一票。

　　有钱了,迅速收手,进军房地产市场,而且只开发高档别墅,在上海风生水起。好像泥腿子上岸,摇身一变,成高尚人士了。

天赐福的硒产品,后来发展如何,不得而知。

《易经》上说:积善之家,必有余庆。一个好产品,只要坚持不懈做下去,必然会迎来柳暗花明的时刻!

黄浦江上还在造另一座大桥杨浦大桥。看着它浦西的 A 字型桥脚一天天矗立起来。

终于有一天,上海的城市上空打破禁飞令,骑自行车上下班的市民抬头看到天上不停地飞着一个胖嘟嘟像鲸一样的庞然大物,雪白的身体,隐约可见喷着 SUNTORY 的字样。

那是飞艇!三得利啤酒包租的,在做广告。这可是上海开天辟地头一遭!

随后的日子,三得利疯狂抢夺上海啤酒市场,声浪一浪高过一浪。上海啤酒市场的"独子"——力波的好日子,也到头了。

龟兔赛跑的故事重新上演,这回,兔子肯定打盹了。引以为豪的欧陆啤酒风味,硬生生被不上台面的啤酒世界新势力——清爽型啤酒,一点点打败。

期间,力波也做过挣扎。高层换帅不断。我所接触的市场总监不下四人,一两年即换。有一位文质彬彬的新加坡人氏,在去了海南亚太酿酒公司后,我们还有电话联系。

其中还有一位脾气暴躁的海归人士担任过很短一个时期的市场总监。他的办公室墙上挂着的镜框内有一句话"没有创意就去死吧"!

可能这就是创意!但还是让人不寒而栗。他的特点是抽烟凶猛,会客桌上永远是满满的烧掉半截的烟蒂,烟灰扑满台面,完全不像外资企业通常可见的那种整洁风格。

此人好出境,喜欢在报纸上做整版大段大段的访谈,从义和拳谈到品牌营销,谈到健康……

他的见解、漫谈,有时远开八只脚。他还有个新发现,讲上海的某保健产品名字像性药,认为差得很!一看便知是说昂立呢。

我觉得他唯一的"功绩"是挑起力波与三得利的啤酒用水之争，直接攻击三得利地下水，认为地下水反复抽取，再灌水，没有真正的好水质可言。

对此，我后来于2009年4月30日在《新民晚报》上"醉话"专栏曾写有《三得利与水》一文：

> 近年，三得利大打"水"牌，以迅猛之势，一举登上沪上啤酒老大之宝座。然老夫近日观三得利之酒瓶，却发现瓶标上有些小变化。初时，三得利瓶标上赫然标明"采自238米的深层地下水"，后又渐变成"天然矿泉水"、"采自地下百米深处的纯天然矿泉水"、"水"等。原先表述数字精确、可信度高，何故要改？
>
> 商务部长陈德铭主政苏州时曾问：三得利在日本用地下水否？老夫在日本所见，三得利啤酒当排在日本啤酒的第二集团。可甩出一个"水"概念，竟在上海弄大了，老夫唯有佩服之份吧！

尽管这位力波"暴"总监所道是实情，但由于他的那种风格，再加上他的自以为是，舆论上并不成功。

为此，力波还惹上官司。最终，输掉官司、丢掉市场。那已是在此人离去之后的事了。

对于这种同行恶意相争导致竞争失败的现象，我在《新民晚报》上专门写了一篇文章《品牌安全》：

> 一个企业其品牌是否安全，关系到它的生存状态及市场制胜可能。上海仲阳咨询有限公司公关顾问，结合自身从业实践，分析了市场上大量品牌竞争得失后，提出：市场竞争"品牌安全"至上！
>
> "品牌安全"的目标就是通过正面形象的建立，危机

的预警及处理，营造一个令品牌良好发展的声誉环境。要达到"品牌安全"境界，有三个层面，包括策略安全、运作安全及"救火"安全。品牌不安全的表现即便在市场经验老到的外资企业中也不鲜见。比如，某跨国制药公司的新药不安全在美遭禁，消息传来，厂家不声不响。须知消费者以后服你的药就会倍加小心甚而避之唯恐不及。其实应道明情况，宣布避免及改进措施，给人信心。这样品牌才能重获安全与生机。

那些品牌线无节制延伸、急剧多元化扩张、决策行为短期化、产品缺乏新意、同行恶意相争、市场反应缓慢等行为和现象都是品牌不安全的体现。新一轮竞争即将开始，现在正是谨慎审视自己的品牌是否足够安全的时候。

合资成立于1988年的上海民乐啤酒饮料有限公司，此时内外交困。

2001年正式更名为上海亚太酿酒有限公司，冀求新生，内资也完全退出。不过冠生园每年算产值时，还念念不忘将它统计在内。

后来力波和中国极地研究中心合作，还推出了用从南极运回的冰块作为用水酿制的啤酒，美其名曰"南极特供配方"。

在"欧陆风味"与"清爽型"的交锋中败下阵来，力波完全抛弃纯正欧洲风格，向三得利"学习"，推出特爽型啤酒等。

上海市场头把交椅宝座，早已旁落。虽奋力疾追，无奈，失去的就永远地失去了！

上海造中环时架起的高架，横亘在力波的厂门前，似乎挡住了其风水，也成了其试图去跨越的一道栏杆。

陆国强，我的大学同学。读书时我们时常"弄送伊"，但他为人随和、大度。

他经营着一家食品销售代理公司上海红成实业公司，与当时联华、华联、八仙、东方超值、八佰伴联农、三角地等沪上连锁超市有着广泛业务往来。

当我的公司开张后,他提出来要捧捧场。

他代理了一个来自四川天府的龙喜牌大头菜系列产品。这种大头菜一改普通大头菜酱黑色、大块、大头的传统模样,"片片香"、"丝丝黄"、"颗颗脆",光品名就令人食欲大增。

其包装还有点特点,一改榨菜打闷包的色样,采用复合袋透明装,简洁,真材实料一目了然。

还根据上海人口味,调整了四川麻辣重味,代之以淡麻、略甜口感。

该系列产品在上海的出现,拓宽了大头菜的食用概念,不再是早餐吃泡饭的"咸小菜",更成饭店酒桌上一盘体面的冷菜以及居家烧菜做汤时的配料,而且咸淡适宜适合休闲零食。

这么好的东西!我决定好好推广一下龙喜大头菜。

1997年1月21日《新闻报》第二版刊登消息《天府龙喜大头菜走俏申城》:

> 本报讯　一种来自天府之国四川的龙喜牌大头菜系列新产品,在本市各大超市畅销。自去年下半年进入上海市场以来,月销量以20%的速度递增。春节降临,现已紧急调运60吨产品投放市场。天府大头菜以新鲜蔬菜为原料加工而成,风味独特,营养卫生,以精细考究的泡制显出特点。"片片香"、"丝丝黄"、"颗颗脆",形态丰富。

龙喜牌项目对我而言有特殊意义,这是公司开出的首张发票,属于开张大吉第一笔业务!

第一次,相信对每个人都深刻,难以忘怀。

陆国强这位老同学,我路过他家随时可以去吃晚饭。记得有一次,他家晚饭正好是炖蹄髈汤,还余了许多碧绿生青的菜心。我们俩"呼噜噜"一顿吃光,不亦乐乎。

1999年11月3日《新民晚报》社会新闻版"夜间值班室"专栏登载了消息《"名片恶作剧"太可恶　一家咨询公司被闹得鸡犬不宁》:

> 这头电话刚放下,那头铃声又响起,连日来仲阳咨询公司真是"闹猛"!可来电者不为业务咨询,却只是找个压根不存在的"公司员工"。一时间,搅得上上下下头疼不已。昨晚,该公司陆经理愤然致电本报,痛斥冒名者的恶劣行径。
>
> 上海仲阳咨询公司主要是为企业提供公关、形象策划的单位。近日,公司却接二连三接到奇怪电话,都声称找"销售部的杨兆德先生",在得知并无此人时,对方都显得十分气愤。业务人员整日里被这样的来电弄得晕头转向,甚至无法正常工作。
>
> 据美国一著名通讯产品公司公关部孙小姐及部分来电者所述,那位"杨兆德先生"在公开场合广发名片,上面所印的仲阳公司地址、包括直线电话及分机号码都准确无误。可人事部门遍查所有在职、离职员工档案,都不见此人大名,而公司也从未设立过销售部。
>
> 这下,"公关顾问"算是遇上了"公关危机"。迫于无奈,公司只得向客户说明原委,并设立专线追查冒名者的踪迹。
>
> 据了解,类似事件在本市时有发生,希望一些企事业单位及有关部门引起重视,别让如此搅闹单位正常工作的"恶作剧"连连上演!

社会新闻是《新民晚报》最受读者欢迎的版面之一,这条消息登出来后，亲朋好友来电询问，关怀不断，手机接得发烫。之后一段时间，与朋友、客户碰面，不时还被问起"冒名者捉牢了哦？"

　　开公司，员工进进出出，客户来来往往，人员嘈杂，难免有个别人喜欢不打招呼"借用一下"公司的抬头，做做自己的私事。这种事情一般人碰到，一笑了之。但我们觉得这毕竟是错事！商量下来决定要对此类招摇撞骗行为进行揭露，别让人上当。这同样也是一种公关机会，在新闻中公司名称得以露面。我们公司有名有姓，他才有机可乘。这种事不是丑事！

　　于是我们拨通了《新民晚报》夜间值班室的电话，想不到第二天就见报了。晚报抢新闻，无出其右。

　　我们所碰到的情况，也绝非个案，很多人都有切身体会。《新民晚报》记者秦武平新闻眼光独到。根据这种流弊，他多做有心人，深入采访。五天后，专门采写了一篇《名片为何"自说自话"——上海街头名片"作坊"扫描》的特写见报，把名片市场乱象反映了一下。

　　做记者采访时，前辈谆谆告诫：记者要像雷达一样，24 小时开着！做公共关系又何尝不是如此。新闻与公关，毕竟是近邻。善于抓住稍纵即逝的公关机会，正是一个公关顾问的职业特点。

第三章　回　娘　家

上海,外滩,海关钟楼。

这座大楼全是政府部门的办公场所。在里面,市教委拨出一个大房间,作为筹建中的上海教育电视台的办公联络点。

1993年初夏,作为首批招录的30人,我们每天从后面四川中路进入这座海关大楼上班。

宽阔的木楼梯,通长的木地板,虽略显陈旧,但总像电影电视中老上海的格调。

一座电视台的诞生,就在这里!

创台,创业;混乱,躁动。

在这间大约50来平方的房间内,台领导、行政部、报道部、节目部、广告部等都在这里。每个部可能只有一两张办公桌,几把椅子围起来就可以开个会。

尽管挤得很,大家都想大干一番。像在我们之前成立的东方电视台一样,作为上海电视改革的试点,取得成功。

而且开台之初我们出去采访时,也确有许多人把我们叫做上海东方教育电视台,或者索性当作东方电视台了。

我所在的报道部当初只有寥寥四人。

我们来自四面八方。除了像我们原来就从事新闻报道的,还有一些刚从上戏、北广等科班毕业的,甚至从郊区、外地电视台来,想调进市区、上海的节目主持人,也有好几位。

第一天,当我们从墙上贴出的一张 A4 纸上看到筹备人员名单中,最有名的当数上海师范大学的汪天云教授。

我们知道,影片《开天辟地》剧本是他写的,非常成功。他名声在外。他可能自己也意识到这点。每次看到一个新成员走进我们大房间来,朝门口坐着的他,总是抬起头,目光炯炯注视着你,想要把你看透似的,不苟言笑,一丝威严,随之而生。

　　与还不太熟的人坐在一起后,他总要问一下"你是那所学校毕业的?"

　　有一次我正在办公室,我们部主任希建华,不知从哪招来的"业务",却并非报道部事务——把一摞电视剧节目单交给我,让我把每张剧情抄下来。当时办公室没有复印件,可能为节约费用也不愿到外面复印店花钱。让我们人工抄,不要成本的。

　　我有个习惯:你交给我的事情,我要赶快做好,不做好不安心。于是,我埋头龙飞凤舞,奋笔疾书。抄久了,偶然停来下甩甩手……

　　坐在斜对面、最里面角落里的汪天云,大概看了半天,注意到了我的卖力,走过我身边时,特意停下看一看,问了问。随后,他用手指着坐在我对面悠闲地抽着烟的我们部主任说:"你也抄抄!"主任的笑容有些僵硬,呆了一下,未动。汪天云拿起几张节目单朝他扔去。

　　我赶紧打圆场。

　　来教育台之前,我不认识汪天云。在一个办公室,我与他也没有香烟交流。但他很有知识分子的正义感。

　　一天中午我们乘电梯上楼时,汪天云从人堆里探出头问我:"太平洋口腔医院院长赵建强,跟你很熟?他问到你了。"

　　赵建强是老朋友了。他是虹口区卫生系统的能人,他将虹口牙防所从四平路上低矮临时房,搬进了崭新的大楼。宾馆式内部环境和服务,当时全市领先。

　　他还是上海最早倡导CIS的人之一。他们医院当时第一套按照CIS标准制作的医生、护士工作服,都是由我负责按照设计图定制的。够铁吧！

其时，乍浦路美食街作为上海兴起的第一条美食街，响彻上海滩。而在吴淞路四平路的交接处，太平洋口腔医院也办有一家百合酒家作为三产。

在教育台外滩筹备期间，我们部主任希建华有时开会时会顺便说到："你们以前采访交往的朋友当中，哪里有饭店的，我们部里聚聚，去吃吃饭。"我领命，跟赵建强院长讲了一声，他爽快道："你们来！"部主任答应回报太平洋口腔医院做些报道。

那天我们去吃晚饭。我先到百合酒家与饭店的从日本回来的"海龟"张经理衔接。

掌灯时分，周围的台面都吃起来了，左等右等他们不来。我要打寻呼机催他们，在希建华的中文寻呼机上留言。留什么好呢？讲"马上开饭了"，给边上无关的人看到，影响不好。想想，我跟寻呼台话务员留言——"百合即将盛开"。

过了半小时，一辆三轮摩托车"啪啪满"载他们来了。他们嘻嘻哈哈跳下来，说留言"老有劲的"，像地下党接头暗号。为此他们还"嘲"了一阵子。

后来，我给太平洋口腔医院拍了一条片子。但建台初期，比较混乱，我跟部里催了几次，这条新闻后来也一直未能播出。

那天百合酒家吃饭时，我们临时凑起来有个想法——利用百合酒家的店堂，作为我们一档气象科普节目的图像背景，此事到后来也不了了之。赵建强几次问我，我也搪塞了好几回。终是欠了人情。

汪天云后来当我们的副台长。他现任上影集团副总裁。

事实上，在教育台，不管是新闻报道、节目策划，还是广告经营，他都有无穷的点子。他利用与上影厂的熟悉资源，调来许多电影老片子，在我们频道上开了个老电影栏目，收视率不错。教育台放老片子，也成为一大特色，比崔永元搞老电影要早得多了。可惜教育台出不了小崔这样的人,也没出"电影传奇"那样的名牌栏目。

教育台另一个拳头产品,就是每年一届的大学生辩论赛。这也打上了深深的汪天云烙印,他与张德明台长一起,使教育台辩论赛在中国乃至华语世界各大名校深具影响力。

有一种说法,教育台许多影响大、赚钱的项目,都有汪天云的影子。就像现在上影集团出品的电影上,你总能找到汪天云的名字一样。

任何人离开一个地方,总会有感情的,我也不例外。

1999年的大学生辩论赛即将开赛,这是一年一度上海教育界的大事,也是申城一大新闻亮点。

我找来在台里的两三位朋友商量,想参与一下。对我新成立的公司名声有好处,对台里也帮着把辩论赛炒热一把。怎么弄呢?

在纺专的小锅菜餐厅,点了些菜,温了几瓶黄酒。我还特地让我的公司同事方家彬从外面自由市场买来了十来只大闸蟹,那真是"大"闸蟹,每只足有四、五两重。台里老朋友与我公司员工围了一桌,大家吃得热气腾腾、面红耳赤。

他们提醒我,跟汪台商量一下。汪天云是第一提及人,都把他当朋友!

我跟他通了话,有两年不见,他不生疏,很快约在东诸安浜路一家很有档次的酒店吃饭。我们每人一雌一雄两个大闸蟹,边吃边聊。我一个蟹还没吃完,汪天云两个消灭掉,已在擦手了。

我肚子里不得不感叹,汪老师策划做节目大手大脚雷厉风行,吃蟹也大开大合啊!汪天云欢迎我回台里参与辩论赛。

台长张德明,我也要去见见面。打通电话后,要约与他见面,他二话不说。

教育台和平公园旁的新大楼造起来了。台长很兴奋地介绍,花了2亿多,近几年的广告收入,加上教委的拨款,钱正好。

谈到辩论赛,我告诉他要回来参与一下,他表示欢迎。

我问他有什么要帮忙吗？他说冠名反正日立每年赞助，也不需要其他的费用。

11月22日，第五届中国名校大学生辩论赛开始，有西南政法大学、北京理工大学、上海交通大学、暨南大学、台湾东吴大学、陕西大学、吉林大学和香港大学两岸三地8所学校参赛，这是台湾高校首次组队参赛。

我带领员工去旁听了每一场辩论赛。赛场内外活跃着我们的身影。

11月23日《新民晚报》在教科卫新闻中刊登《到辩论赛"取经"去——企业员工到大学生辩论赛"充电"》的报道：

> 在昨天重燃"舌战烽烟"的中国名校大学生辩论赛场边，除高校学子、专家评委和新闻记者之外，还多了一支企业员工队伍"观战"，他们说：来看辩论赛是公司的一堂特殊培训课！据悉，企业组团到辩场"取经"，在历届大学生辩论赛上尚属首次。
>
> 问起为何会对学生辩论如此感兴趣，组团企业上海仲阳咨询有限公司总经理陆仲阳答称：大学生是极善吸收新知识、探讨新话题的活力群体，而辩论赛又能在短时间内使他们的新知识、新思想得以展现、碰撞，爆出思想火花，闪现智慧光芒，就像是一顿浓缩精华的"智慧大餐"，对于开拓企业员工的视野是不可多得的良机。学子精英的快速反应和语言表达上的各种技巧对公司的公关咨询事业也不无裨益。
>
> 因此，得知大赛消息，仲阳公司即将其列为11月培训计划重点，并预定了全部7场辩论赛的门票，让员工到辩场感受思想交锋，领略前沿课题，充实提高自身专业水准。千金易得，一将难求。据了解，公司还有意物色一批

优秀辩手作为"人才期货",以充实今后企业的高智力人才储备。

这条新闻与"中国名校辩论赛五开擂台"的新闻放在一起。

据后来汪天云告诉我,我回来参加辩论赛,在台里震动很大。

这次辩论赛一大亮点是金庸应邀担任点评嘉宾。一天中午,金庸来到比赛指定宾馆白玉兰宾馆用餐,乘电梯上楼。

我在出电梯后与他并行,叫他"查先生",告诉他,他的弟弟查良浩(同父异母)是大学里教我们哲学的老师。他一听很兴奋,笑眯眯地回话。

我说:"他在课堂上还把你送给他的一句话'有容乃大,无欲则刚'讲给我们听。"

之前我一直思忖:"有容乃大"可以试着做到;现代社会欲望这么多,"无欲则刚"只怕做不到。我说请你把"有容乃大"给我题一下。

在用餐的房间里落座后,我把笔和纸递上,他"沙沙"为我写下——

　　　陆仲阳先生:
　　　　有容乃大
　　　　　金庸

这次辩论赛,我还碰到了广告部的胡功国,他也是一起进台的创台元老,我们很熟。

开台之初,台里没车。他自告奋勇回自己的老单位上海机械学院借了一辆车来供报道部用。

当时马路上清一色桑塔纳,而这辆车还是上海牌的,你想有多老!乳白色,外表陈旧泛黄,"的的刮刮"的老坦克。

没人喜欢用这车,有时宁可打的出去。

胡功国是我们部的制片,管钱。因此车再破,租金每天照付。每天一早先派出的一路记者,先用这辆车。

乘这辆车出去采访,车身没任何标志字体,人家不认识。

在浦东新区参加一次小学活动时,副市长、浦东新区管委会主任赵启正就问"你们是哪个台的"?

得知是新成立的教育台,他倒不吝赐教——你们的台标做得小一点,不要遮得太大云云。

为此回台里后,台长张德明听闻后,立即将我叫去,详细询问"赵副市长有什么指示"?

胡功国此时在广告部当主任。辩论赛冠名单位上海日立家用电器有限公司是"上帝"。在辩论赛的新闻发布会上,其总经理小岛正义坐在主席台上。

胡功国找到人群中的我,以给我决赛门票为"诱饵",要我向日立总经理提一个问题,让他答答为什么要连续五年赞助这一赛事?明摆着,这不是采访,就是让他发发言嘛。

老胡其实太多心了。报道部出身,采访提问,小菜一碟。而且是老同事,这点忙还是要帮的。

台长在台上看到我举手提问,开始还有点疑惑紧张,听我问完,他面部表情明显一下子坦然多了。

在辩论赛上,我们还做了点"事",交了些朋友。

12月1日《新民晚报》上报道《仲阳咨询公司"场内充电场外揽才" 辩论赛上聘"智囊"》:

> 刚刚参加完中国名校大学生辩论赛的暨南大学辩论队教练高雄飞教授从大赛中得到了一份"意外收获"——一份来自企业的聘书。
>
> 本着"场内充电、场外揽才"之意深入辩论赛场的上海仲阳咨询有限公司,经过七场辩赛的反复考察,终于从

众多辩手和教练中"相中"了高雄飞教授，并立即拟定聘书，延请高教授担任公司战略管理顾问，为公司企业战略规划提供决策建议，并为业务项目操作提供智力后援。高教授欣然接受聘书，表示这是直接体验上海经济动脉的极好形式，将有利于学术界、企业界的交流。与此同时，东吴大学的郭彦成同学和西南政法大学的杨延超同学等优秀辩手也被仲阳公司视为"人才期货"，公司将为他们的社会实践、就业求职提供优先机会。

高雄飞教授还在我们公司的内部刊物《沟通》上专门撰文《上海，上海，有"海"才能"上"》：

　　企业作为一种社会组织，不可能孤立存在，总是要与周围环境不断进行物质、能量和信息交换。这种交换既可以是企业与外环境直接进行的，也可能通过中介机构进行。市场经济充分发展条件下，象仲阳咨询一类公司的存在显然是必不可少的。各企业各有自己的企划、公关机构，但企业任务的专一性、工作的繁杂性、活动范围的有限性，使得它的企划、公关通常呈投入多、产出少的不经济状态。而咨询公司的特点正在于企划、公关方面效益原则。从全社会角度上看也是资源配置趋向合理的表现。

　　从资源配置角度上看，高校专家学者的智力资源如何开发利用？企业如何获得智力支持？咨询公司的中介作用应该在这里又有用武之地。

　　仲阳咨询公司机敏地把自己的眼光盯准了全国名校大学生辩论赛场，企盼发现优秀人才，建立与高校学者的联系，无论其成效、结果如何，这一行为本身就是智者之举。

更重要的是上海的海派。上海，上海，有"海"才能"上"。海纳百川，才成其为上海。这次在辩论赛上，我被仲阳咨询聘为顾问，本身就体现了一种上海的胸襟。

　　关于我们参加辩论赛的相关情况，在后来复旦大学出版社出版的《千禧之搏——第五届中国名校大学生辩论邀请赛纪实》一书里有一篇由《联合时报》女记者、散文写得很好的潘真所写的《一切虔诚终有回报——一个记者眼中的"教视"及辩论赛》，文章写道：

　　　　辩论赛的社会效应越来越明显了。往届只能从荧屏上领略赛事的观众，今年为每张 10 元的旁听入场券而争先恐后。有"公关宣传先锋"之誉的上海仲阳咨询有限公司，破天荒地组团到现场觅真经、充电。"这是我们 11 月培训计划的重点，我们很早就预定了全部七场辩赛的门票，在不影响正常经营运作的前提下，让尽可能多的业务、研究部门员工到现场感受思想交锋的紧张与乐趣，充实提高自身的专业能力和水准。""仲阳"的负责人说："因为许多我们格外看重并尽力培养的重要能力，在辩论中都可以得到有效的训练。"这家公司甚至在赛场上物色到了期货人才。

　　教育台的辩论赛，一年一度，很多人习以为常。

　　我作为一位从教育台出来自立门户创业的人，只不过抓住这一盛事机会，参与进去。让我的公司得到关注，同时也对我的"娘家"进行一种"形象上的良好回报"。

　　有谁可以指责这样合情合理的做法呢？

　　"黑夜给了我黑色的眼睛，我却用它来寻找光明。"顾城在 1979 年写的诗，还是令我常常记起。

第四章　杰出，杰出

　　一个满头银发向后梳、有点枯瘦的老头，戴着一副黑框大眼镜，白领蓝衬衫、领带加吊带裤，两臂挽起袖子，双肘支撑在桌上，语气平和而内容尖锐……这就是在世界享有盛誉的CNN王牌节目"拉里·金现场"主持人25年不变的招牌形象。曹景行说，在国内，一个记者、编辑、主持人一旦有了些成绩，便被提拔到管理、领导岗位，从而脱离新闻一线，中国怎么出得了拉里·金呢？

　　"大杨浦！"
　　这是出身于上海市杨浦区的街头混混、小流氓与人"摆飙劲"时的豁胖闲话。
　　不过，这讲得也不错。上世纪二三十年代开始，杨浦就开始集聚起上海的主要工业生产。解放后作为上海的工业基地，它是不折不扣的上海的"造血机"、中央财政的"提款机"。杨浦区的自豪也有道理。
　　通北路，是杨浦一条南北向的不长的小马路。
　　上海汽水厂就在这条不通公共汽车的路上，生产正广和汽水。
　　但在可口可乐、百事可乐等洋饮料的日益威逼下，销售每况愈下。在一片振兴国企声中，来自英雄金笔厂的吕永杰，被调到这里当厂长。
　　那时时兴市领导挂帅重点国企，蹲点指导振兴。时任市委书记吴邦国负责联系正广和。不久吴邦国去了中央，当时的市委副书记、常务副市长接手了这家企业。
　　正广和被看做工业系统的一面红旗。为此，扶持正广和不遗余力。

一项"正广和凝聚力工程"的宣传攻势,在媒体上铺天盖地,连篇累牍。

一下子正广和再次引起关注。正广和厂长吕永杰出名了。

这真叫政治优势!政府公关或叫政治公关就是不一样!一方面宣传热火朝天,另一方面正广和饮料明显仍受如雷贯耳的"两乐"的打压,明眼人都不服气。

我当时在上海财税局下面的一家广告公司"上海华视广告公司"兼任公关总监。看到正广和的情况,我以此名义给吕永杰写了一封信。

这是 15 年前的一封信,带有一些时代烙印。信的中心思想就是打响正广和汽水。放在现在看,也还有现实意义。

如果时光倒流,吕永杰重新回到正广和,我还是要这样说。正广和的使命没有完成。

斗转星移,物是人非。只是无人再提此类小事。目前在中国,是房地产、房地产,只有房地产才是经济领袖,做房地产的才算作事业,做其他的好像都羞于启口。一荣百损!

社会环境还算良好,没有败坏透顶。陌生人之间还是有可能形成一种交往。

市场经济归根到底是陌生人经济。现在,没有熟人,寸步难行。你给任何一位省级领导、市长、县长、国企领导写信,都会石沉大海,没有任何回复。本来这是信访办的工作。即便你好不容易电话打进去,秘书早就挡驾了。

中国的信访办,是党联系群众的一个重要机制。

现在信访办忙于辟谣、化解矛盾、维稳……层出不穷的强拆引发的矛盾和突发事件还来不及处理,哪来闲心闲情和人手搞好最基本的信访或者广纳群众智慧?

我与吕永杰素昧平生。

信寄出后大概一周,一天下班时分,我将电话打到通北路,询问信的情况。他的女秘书和气地回复说收到。

还说吕总就在办公室。我要与他通话。

吕永杰问清情况后,爽快接过话筒,很客气。

"陆老师,你好,你的信收到了,写得很好……"

我约他见个面。他说,这样,后天上午十点我们正好有个饮用水策划会议,你一起来。

这份"关于正广和饮用水市场营销策划研讨会邀请人员名单"如下:

隆图策划公司总经理	邵隆图
上海市工业发展咨询公司总经理	董锡健
上海金马集团顾问、上海外贸学院教授	章汝爽
上海市工商局广告处处长	张大镇
上海世界经济研究所、市场研究部主任	陈志宏
上海统计局社会处处长	顾逸华
《中国广告》杂志主编	陈 樑
局领导	戚德林
	王华仪
	陆芝青
华视广告公司公关总监	陆仲阳
上海大学广告系主任、教授	张祖健

这次会议,吕永杰以其如日中天的鼎鼎大名招来大名鼎鼎的广告界风云人物,为正广和集思广益。

会上,我发言主要谈了正广和要重视公关的作用。

其他人也从各自角度献言献策。记得邵隆图发言讲得激情澎湃,这是他的一贯风格。那时他刚过50岁。白丽香皂广告语"今年 20,明年 18"是他策划的。他笑呵呵地说:"我今年 50,明年 49,后年 48……,我倒长了!"

那次他的发言内容倒忘了,唯这句话记忆犹新:"吕总,面孔倒大,蛮有福相。"当时他的风趣引来一阵笑声,吕永杰也很受用。

只是看他的书,讲到当年为老蔡酱油策划时,提议用台湾老板老蔡本人拍电视广告片时,也说"蔡总,面孔大,蛮福相的,就用你本人来拍"。似曾相识。

最近,在讨论国货的一次电视节目上,看到一人跟他很像,但又吃不准是不是他。待打出字幕才知道是邵隆图。他喜欢看人面孔,我也留心看了看他面孔,明显发福。回答周瑾的提问时,反应也不再十分迅速。毕竟岁月不饶人,随着年龄上去,他的激情已不如当初。

当时,实际上正广和在与可口可乐、雪碧、百事可乐的竞争中,明显不敌。

正广和是要避其锋芒,另辟蹊径,抓住蓬勃兴起的饮用水市场,挤进去。正广和汽水实际上是放下了。

后来在《新民晚报》《产品起名盼有创意》一文中,我还写到桶装水市场混乱的名称问题:

> DVD 刚出来时像是高价姑娘,制约了其市场发育成长;近年勃然兴起的 VCD 则如大众情人,颇合消费国情,没有道理不大受欢迎。如果说 DVD 的叫法是日本人或荷兰人的创造,那以后叫出来的 VCD 也不赖,而 CVD 尽管是业界龙头联盟进行升级换代而煞费苦心打出的新旗号。但当市场还未完全反应过来,生产企业间已分成势如水火的两大阵营。现在准国标 SVCD 已粉墨登场。对此消费者一脸茫然:VCD 的后续产品老是叫什么 D 什么 D,能不能来点新鲜的?
>
> 有创意的叫法不乏先例。电脑出现时开始是按 286、

386……这样叫来。到 586，芯片大王英特尔说，够了，不要再做数字接力游戏了。"另起一行"，就叫"奔腾"吧！其英文名在拉丁文中就含有"第五代"之意，现已几成世界标准。这当然是雄厚的实力才让它如此底气十足以致在全球成功推广了一个新概念。从 486 到"奔腾"，这种创意堪与"惊险的一跳"相媲美。

再看一度风风雨雨的水市场：蒸馏水、纯水、饮用水、纯净水、天然水……消费者哪分得这么细致呀？谁能像英特尔那样振臂一呼：STOP，来点有创意的叫法！

正广和桶装水市场较有起色，碰到了运输问题，车辆不够。吕永杰在研讨会上就谈到要向市政府申请菜篮子工程车。

时隔不久，二十几辆正广和饮用水菜篮子工程车就在马路上行驶了。有市政府撑你腰，没有办不成的事！

正广和饮用水迅速红火，成为正广和重新"振兴"的一个经济支柱，或多或少得益于"正广和"这三个字。从中你也可以感受到上海人对它的感情有多深。

不过市场上还有斯巴克林、碧纯等各种桶装水。上海大手笔广告公司的创意总监照实跟我讲"写字楼里没有多少人喝正广和的水"。这倒道出了实情，正广和在老上海人群里有影响，而在当时很"高人一等"的白领当中则影响乏力，这也是正广和的阿喀琉斯之踵。

谈到正在兴起的饮用水市场，吕永杰很兴奋。"饮用水市场必将越来越大，因为上海的自来水水质不好，江泽民总书记在上海期间，非常牵挂此事。"

为此，后来正广和饮用水在火爆的市场背景下稍有起色后，《新民晚报》著名记者强荧还写了篇整版通讯《为了总书记的嘱托》，题头还配发了一张江泽民春节来上海过年，在家化接见上海企业家时，与吕永杰握手的照片。一看标题就知道，是向那名篇《为了周总理的嘱托》致敬的。

当时人们只能"小范围解决"水质问题——用水质好一点的桶装水,让有能力的人先喝起来!还没有现在青草沙水库那样的大手笔。

齐心协力之下,吕永杰把正广和带到一个新高度。

当时流行优质资产向优秀企业家倾斜,上海最优质的食品企业之一梅林给并到了正广和,成为梅林正广和。吕永杰的管辖范围明显大了。

后来,他被提拔到轻工控股集团任总裁。

2004年底,上海食品制造企业又酝酿进行一次大的重组,上海决定组建以益民食品一厂为龙头的光明食品集团,吕永杰任总裁。江泽民欣然为光明集团题写了司名。

新成立的光明食品集团旗下有光明、梅林、正广和、冠生园、大白兔、96858等众多品牌。但最大的问题是王佳芬的光明乳业没有并进来。王佳芬和吕永杰都是国企中的能人,可能是"一山难容二虎"吧,最终光明食品集团里竟然没有光明牛奶。而在调查中消费者一直认为光明食品集团就是光明乳业。这种整合的不彻底,为下面的再次重组埋下伏笔。

2004年11月8日,光明食品(集团)有限公司挂牌成立。市委、市政府、市人大、市政协四套班子领导全体出席。一个公司的揭牌,做到如此的高规格,完全可以说是史无前例。场面热烈、隆重,振奋人心。集团内部欢欣鼓舞,大家大长了一把脸。

这么大的集团怎么弄,是摆在吕永杰面前的一道题目。

"要有一点声音!悄悄的,不行。"

光明食品集团成立后,要照射出"第一缕阳光"!正像我在一份早年给正广和的策划报告中所写的、根据本人名字"仲阳"的含义化开来的一句广告词——"为你升起第二个太阳"一样。

吕永杰发动集团上下一定要找到我,参与策划光明集团重组后的第一次行动。

新姿亮相,需要一鸣惊人! 在肇嘉浜路 376 号轻工大厦的会议室里,灯火通明。晚饭时分,吕永杰关照会务人员从楼下弄来了肯德基快餐,一人一份。

　　国有企业一般招待人总是用 10 元、20 元的盒饭,很明显,肯德基还是高了一点档次。但我不喜油炸食物,吃了半个汉堡草草了事。我可乐也不要,正广和桶装水倒喝了不少。

　　便餐后继续开会。等大家发完言,吕永杰将会上各种观点的精华部分归结起来,变成他的总结陈词。他的观点,就显得比别人准确、全面,因而到位、精彩。做领导的就是英明!

　　取名"光明新曙光行动",尽管有点像白内障患者的复明手术公益活动名称,但吕永杰还是拍板定下这一叫法。设想以中国人的春节为契机,抓住集团首次整体亮相的时机,开展"光明新曙光行动"。

　　对这次公关活动的定位是:以光明牌为主线,以光明集团为依托,通过春节团购、年货采购、家庭购物等各种形式,利用一切商业渠道,对外扩大光明的影响,树立光明的新形象。在两个月内努力实现光明牌产品 5000 万元的销售目标。

　　新成立的光明食品集团,报功心切,拼命想把光明牌冷饮做大、做出成绩,证明给外界看。

　　冬天并非冷饮旺季,但也要开发一些新产品。集团内大家开会时你一言我一语,"三个臭皮匠赛过诸葛亮"。

　　春节快到了,与春节结合起来,决定开发冰淇淋迎新产品。

　　在上海人代会期间,光明食品集团把新开发的冰淇淋春卷、冰淇淋汤圆等新产品搬到会议现场,让代表品尝。龚学平现场品尝后还连声叫好。

　　我很想知道,这些"新奇产品"今在何处?

　　仅是一"点",但不能拘泥于一"点"。

　　为了寻求光明食品集团的发展方向,来自北京的一家叫做"远迅战略咨询"的公司被邀请来做光明食品集团的战略规划。不知后来光明食品集团再次重组时，这些花高价买来的战略还在执行吗？

当时，深圳冷饮市场还出了件事。以高价著称的哈根达斯冰淇淋被曝光是在脏乱的居民楼里生产的。上海的哈根达斯被曝光，也好不到哪里去。哈根达斯一度弄得灰头土脸。

光明食品集团有人也许看到，机会来了。集团市场部经理韩兆林领命开发光明冰淇淋连锁，试图抢夺哈根达斯的"地盘"，分一点羹。

在西郊延安高架旁一茶室，他找来了很多朋友为他出谋划策。我也参加了，包括家化佰草集的两位正副总经理，还有其他策划公司的人。当时，佰草集的经理给的一个建议是抛弃"光明"这个老化的品牌，做一个全新的，像他们佰草集一样。

要做冰淇淋连锁，由于不熟悉加盟连锁规则，韩兆林还央求我，专门介绍他们到延安路华敏·翰尊国际广场的仙踪林公司"取经"，结果满载而归。

最初，根据 ICE SEASON 的发音取了个什么中文名。等到陆川的《可可西里》出名后，过了一段时间，我忽然发现这个光明食品集团的冰淇淋连锁叫做"爱茜茜里"了。

因与史上最帅的 007 皮尔斯·布鲁斯南合作，出演性感邦女郎而被中国观众所知的意大利性感女星玛莉亚·嘉西亚·古欣娜塔，受邀为爱茜茜里冰淇淋做代言，曰"意大利手工冰淇淋"。

有一段时间，"手工"二字市面上比较流行。手工作坊，原是生产力低下的象征，不知何时起，可能有人发觉国外专卖店里的手工成衣够高级，够炫耀的，因此也开始搞起"手工"来。手工黄酒、手工拎袋……甚至有位畅销书作家写的散文新书上市时，"手工写作"竟成了一大卖点！这与"脱裤子放屁"何异？文化精英也跟"手工"之风，难怪也就有了手工冰淇淋。只是我亲眼所见的这个土生土长的牌子，怎么是从意大利冒出来的？我百思不得其解。

我一直提出,新成立的光明食品集团仅仅局限于原益民一厂的光明冰淇淋这一块,是否小了点?

　　一场更大的重组正在酝酿之中。

　　2006 年 8 月 8 日,上海国资国企改革重头戏新光明食品集团成立。在轻工大厦的原光明食品集团则变身为上海益民食品一厂集团有限公司,再与农工商集团、烟糖集团合并组建新的光明食品集团。集团领导名单中,吕永杰、王佳芬不在榜上。历任友谊集团、百联集团总裁的王宗南,任光明食品集团董事长。

　　当时市委领导强调,组建光明集团,是完善国资国企战略布局的重要决策,是进一步做大做响民族品牌、大力发展都市产业的重要举措。市长韩正主持了组建大会,指出在做大产业、做强企业、做响品牌的过程中,更好地发挥国有经济的主导作用。

　　新组建的光明食品集团土地就有 5.2 万公顷;拥有光明、冠生园、大白兔、梅林、石库门、和酒等 6 个中国驰名商标和中国名牌;总资产 522 亿元,有乳业、糖业、酒业、批发、连锁及农业,打通了食品业上、中、下游;下辖光明乳业、金枫酒业、梅林股份和海博股份 4 家上市公司。

　　大光明成立不久,王宗南意气风发不断到属下企业调研,准备大干一番。

　　王宗南与吕永杰的际遇不同:给吕永杰的摊子小,整合不彻底;给王宗南的是一个真正的大集团。

　　王宗南的思路,一手抓产品经营,一手抓资本运作,走上大集团运作的正途,不仅仅局限于冰淇淋。

　　上海企业能人王佳芬与吕永杰,在新集团中同时出局,正应了"鹬蚌相争,渔翁得利"那句老话。

　　上海世博会上,光明集团将旗下所有品牌,放在一起,做了一个"绿色盛会一起来"的广告,尽管创意乏善可陈,但以集团整体亮相,给人一种气势、一种整齐划一。

大集团就要有大集团的样子!

而这却是吕永杰时,我强烈希望光明食品集团所应建立的形象。

第五章　减肥沉浮

在上世纪九十年代的上海,报纸还不像今天这么多,《解放日报》、《文汇报》、《新民晚报》,是"老三报"。而新民晚报由于其面向广大市民的特性,加上成功的采编和经营,发行高峰时达到二三百万份的天文数字。

因此,在新民晚报登广告,成了许多厂商趋之若鹜的事情。当时的版面也没有现在这么多,粥少僧多,《新民晚报》的广告版面,非常紧俏,能拿到,就奇货可居,算有能耐。当时流行一个说法——能拿到《新民晚报》广告版面的,除了晚报老总,就只有副市长了。

有许多广告公司,就是靠买卖报纸版面、电视时段而迅速发家致富。不需要很强的创意什么的,就是一广告商。再说在中国,大家对创意都不买账。老板喜欢,他拍板的,就是"好创意"。

在市场经济社会里,广告商人也不是一个贬义词。能赚钱就好,别管是做装潢、卖女人内衣、卖草纸赚来的。有一年被评为中国首富的张茵,她的玖龙纸业就靠底下广泛的捡破烂的人收上来的废纸而成为首富的;相反,根据中国古老的看法,写字是高尚的职业,但这么多的知识分子,还没有谁成为中国首富。当然,后者更重要的是创造精神财富,不能用金钱来衡量。

行业没有贵贱之分!

有一家宝久广告公司就是这样的"版面捎客",以在《新民晚报》广告投放多而享誉业界。许多大型的4A公司有时也不得不到宝久来"调头寸"、拿版面。

我在负责神象广告策划时,与宝久公司多有合作。其时,他们在西藏路上的远东饭店楼顶办公。尽管是最顶层的加层,相当于临时房,但绝对的市中心位置,几乎一个楼面的办公室,看上去也蛮有腔调的。

我与宝久的老板袁志平得以相熟。

倒卖版面也没什么技术含量。三四年后宝久内部人员纷纷出逃自立门户,加上业务急剧扩张时投放广告的客户欠下的债务,导致后来不久袁志平改换门庭,重新注册了一家广告公司。

当时,宝久在代理更娇丽减肥茶的广告,客户要求软文宣传。

我与袁志平通电话时,他讲了此事,问我能不能接手? 我们约定第二天去他的新办公室碰面。

在南市区一小区的商住两用楼内,我找到宝久广告公司。前台把我引进了董事长房间,袁志平起身握手,对我这个以前的客户很客气。

他身后与老板桌配套的低移柜上,左边摆着一个大大的帆船的模型,右边放着一把长长的军刀,就像电影里日本鬼子用的那种弯弯的。还有很多小礼品。

早期他的宝久是做广告礼品起家,因而他对这些小礼品,可以看出来是熟门熟路的。

我们聊了半个小时,更娇丽的人到了。

更娇丽的经理个子矮矮的,戴着副眼镜,后来知道他比我小几岁,叫唐德华,名片上写着香港更娇丽国际有限公司中国市场总监。

我们两人坐到隔壁会议室细谈。

唐德华是贵州人,一副咪咪笑的样子,很容易一下子给人亲近感。半小时后我们即达成共识,由我来做更娇丽的宣传。

他的办公室在华山路上海戏剧学院对面一栋三层楼房的三楼。尽管上下楼梯很窄,但地段好。

那个办公室相当于两室一厅,外面大房间用作办公,里面小间就成了唐德华的卧室,靠墙放着一张大床。

所谓的香港公司,很简陋。

就像靠成龙做形象代言而风靡全国的霸王洗发液,说是香港公司,其实老板只不过是大陆过去的退伍军人。

更娇丽老板郑锦标是潮汕人,而且他的同房亲戚也做了个大印象减肥茶,一同竞争做生意。更娇丽与大印象,几乎同时出现在国内市场上,一荣俱荣!

1997年10月14日《新民晚报》上刊登了我对更娇丽的访问记《"雷区"走了卅余年 ——访更娇丽中国市场总监》:

> "要说踩'雷区',我们已经整整踩了30多年了。"香港更娇丽国际有限公司中国市场总监唐德华自信地说。市场分析家把做减肥品的说成踏"地雷",极言此行业的高风险。确实一着不慎全盘皆输的例子在减肥品市场随处可见,在目前部分消费者对减肥市场渐失信心,产商慨叹之际,来自香港的更娇丽在上海市场异军突起,自有其笑傲江湖的道理。
>
> 更娇丽创始人香港同胞郑锦标,祖上开中药铺,据说在香港很知名。郑先生在六十年代中期世界减肥市场方兴未艾之时,极具魄力地向这一当时的新兴市场投资。他积多年中药材炮制、研习心得,选用上等的中国乌龙茶,配以德国降脂甜叶菊等药材,制成这一独特产品。
>
> 自信过了头就自夸,减肥市场部分产品栽就栽在满话连篇。更娇丽不一样,它坚持不承诺原则,广告上事实和科学的说明实实在在,倒吸引了消费者。减肥市场有待河山重整。在一次全国保健品研讨会上,专家呼吁减肥保健市场政策、法规应尽早出台,进行市场整治和完善,以免减肥行业成为"黑洞"。
>
> 更娇丽市场总监唐德华告诫消费者,其实只要科学

合理饮食,适当锻炼,也许连减肥茶也不用多喝。"当然要到没人再喝减肥茶还需一个漫长时期,也许要几代人、十几代人甚至几十代人的努力。"

这是一篇公关稿件。写公关稿,有一个问题必须注意,就是"平衡",不要吹过头。"雷区",只是我们的一种提法,像是一种告诫——不要一碰到什么问题,一踩"地雷",牌子就倒掉。

往往忠言逆耳,或者一只耳朵进一只耳朵出。十几年来,减肥市场还是"地雷"频频炸响,事件不断,对减肥品的信任度普遍高不起来。

唐德华是代老板做事,他觉得有义务向老板介绍每一个合作伙伴。

就在这篇稿件发表后不久,唐德华告诉我,老板要与我见见面。邀请在九江路上黄浦体育馆边上一家他有股份的饭店里用餐。

更娇丽老板郑锦标,花白头发,人很精干,60多岁。身体保养得很好,看上去只有50岁出头。

"这位就是帮我们写文章的陆总",唐德华介绍后就点菜。他对唐德华很信任,对唐德华所找来的合作伙伴也显得很爽快,大家尽兴而谈。

一个小公司的新产品到上海打市场,他多么需要"多助",广结善缘。

他找个内地人,委托他全面负责,自己做甩手掌柜。

当然财务是不放的,郑锦标用的是他的亲信。对于钱还是有点放心不下。

为了推广减肥茶,给不断升温的减肥市场加把火,唐德华与我商定多写更娇丽的文章。随着更娇丽在市场上一天天火爆起来,它的消费者俱乐部人气也逐渐旺起来,写信、打电话来的人多起来了。

我说这部分人要好好利用,决定在这些人中抽出一部分来做个调查。

在我们仲阳咨询公司内部讨论了一个下午,拿出了一份访谈提纲。

一个周日的早上,在更娇丽会议室,我与助手以及唐德华三人坐在一张椭圆形的会议桌的顶端,与邀来的十来位更娇丽消费者,围桌而坐,开始访谈。

喝减肥茶的女性,应该讲很注重自己的形象,"领风气之先",但都不太善言辞,一个问题往往要等几分钟才有人回答。已婚妇女放得开点,讨论稍显热烈,不知不觉已到十二点半多。

唐德华很海派,邀请所有访谈者到外面吃饭。

在乌鲁木齐路华山医院斜对面一家不大的饭店里我们落座。唐德华点菜,等菜上台要有一些时间。一个留下吃饭的小姑娘可能要赶回去有事,等不及要走,唐德华再三挽留,看得出他对姑娘关怀有加,毕竟单身男人嘛!

根据调查内容,我发表了一系列文章。

在《新民晚报》老牌知名副刊"夜光杯"上,我专门执笔写下随笔《减肥茶》:

> 与80年代初口红、指甲油由时髦女郎领风气之先不同。减肥茶是在普通人群中悄然流行开来的,随后它的知音越来越多,这就注定了它的平民气质。一大批正起劲地喝着香喷喷的减肥茶的小姐、女士们人人都有一个梦。减肥茶正可以圆了她们腰围小点小点再小点、身材好些好些再好些的梦。
>
> 女人与茶原来也是个美丽的话题。早在1662年,体态苗条的葡萄牙公主凯瑟琳娜嫁到英国成为查理二世皇后之后,就将她对中国茶的嗜好带到宫中,豪华茶室里常

邀请一些公爵夫人饮茶,以致逐渐成为风尚。缤纷之中的女人端着减肥茶茶杯,朱唇微启轻松品茗,看来也是种动人的风景,如同化妆、时装之于她们一样。有一种减肥茶叫更娇丽,名字真是深得女人心哪!只要是女人谁不存这样的希望?

可怜天下男人心。当怀揣胀鼓了的皮夹的毛头小伙惴惴不安地来到减肥茶柜台前,购买等候在店外马路边的女友所指定的减肥茶时,男人们不要窃笑。婚恋中两情相悦是以好坏一古脑儿全盘接受为基础的,既有惊艳也有宽容。虽然从亚当、夏娃开始就有了人类不平等,但女人一般不会纯为博取一个异性的青睐而前赴后继地喝她的减肥茶,减肥实在是自爱、把握自我的体现。环顾四周,对女人要求高之又高,招聘时女性除与男性同样应有一定的学识、经历要求外,还要附加上面容姣好、气质佳的条件。一家汽车行招秘书时明确标上"貌美",许是它的宝马雄风要与秘书的靓丽倩影在一起才相得益彰。有必要没必要的百行百业都在纷纷聚焦于女性的脸蛋、身材,女人能马虎?人人都在减肥,一个女人扪心自问:我能例外吗?自然、清水芙蓉、爹妈给的身材,一切纯朴的理由不复存在,现在是讲究塑造的年代,冷艳的唇膏越来越冷、迷人短裙越来越短、露脐装——对腰围的要求多么的高啊!在城市街道这座延伸的T型舞台上,女人们争奇斗艳,不说妒嫉不说羡慕,女人对女人也有着惊人的欣赏力。人人都有一副身体,个个都想成为苗条世界的一员……于是减肥茶之类无疑成了当今不大不小或老或少的妇人们的一个诺亚方舟。

男人不用为此感慨,女人喝减肥茶是在努力完善自我。试想,窈窕女性摩肩接踵,实在是愉悦了我们的眼睛,世界的另一半更安静更显风度了。一位瑞士企业家曾发表他的"中国研究心得"说,上海就出产两样东西——智慧和美丽。如此说来,男人的进取、女人的完善同修桥铺路盖楼造信息高速公路一样还真是种投资环境呢!

自1997年开始,更娇丽在上海市场的占有率名列第一的位置一直保持了五六年之久。

土匪黑道中,如果分赃不均要起内讧。

一个企业、一个品牌也是如此,当然他们不是分赃,而是利益问题。

后来听说唐德华与老板郑锦标有了点矛盾。

再后来电话中听唐德华说要去美国读书留学。

更娇丽上海经理换了好几任,我们也打交道。

有一次他们上海经理请我吃饭,在饭店碰到老板郑锦标时,不知是他老板做大了呢,还是因为我是唐德华最初介绍认识的,总之他闷闷不乐,我与他也没有过多交流,初次见面时他留给我的那种热情印象不见了。

后来再听说唐德华,是在他把可采眼贴膜做响以后。可采是四川一厂家的产品,完全靠唐德华在上海市场的多年浸淫,长袖善舞,一路高歌猛进,几乎做成一个比更娇丽更响亮的名牌。

可能也由于产权关系,最后拗断合作关系。唐德华最终注册了自己的公司"素问堂"做保健品,也风生水起。

第六章 奢 侈 品 质

至今,在河南南路汉口路,一幢外滩风格老楼的大理石墙上,你还可以看到由早已过世的上海"字写得最好"的当代著名书法家胡问遂题写的"上海市药材有限公司"的金字。神象,就是这家上海国营药材流通主渠道下面的品牌公司。

尽管自上世纪九十年代中期以来,神象以每年销售收入 1 个多亿、2 亿、3 亿、4 亿的递增速度发展壮大,但还只是上海市药材公司(现在叫作上海雷允上药业有限公司)下面的一个分公司,至少从名称上来看这多少显得有点不够独立。

中国传统里,老子叫儿子把上代传下来的姓一定要挂在自己名字前面;上级公司一定要把总公司名字放在下级公司前面,可能是一样道理——不要忘记祖宗!

因此,这类母公司加子公司所组成的一长串的公司名称,就成了中国企业特别是国有企业的一大特色。连刻个公章,都要密密麻麻一圈的字。而从不考虑效率、经济性。

儿子长大成家立业,肯定要自立门户。

在自忠路和重庆南路路口,有一卢湾区教师进修学院。

年销售额已经不小的神象参茸分公司的办公室就设在这里。

一栋方方正正的三层小楼,自成一体。周边空出来的地方,倒也便于货物的装卸。

在借来的房子里办公,创造着巨额的利润,这是神象的神奇之处。

当上海人初次看到听到鹰牌洋参茶时,完全是一副舶来品的模样。美国的国徽上有鹰,西洋参又是美国、加拿大出产。鹰牌给人感觉就是外国货。实际上它是一去香港发展的国内同胞在香港注册的品牌。

说起鹰牌,它在保健品市场地位,犹如奔驰在汽车界的地位。

上海药材公司参茸分公司是经营参茸等珍稀药材的主渠道。谁不想利用这样的通道?鹰牌通过与北京中央高层的关系,想在大陆拓展市场,药材公司被指定经销鹰牌。

再加上鹰牌广告轰炸,市场销售火爆。

在这种局面下,神象难以招架。

鹰牌形象鲜明时尚,而神象的商标是拼音首字母 SX 组合而成的,神象西洋参的包装除了模仿美国星条旗元素来设计外没有其他亮点。

在中国工商总局的注册商标中,就有大量此类标志。或许是内部美工设计的,或许是老板自己兴之所至的涂鸦之作,或是登个广告征集来的……

南极棉风靡时期的风云品牌俞兆林就是老板俞兆林自己设计的,菱形商标四分五裂成九块,是否就像盛极一时的保暖内衣阵营;上海建工集团的"台阶"商标松松垮垮不知是谁的杰作;"汽车疯子"李书福的吉利商标有枫叶状、伸直的五指状、还有与丰田打官司的模仿标、直至后来的色块帝豪商标……及至到国外收购之后,他给人的商标印象才算尘埃落定——VOLVO,不过是买来的。

商标是品牌的眼睛。许多企业就是不注重商标设计。

设计一个出类拔萃、印象深刻的好 logo,应是任何企业都不能掉以轻心的。我们高校美术学院,每年培养的设计人才有时并无用武之地,你问一下自己足够优秀吗?我们很多广告公司,你有好的创意来策划推出一个不朽的标识吗?我们企业,你有明确的雄心、宽博的胸怀与自由创作的空间吗?

马路上的汽车,好车标无一例外都是外资品牌,核心的发动机、知识产权是人家的,其实最"简单"的一块商标牌子也是人家的,这就是差距! 日本的汽车哪个商标不漂亮?

中国,经济总量已成为世界第二,设计这些软实力远远不及。

本来就有些抄袭之嫌的李宁牌原"L"商标,日久生情也还不赖。

北京奥运会上李宁本人最精彩的"碗"边狂奔点火,让他的品牌第二天在香港股市就大涨。李宁牌在此次奥运会上的表现甚至超越国际奥委会主赞助商阿迪达斯。

但兴奋劲维持不了多久。李宁斩断"L",推出新商标,从东施效颦的"一切皆有可能"到"让改变发生",口号很有天下胸怀。

改变确实发生了,不过是向下的改变。改标后李宁牌面临困境。

人民创造历史,还是英雄创造历史?

国有企业要振兴,没有一个能人是搞不上去的。

领导药材公司参茸分公司的夏霞云,就是这样一位女强人。干事雷厉风行,脾气也大,不对要骂。跟总公司总经理许锦柏是药材中专同学,这层关系又赋予她特定的魄力。

一个人欠缺的东西,也一定是他重视的东西。

我相信她内心肯定知道知识的力量、年轻的力量。

尽管已有三个副经理了,但上海中医药大学的高材生张聪,还是被召至手下担任副经理。

青春喷薄而发。

二十七八岁,有的是闯劲。张聪负责营销、广告,他要给神象带来新气象。他把我叫去就是完成这样的使命。

我们首先想到的是,要改变神象的拼音首字母 SX 商标。这个商标明显落伍了。把代理产品鹰牌的包装和神象放在一起时,真是一个天、一个地。

鹰牌是香港设计公司设计,形象物雄鹰在展翅,绿色的包装煞是好看;神象明显不在一个档次。

神象也要推一个形象物出来。

在全民经商的浪潮下,许多高校也办起了三产。上海交通大学就在几个不安分的教师的倒腾下,办了个生产昂立保健品的公司,品牌红极一时。

榜样的力量是无穷的。交大有个叫陈艾立的助教,思想活跃,因跟领导关系好,就在一个开启科技咨询公司下挂了个开启企业策划公司的名头,接起广告业务来。

后来业务大了起来,才注册了一个自己的天启企业策划公司。天启、开启一字之差,有时外人也搞不清。因为是交大的,唬得住人。

神象的一些广告业务就交由它来打理。

陈艾立是教师,颇能言。手下用了个在读的硕士生阮红刚负责客户服务。

为神象设计新的辅助形象物的任务就交由开启来做了。他们也没有多少设计能力,让下面的两个美专毕业生和找来的几个较熟悉的设计人员一起设计了几头大象,送来给我们审视。

初看一个也不合适。再逼问他们交几幅设计作品来,也交不出来。

时间紧迫,矮子里拔长子!就在这几幅里挑挑看。

1995 年 6 月 25 日《上海中药报》的《神象出生记》这样记录:

参茸分公司主管的神象名牌去年创下了销售佳绩。随着知名度上升,就靠单个商标打品牌已益显力不从心。瞧其它牌子鹰击长空,神象何时迈出坚实步代? 推出形象物成了当务之急。

形象物,也称企业造型,它有强化产品个性,辅助传达的功能。如麦当劳的小丑,运动会的吉祥物等,都有这方面作用。神象虽是经营多年的老牌,但好酒也需勤吆喝。神象借助形象物更易走近消费者。

年初,参茸分公司在各专业设计公司和大专院校物色了30多个象的图案。作者既有专家、教授、设计师,也有莘莘学子。象的形式风格迥异,有卡通,有写实;有传统,有现代;有勇猛,有柔和。选哪个? 真要挑花了眼。

神象是药材公司的神象,形象物事关全公司形象,经理夏霞云与黄依群、张聪、洪伟副经理慎重商议;不能由我们说了算。4月20日,来参茸分公司决策今年营销大计的李锭富副总经理,撇下其它事宜,专门讨论形象物。通过反复比较、评判,两头象脱颖而出,它们各有千秋:一头仰鼻昂立,年轻有气势,一头沉着稳健,蕴含健康长寿之势。定哪个? 应让消费者评说,李锭富副总经理提议,通过定向调查来确定。5月初,分公司召集了有代表性的消费者参加的座谈会,会上进行了翔实的调研,最后大家一致推崇那头沉着稳健的大象作为形象物。

"好,就这头。"

神象诞生了,你看神不神?

神象的形象物,有总比没有进了一步。鹰牌有鹰,神象有象。但这只形象物的推出还是仓促的,不够尽善尽美,在当时只有黑白稿的情况下就定了。开会时,有人提出"象"字设计变形,不像"象"字。确实有这个问题!"神象"两字字体完全不像一些专用字号名称设计得那么漂亮,比如一直风波不断的家乐福,中文名称译得很好,字体设计得也很棒! 略受诟病的是"家"字少了一撇。

确定的这头象,是由开启的美工崇明人余庆设计的。他的广告设计以大气见长。这是当时所能确定的最好的标志了。

而主导形象物推出的灵魂人物是张聪。

没有他就没有神象的形象物。

随着后来这个形象物被注册为商标,这头象已经成为神象最有价值的无形资产。

现在如果包装上缺了这头象，就像神象少了一只眼睛，少了一颗心，在消费者心目中也是形象不明的。

要让形象物深入人心，必须做些事情，策划一些活动。

上海只有西郊动物园的历史已经改写，南汇野生动物园刚刚开张不久，成为市民游玩热点。那边有大象，谁不想去看看？

做一个"少儿画神象比赛"，将小朋友带到野生动物园去画大象，不是很有吸引力吗？

1995 年 12 月 25 日的《上海中药报》《神象画到野生动物园——巧　参茸打起小孩的主意——妙》这样写道：

> 与儿童浑身不搭界的神象参茸，近来却打起了小孩的主意，而这正是目前正在全市开展的"少儿画神象"比赛的巧妙之处。孩子是家庭的中心，以孩子为中心，辐射其父母及周围的人，藉此拓展神象知名度，这是此次比赛策划者的初衷。
>
> 由神象参茸分公司主办、《小伙伴》报等协办的这次活动，自本月初发动开展以来进行得有声有色：一是参赛面广，全市小学生都能参加；二是参赛作品质量高，从初选看，小小少年中不乏画象高手。谁的大象画得"神"、谁的大象画得"象"，谁就有机会在家长和老师陪同下，于本月 31 日前往上海野生动物园，在大象身边画大象，当场决出优胜。著名画家贺友直、徐昌酩、韩伍、杜建国、郑辛遥应邀担任评委。
>
> 神象形象物是大象，大象又是少儿心中的宠物。将神象与小孩联结起来确实恰如其分。

12 月 31 日，负责这次活动执行的宝久广告公司预定的两辆大巴爽约,一百多人围在人民广场工人文化宫附近的一个上车集合点。

情急之下,与边上的中巴公交车调度商量,借用他们的七八辆车,付给很有诱惑力的车资。搞定。

总算到了南汇。

有些臭味的大象园区边上,成了活动的现场。

经理夏霞云致开幕词。

应邀出席的《解放日报》、《文汇报》、《新民晚报》、《劳动报》、《青年报》、《少年报》、《新闻报》、《上海商报》、《上海经济报》、《消费报》、《上海中药报》、上海电视台、东方电视台、有线电视台、上海人民广播电台、东方广播电台等媒体进行了报道,协办单位《小伙伴报》还出了个整版的绘画作品选登。

这是神象形象物确定后的初次出发,走得尽管有些摇摇晃晃,但由此开始了神象形象崭新的篇章。

1995 年,西洋参在流行。

除了鹰牌、神象,还有冠康、大略、中天、许氏、涵春、上宁、上虹等许多来自香港、广东或上海区县药材公司的西洋参牌子。

西洋参有利可图,大家蜂拥而至,群龙混战,作为地头蛇的神象在思考绝地反击。

西洋参以其凉补且不昂贵的特性,一些人一年四季常吃,远远不止冬令进补的概念。提倡夏季进补,这是很新的引导市场消费的观念。夏季的西洋参销售拉起来,可以成为一个增长点。

这年的夏天,由神象推波助澜的西洋参夏季伏补运动拉开帷幕。

这年夏季西洋参销售确实达到预期目的,10 月初《新民晚报》头版报道,神象西洋参夏季销售超过 10 吨。

中国人以食西洋参为时尚后,大大刺激了美国、加拿大的西洋参生产,参农队伍急剧扩大,产量直线上升,形成了供大于求的状况。在上海销售的很多西洋参，买一送一甚至送二，暗地降价。

　　神象坐不住了，于1998年初，原枝、原片、礼盒3大系列27个规格降价25％，价格跌了，消费者买涨不买跌，购买时变得谨慎，神象西洋参销量锐减。降价还得罪同行，惹出风波，饱受指责。当然这是后话。正应了一句古话"盛极必衰"。

　　"神采飞扬，健康气象"，是我为神象策划推出的广告语，把"神象"二字嵌进去了。

　　随着我们退出神象的策划工作，这条广告语也随之被冷落一旁。

　　为此，我结合当时的热点，在1998年9月8日的《新民晚报》名牌栏目"科学馆"发表了小言论《"健康气象"与"科普营销"》，对此进行剖析：

　　　　报载本市即将推出健康气象预报，这对市民根据天气调整生活、防范疾病意义重大。笔者由此联想到另一个"健康气象"的故事。

　　　　两年前市场上有一西洋参牌子曾打出过一句响亮的广告语——"神采飞扬，健康气象"。据行家分析该口号颇道地。中医理论认为，精、气、神乃生命之本。"神""气"的涵义已包含其中。人们常用"你气色真好"来称赞对方身体不错，由此"神采飞扬"也不可能不是健康的标志；人的健康气相、形象即构成"气象"。这种口号虽无直接的商业鼓动，却由透彻思维基础上的感性诉求，体现出深摄人心的力量，而这正是"科普营销"的本质之一。

　　　　"卖瓜的王婆"可能是我国最知名的推销员。几百年过去了，现在企业宣传产品固然仍要讲"好"，但这种直白表露的遗风绵延至今就显得"初级"了点。其实通过类似"科普营销"这种较为成熟、贴切的宣扬方式完全可以讲出产品的妙处来。传统文化、民俗特点加上现代市场经济理念和公关咨询等行之有益的推广手段,传播、交流,令品牌与消费者产生观念上的沟通,从而达到"科普营销"的理想目标。

当然,一方面如何运用"科普营销"将健康气象预报服务成功推向市场,另一方面某些日用消费品和"靠天吃饭"的家用设备厂商,特别是经营药品、保健品的"健康企业"如何从气象、健康气象的预测中,及早制定自身应因市场的对策,发挥"科普营销"的影响力,也是题中应有之义。

张聪后来上调到上海市药材有限公司任副总,不久被在香港注册的万基洋参挖去任新药开发总经理,再后来辗转回到上海,在信谊药厂旗下天平制药公司任总经理。

夏霞云不久也年龄到了,退休。到外面跟东北人合作从事参茸批发销售,等于"抢"母公司的生意,在商言商。

至此,神象的辉煌暂告一段落。

随着上海医药系统的资产重组,上海市药材有限公司又变成上海医药集团有限公司中药与天然药物事业部和上海雷允上药业有限公司,而神象属于它们下面的保健品分公司,神象品牌的光芒完全湮灭在一长串的名字里,甚至不见踪影。

神象蹉跎十年,直到2009年张聪回到雷允上,将公司改为上海雷允上药业有限公司神象参茸分公司并任总经理,神象的形象物logo才重现在中山西路公司门前的墙上。

神象重见天日。

从1958年上海市药材公司参茸批发股起步,1989年神象商标注册,到如今的上海雷允上药业有限公司神象参茸分公司,产品一直雄踞高档滋补品市场龙头地位。

从最初的野山参、生晒参、红参、鹿茸等,扩充到冬虫夏草、蛤蟆油、燕窝、西洋参、朝鲜参、银耳、海参等,从参茸到名贵药材、精制饮片、健康产品等各类滋补品,神象的品牌基因是奢侈品质。

与长白山野山参基地、大连海参、东南亚燕窝等产地货的最大区别就是——神象是一个品牌,有一个品牌所应具有的所有保证。

上世纪八、九十年代,邓小平、杨尚昆等每年到上海过年,他们吃的补品都是神象的,是由药材公司精挑细选送到西郊宾馆的。什么是保证?这就是品牌保证。

由于历史遗留问题,雷允上被广泛使用,整合后目前仍有两支:有工业的雷允上药业,归医药集团;也有商业的雷允上药城,归静安区政府,并拥有各自的商标。

名称上要"打架",神象难免受一点牵连。与老字号药店及区县公司的自有品牌涵春牌、徐重道等产生竞争。

神象要高出这些品牌和众多的产地品牌,唯一的途径就是打造它的奢侈品质。

LV、茅台酒、劳力士、奔驰……奢侈品有奢侈品的气质,而神象的野山参、虫草、鹿茸、海参、燕窝等等都是贵细商品,极珍稀,当然是奢侈品。

神象品牌,需要高级化!

第七章　和平凡前传

　　上世纪九十年代后期,浦东的新国际博览中心还没有造,上海展览中心有几年一直处于维修状态,在上海举行的大型展览展销活动,一般就放在虹桥的世贸商城以及上海国际会议中心,或者就是田林地区新造的光大会展中心。

　　一个规模较大的食品饮料展示交易会,就选择在光大会展中心召开。因为将分散在全市各个地区和系统的同一牌子进行成功的工商整合而名声大噪的老字号企业冠生园,当仁不让地在展会现场重装出现。

　　一进会展大门,就见到了冠生园展台:鲜红的"生"字司标鲜艳夺目,翠绿色的企业标准色亲切可人。

　　上海人是很重感情的。有一段时期外地人初到上海,感觉乡下人进城,似乎处处要低上海人一等,因此上海人"精明"的流言四起,以致江泽民当上海市长期间,曾对此发表了著名的上海人"精明而不高明"论,一言定论,上海人的"精明",算是坐实了。市场经济、商业社会,哪个地方的人不精明? 台湾人、香港人、美国人、欧洲人……上海人比内地其它地区的人精明点,没错! 这是上海开埠以来的历史所造就的一种城市精神。

　　上海人对冠生园展位,不免要流连多看几眼。

　　我在人群中也不例外。

　　冠生园的展位中还是有些新东西的。比如,我发现展位上张贴了一些新颖的海报——图上一个穿背带裤、看上去很精干的中年人握着一个小伙子的手,下面广告语"品和酒,交真朋友"。地上堆着一种叫和酒的纸板箱,翠绿色瓶标的圆形酒瓶和贴着牛皮纸瓶标的方形酒瓶上，无一例外都露出鲜红色的竖排反白"和酒"二字。

冠生园出新酒了。人人拿上一小杯酒，尝一口。

出于职业本能，我与站柜台的服务人员聊起来，有些内容他答起来显得有点吃力。他急中生智把从后面走过来的一个高个子叫来。

从念小学开始，上体育课练跳高，我总是班级里留到最后的二、三人之一。因为在同龄里，我的个头高出一点，为此心里埋着些小得意。长大了也如此，身高一直是我的自信"基因"之一。

但柜台里面的高个子，显然比我更高。身高上我有一丝少有的怯意。那高个子，讲话干脆利落，很爽快。

我们很快交换了名片，知道他叫高伟，生产和酒的华光酿酒公司的市场部经理。这一名字真对得起他的身高！的的确确的。后来的交往证明，他确实是我所接触的人中最爽快的人之一。

人与人的交往，有一种是会产生化学反应的。不光男女谈情说爱，就是普通的男人之间也是如此。友谊就是这样产生！当然，相逢不相识的例子，也多的是。

大概过了两个礼拜，高伟打电话到我公司找我，谈了他的一些想法，请我去他厂里碰面。

这时，马路上喷涂着和酒那幅握手海报广告的封箱式卡车运输车多了起来，成为一道流动的风景。

华光公司坐落在杨浦区河间路，厂门前就是杨浦大桥的一个引桥。这个引桥此后似乎也把和酒引向了上海黄酒乃至中国黄酒的最高处。

华光公司由原上海华光啤酒厂改制而来，前身是创建于民国25年的英商怡和啤酒厂，1953年改名为地方国营华光啤酒厂，开始生产华佗牌十全大补酒等药补酒，1996年改制为上海华光酿酒药业有限公司，1998年变更为上海冠生园华光酿酒药业有限公司。

和酒是 1997 年华光首创的营养型黄酒,用它的宣传语言来讲是一个具有悠久历史传承、独特品牌文化、独特产品配方、独特生产工艺和独特产品标准的创新产品。

黄酒是中国的国粹,已有 6000 年历史。总体而言,黄酒行业规模小、水平低、增长速度慢,只局限在江浙沪地区,缺乏创新,观念陈旧。

"和酒是在充分了解消费者对营养保健需求的基础上开发的一个产品,添加了枸杞子、蜂蜜等物质,富含氨基酸、维生素、有机钙等营养元素,具有晶莹剔透、清醇淡雅的特点。和酒是对传统保健养生文化的传承和发展,是对传统黄酒的一次革新。和酒解决了黄酒易沉淀的技术难题,酒体清澈透明,口感纯正。营养型黄酒的推出,是整个黄酒行业的亮点。它指明了黄酒发展的趋势,带动了整个行业的进步。"

这是 2004 年 6 月上海营养型黄酒(和酒)原产地标记产品注册认证申报材料上的文字。这是后话了。

在上海黄酒消费市场,绍兴酒一统天下。我心里清楚。最早的同学朋友之间聚会聚餐,喝的黄酒要么是绍兴花雕,要么是绍兴特加饭,牌子不详。因为大家还没有品牌意识。但都是绍兴的。

绍兴黄酒好,对上海人来说是一条颠扑不破的真理。而产自上海郊县金山枫泾的金枫特加饭,因为便宜,饮用或作烧菜时的料酒两相宜,因而销量不错。

和酒亮相,被认为是黄酒数千年发展史上的一次革命,是一个里程碑。和酒所用基酒是由绍兴定点厂家生产。和酒出自绍兴酒,又高于绍兴酒,是"新一代的营养型黄酒"。

比较出幸福。在比较中凸显了和酒的价值。消费者也乐于享用更好一点的东西。

1999 年 4 月 28 日《新民晚报》,我们策划撰写的一篇《沪上黄酒市场添新丁——"小阿弟"叫板老绍兴》文章亮相经济新闻版:

　　以绍兴酒为代表的"浙系兵团"抢滩申城黄酒市场，一度如入无人之境，近来却遭遇阿拉强手阻击——本地土生土长的营养型黄酒和酒。

　　和酒是上海冠生园华光酿酒药业有限公司推出仅一年的新品，截至目前，销售额已逾1000万元，在本市大卖场、超市的铺货率已达80％以上，还成为入围'98上海市名牌产品中最年轻的品牌之一。黄酒消费者一贯只认绍兴产，这本地"小阿弟"何以后来居上一炮打响？

　　原来早在产品成型之前，华光便通过对1000多个目标消费群样本的分析，取得翔实的第一手口味测试资料。基于"老东家"华光公司60多年专业生产史和通过ISO9002质量体系认证的厚实"家底"，华光还对传统绍兴五年陈酒大胆改良，添加氨基酯、维生素等，符合现代人的营养需求。

　　科技含量足、营养成分高，成了和酒打"江山"的法宝。如果阿拉众多上海老牌子也都学会这般"武艺"，市场竞技定然会有更多矫健身影。

　　和酒的产生是一种瓜熟蒂落。在南方广东、福建等地，人们有个习惯，喝黄酒前温酒时，有些人喜欢放几根姜丝、敲只鸡蛋，当地风俗认为这样增加些营养，可以补补身子。这种土法自制营养酒的情况，就透露了酒类消费的一种新趋势——越来越注重营养保健。和酒的出现，可说应运而生，适得其时。

　　一般的药补酒酒精度高、药味重，适宜中老年人冬季消费；和酒的出现，使更多的消费者能在日常的饮食中补充营养物质，是对传统药补酒的发展。

　　和酒不是药补酒，它始终是黄酒的形象。

　　和酒推向市场后，立即赢得了广大消费者的信赖。在上海黄酒中高档市场占有率达到40％左右，成了黄酒市场的领导产品，被认为是上海地区的特色产品。

和酒采用高温加热、低温过滤技术，使产品稳定性大大提高，色、香、味改善，澄清度更好，酒体清亮，耐低温性能良好。金色年华5年陈就是一典型。耐低温试验证明，市售黄酒在4℃下一天即产生失光现象甚至沉淀，而和酒放置一个星期也是澄清透亮，即使在2℃下放置4天左右也不会发生失光现象。

以稻米、黍米、玉米、小米、小麦等为主要原料，经蒸煮、加油、糖化、发酵、压榨、过滤、煎酒、贮存、勾兑而成的酿造酒，就是黄酒。按照黄酒的这一定义，是不再添加任何其它东西。因此，和酒被人诟病的是，"不是正宗黄酒"！

和酒与以绍兴酒为代表的古老传统黄酒同台竞技不落下风，"小阿弟叫板老绍兴"的文章在《新民晚报》发表后，鉴于其庞大的发行量，相信许许多多的上海人看到了。当然，华光的老总们也看到了。

隔了几天，高伟来电告知，晚报那篇文章影响很大。公司老板要与我碰碰面。

在河间路厂区大楼，高伟将我从其二楼的市场部带到三楼的总经理办公室。一个中等身材显得很清爽干练的青年企业家，从里间的老板桌后走了出来，微笑握手致意。

他是蓝雪。

后来交往久了，我始终觉得他与香港天王巨星张国荣在外形上、气质上有点近似，可把他们归入一类。

在外间茶几旁的靠背椅上刚落座，副总董耀也闻声过来了。

我与高伟朝东坐在一边，蓝雪与董耀坐北朝南。

我们喝着龙井茶，交谈。

"那篇文章许多人都看到了。但是，讲'叫板'是要得罪人家的。我们与绍兴古越龙山的老总也都很熟，经常碰头。"他们的意思是，做生意互相竞争，不要弄得像打擂台一样。这可能是中国人最朴素的为人处世原则。谦谦君子!

　　后来我才知道,绍兴酒龙头老大古越龙山其时正在忙着与沈永和整合,无暇他顾。即便知道和酒的出现,可能也根本没放在眼里。绍兴酒才是正统嘛。

　　作为国企,自有国企的生存方式。在中国,党报是至高无上的。《解放日报》是上海的党报,《解放日报》的报道,相当于一种高层的肯定。

　　和酒也应得到党报的垂青。

　　经过与《解放日报》编辑的几次三番的沟通和稿件修改,7 月 6日,在《解放日报》第三版经济新闻上刊登了《酒"香"还需"新"吆喝华光:传统产品拓出新市场》一文:

　　　　本报讯　为传统老产品注入"新"血液,上海冠生园华光酿酒药业有限公司在酒类市场竞争中创造"酒香效应":生产了几十年的华佗牌药补酒,近五年内年销售额翻一番,去年在传统黄酒基础上新开发的华佗和酒系列一炮打响,一年销售超过 1000 万元。今年上半年,公司实现销售收入 4884.80 万元,同比增 17%。

　　　　上海冠生园华光酿酒药业有限公司是由上海华光啤酒厂改制建立的一个品牌公司,其主要产品华佗牌补酒系列一直深受市场欢迎,但这样一个老产品也面临着年销售长期停留在近三千万元左右、徘徊不前的问题。华.光在发扬传统、总结操作的基础上,以每一个部门、每一个环节、每一个品种、每一道工序的质量保证体系来保护和发展品牌,去年初一次性通过 ISO9002 质量体系认证。同时,老产品以"新"形象拓展新市场,品种也增加到以前的一倍。

　　　　技术创新,是华光拓展新市场的又一招。根据市民饮酒向低度化、营养保健化发展的趋势,华光公司立足市场,采用我国著名营养食品专家几十年潜心研究的配方,利用技术优势凭借高科技手段,制成了新一代营养黄酒——华佗和酒系列,并充分挖掘自身品牌蕴藏的深厚文化内涵,以品牌文化为创意支点,研究产品个性特色,从而在无数黄酒品牌中独具一格,产品一面市就被评为'97上海科技博览会金奖,最近又入围'98上海市名牌产品。

销售方式,华光也敢于创新。在依托传统的批零销渠道同时,一方面善于借助有品牌推广经验的公司如申虹公司等进入本市大型超市26家、饭店500家;另一方面于去年年底起搭上正广和网销售,直接面对本市50万户家庭。据了解,该公司正精心培育珠江三角洲、苏锡杭地区、福州地区和市内四大销售网络,预计今年销售将超过一亿元。

写这篇稿件的记者是跑工业条线的,她后来拿到我们提供的稿件后,又到冠生园去摸了些和酒的情况,这样数据更细致,新闻更扎实。这也是党报的一种求实风格吧。

党报,是求身份地位;市民报,才是扎扎实实过日子。

在《新民晚报》上,必须开足马力宣传和酒。除了"品和酒,交真朋友"、"喝少一点,喝好一点"等通栏广告外,7月19日在《新民晚报》投资参谋版上,《"和酒"是怎样"酿成"的——冠生园华光酿酒公司新品开发纪实》一文亮相:

初听和酒,还以为是东瀛舶来品。当看到鲜明、大方、洋溢着浓郁传统文化气息的包装时,知道这是国货。尝上一口,原来是地道的黄酒好口味。这一被沪上餐饮业看作代表当今上海酿酒工业水平及都市消费品位的黄酒宁馨儿,就出自上海冠生园华光酿酒药业有限公司。

在目前竞争激烈的市场上,她是怎么出生的呢?

华光酿酒公司作为生产啤酒、药补酒的国有企业,年产量4000多吨,年销售收入逾2亿,在生产经营上有扎实的管理经验。但如何在市场上重现青春活力,是每个老牌号都会碰到的问题。创新是企业进步的灵魂,华光选准了开发营养黄酒这一创新突破口。在本市一次黄酒研讨会上,有人提出开发新品黄酒应走高附加值、营养型道路。华光市场主管部门看准这一趋势,大胆提出了开发营养黄酒的设想,并得到公司领导层一致首肯。

制造高级营养型黄酒,跟随传统做法行不行?黄酒行业多起源于作坊式生产,缺乏一整套严密、科学、完善的质量管理机制。新黄酒如亦步亦趋,何以脱颖而出?经过磋商,华光与上海保健行业就开发营养黄酒达成协议,决定采用全国著名营养食品专家几十年潜心研究的配方,并与科技人员全面合作,结合华光技术力量和酿酒工艺,推出和酒,还就新产品的技术含量进行了审慎的决策。华光总经理蓝雪回忆道:"当时面临的最大问题是如何超越传统黄酒产品。我们利用自身60余年酿酒生产经验,采用上海工业的高科技手段,运用先进科学的质量管理体系,提高质量水平和产品档次。技术创新,这就是华光酿制新黄酒的独特优势。"华光时刻关注现代食品技术的发展动态,及时吸收最新技术来解决一些原有技术和设备长期难以解决的问题。黄酒成分非常复杂,而通过现代测试分析技术,了解和掌握微量成分对酒体质量的影响和变化规律,可以更好地控制质量。

现代营销理论教会我们,以市场为导向,要真正得到消费者的认可,好产品必须有个好品牌才叫得响。和酒正是华光公司品牌创新的生动写照。华光有沿用了几十年的华佗牌。但在营养黄酒的开发中,他们进行了有效的品牌延伸,推出全新的和酒名称。然和酒之名得来真不易,可谓一波三折。1998年申请注册时,因外省一白酒产品已同名注册在先。华光面临两种选择——要么改名,要么买断注册权。最初对方开了个天价,华光为难了。产品前景不能盲目乐观,万一将来做不大,如此耗资岂不付诸东流,对一个国企来讲承受不起。如能做大,倒是事半功倍的好事。权衡再三,果断决定购买商标。几经谈判,终以合适价格成交。至此,新黄酒添上金翅膀,展翅飞向大市场。

国企新产品,老牌新形象。当色彩鲜艳的红黄相间的和酒送货车穿行在上海大街小巷,反白的宋体"和酒"两字映入眼帘,人们看到的已不仅是周围又诞生了一个阿拉的新黄酒品牌,而是带来了一个国企的新形象。这一切均源自企业的创新精神。如今,和酒已成为华光一个十分强劲的新增长点。

这篇稿件,发稿前给高伟看。一小时后他来电,马上发。他一字未改,编辑也一字未改。

1949年解放后很长一段时期内,中国是没有多少真正的文学作品可读的。讲述男女爱情、歌颂周恩来的小说《第二次握手》,给作者带来了无尽的牢狱之灾。

但一本来自苏联的书——《钢铁是怎样炼成的》,因为政治正确,格调向上,得以流传广泛。

《钢铁是怎样炼成的》对中国人的精神世界,影响很大;同样,《"和酒"是怎样"酿成"的》对和酒的发展之路,影响深远。

和平凡,是发表这篇文章时我用的笔名。当时,我办公室所在的纺专有位美术老师就叫和平。我感觉很有趣,和平是个熟词,连着组词就成了"和平凡"。给和酒的文章用上去,意为"和酒很平凡。"尽管我已把和酒讲得太好了,但告诫所有的人:"和酒很平凡。"一切都不要过了头。和酒品牌文化讲究"平衡",这也是一种平衡。

华光市场部的吴亚羚曾多次跟我提到"和平凡"的文章。看来他对这篇文章和这一笔名印象深刻。

有一次我到高伟的办公室碰面。高伟给我的感觉永远是高大!衣服、裤子、运动鞋,从上到下,一套阿迪达斯的行头。他在做品牌,自身也很注重品牌。

董耀进来,我们互致问候,正好讲起和酒促销方面的一些事。显然,高伟有不同看法。直接"铲"了一下副总:"你们这样子,要把和酒品牌搞坏掉的。"董耀略显尴尬。再谈几句,悻悻离去。

有能力的人也是有一点脾气的。高伟无疑是和酒最初期的品牌设计师之一,他可能不能容忍对品牌的任何伤害,哪怕一点点做法不符合他心目中的品牌规划,他都要直言不讳。

但在中国,这是得罪人的。过了不久,听说他要调到集团的市场部去了。

与高伟通电话时,他告诉我,市场部招进了一位新人陈旭东来接替他的工作,他要介绍给我认识一下。

在离华光公司不远的眉州路上的一家饭店内,我与高伟先碰了面,喝着茶。不一会陈旭东匆匆从厂里赶来。陈旭东看上去很机灵,也很爽快。

几天后和酒正好要在宾馆里搞一活动,陈旭东就邀请已调到集团市场部任副经理的高伟一起来。高伟的意思是到时看情况。当时他们很融洽。

前任与后任的关系,在中国的职场和官场,一直是很复杂的。有的亲密无间,有的形同路人,或者时好时坏。

高伟是一个大将,如放在刘邦手下,一定是个打天下的良将。但打天下不一定能坐天下。

他到集团去，离开华光，实际上已离开了和酒。从此，对和酒怀有满腔热情的他，与和酒渐行渐远。再到后来离开冠生园，在其它行业发展。

我们后来也有些联系，也想促成他回归酒界，但没有成功。上海的酒类营销界少了一个出挑的市场经理。

由于实行计划生育，中国家庭大都是独生子女，宝贝得很。以前毛泽东提倡"光荣妈妈"，一般夫妇都生三、四个，甚至七、八、十来个。多而贱。东丢西丢，任其生长。

冠生园集团，产品、品牌很多。和酒只是有想法的华光人的自我发挥。可想而知，起初上头并不会当回事，不会插手。华光独当一面，决策流程简化，倒也成就了和酒的顺利出生和快速成长，销售额从几十万、1千多万、1个亿、2个亿……

聚会场合，出现一个漂亮姑娘，有许多人会怀着各种企图，怜香惜玉，关怀备至。当和酒出落成一个落落大方的姑娘时，情况同样发生了变化。

首先，和酒的每次广告预算，上面集团要审批了。尽管这是华光自己赚来的钱，但体制使然。其次，本来蓝雪当总经理，现在谁来掌舵和酒，倒成了一个值得思考甚至反复推敲的问题。

河间路的"庙"显得越来越小，已经容不下和酒这个"和尚"。厂要整体搬迁到宝山区江杨南路去；办公人员搬到新闸路集团大楼来，在集团后门楼上的三楼占据了一个大大的楼面。像外企一样的办公格局布置，临窗一排近十个房间为总经理、部门经理以及会议室，后面一个为通长的大办公间，用隔断分开。

好比华光辛辛苦苦做成了一样玩具——和酒，人人想白相。几经谈话，蓝雪离开华光，上调集团当副总经理，到隔壁大楼办公。董耀扶正。同时，集团加强对和酒的控制力度。各项计划、投资、开支，集团说了算。

和酒在高伟手里，说要扫"黄"——与普通黄酒撇开关系；和酒在陈旭东手里,说要抛开"酒"字——最终打"和"字牌,将品牌延伸到其它多元化领域中去。当然最终陈旭东壮志未酬。

蓝雪调上去后,陈旭东面临选择:是紧跟着调到集团市场部管和酒品牌,还是继续在华光市场部。他告诉我很纠结。三番几次考虑,他选择了前者。

格局是这样:所有的品牌计划由集团市场部提出来,但每次都要得到华光的审批通过才能执行。这也算一种钳制。

形势一片大好,乘胜追击。

成功者精力旺盛,他要更多的尝试。董耀觉得,和酒已完全独立,驶上快车道。原华佗牌旧商标已从和酒身上彻底剥离。但华佗牌毕竟也是个好商标,弃之可惜,何况还有个名牌十全大补酒产品,但又终究老气横秋,不能指望。

克隆和酒成功模式,创造华光一个新增长点,新产品得力劲酒就此产生,名字还是董耀自己起的。

2003年2月18日《新民晚报》社会新闻版刊登消息《法国男模索要肖像权 上海"冠生园"虚惊一场》:

> 上海冠生园公司最新上市的一补酒产品广告不久前在媒体中发布。然而在沪工作的一法国男模的朋友无意中发觉该广告中一男演员面孔很像该男模,疑其肖像被盗用。男模遂委托某律师事务所将一纸律师函送达冠生园,要求停止侵权,赔偿损失。后来发现是看错面孔、"两个相像之人"而非同一人。
>
> 冠生园的得力劲酒定位为"年轻白领的补酒"。为了体现其产品特点,故起用了美貌的欧洲女郎和英俊的欧洲男士各一名模特。这位中文名叫赛杰的法国男模认为广告里男主角使用了其形象,其律师函称:得力劲酒广告非法使用了赛杰先生的头像,侵犯其肖像权,违反《中华人民共和国广告法》,属"未经同意使用他人名义、形象"。

为此郑重要求冠生园停止侵权,撤回并销毁所有有其头像的广告,并公开道歉,赔偿损失。

对此,冠生园迅速派员了解情况,并将得力劲酒广告男模特照片、合同等一并带上。协议上列明"2002年8月至2005年8月本人同意将肖像权给予得力劲酒使用。署名是爱力克逊。"

赛杰所聘律师认为,事务所接受当事人委托,完全是履行公事;并表示两男模确实"长得非常像",特别从侧面看,但又不是同一人。日前,该法国男模已决定不起诉。但由于涉及到证据保全、律师费用等,他为此还是付出了上万元钱。

这是比较典型的利用发生在一个品牌身上的新鲜事件来策划推出品牌的极好例子!

后来华佗牌与得力劲酒从和酒分离出来,专门成立了一个新的华佗公司。冠生园又多了一个"儿子"。

但得力劲酒有个最大的问题是,与"劲酒虽好,可不要贪杯呵"的劲酒,名字"撞车"。在我负责得力劲酒的公共关系,与媒体沟通中,记者编辑朋友们大多把他与劲酒混淆起来,以致我不得不百般解释。随着后来劲酒在上海的宣传促销攻势,即便是地头蛇,得力劲酒形势也每况愈下,市场艰辛。

和酒人是不安分的、积极开动脑筋的一群人。他们又开发了一个全新概念的冰黄酒。2002年7月24日《申江服务导报》"流行频道"上《寻找新产品的灵感》这样写道:

冰和又称冰黄酒,是沪上著名营养型黄酒和酒家族新成员。冰和以优质和酒为酒基,在保持传统黄酒特色的基础上,通过低温处理及改变黄酒的分子结构,使酒精度降为7度,营养丰富,口味清爽,形成了自己独特的风

味。冰和的推出，一举填补了同类产品市场空白。

新产品开发的灵感来自于生活。每年六、七月份进入夏季开始，黄酒厂家往往进入淡季，生产量很少，不过仍有黄酒饮用者夏天痴心不改，为了改善口感，常常在黄酒中加些冰块或在冰箱里冰镇一下再喝。但传统型黄酒一般遇冷、低温时会有氨基酸等絮状沉淀物析出，影响酒体质量、观感。冠生园华光组织科研力量集中攻关，终于闯过了黄酒低温处理工艺传统难关，为冰黄酒的研制成功奠定了技术、品质基础。

实际上，冰和的母品牌和酒本身就是积极捕捉消费爱好，紧随流行趋势的产物。在一次黄酒市场的深入研究中，发现酒类消费开始注重营养健康，对清醇淡雅的口味情有独钟，尤其在江苏、浙江、上海、福建一带，黄酒的饮用已有四千多年的历史，具有浓厚的文化氛围，家庭消费量较大，并且形成了把酒温热，在酒中添放蛋、姜、话梅、糖、橄榄等改善口味，促进饮用量的习惯。结合食品营养、保健的发展潮流，和酒以营养型黄酒和丰富的品牌文化内涵独步酒类市场，至今年上半年市场占有率已高达 27%。

综观和酒、冰和的开发，无一不是充分挖掘创新灵感，满足潜在需求，将消费习惯转变为新产品的有益尝试。短短的几年时间内，华光这一黄酒生产新手开发出了一个个令消费者应接不暇的黄酒新品，这真要让那些陶醉于产地优势、纠缠于酒龄短长、寄希望于保护的传统黄酒生产厂商跌破眼镜。

创新有成功就有失败。

冰和的概念很好，市场并不成功。在我的记忆里，好像只做了一个夏季的市场，然后迅速鸣金收兵，再无后话。

只是七、八年后，市场上一些在夏季不甘寂寞的黄酒、白酒再次祭出"冰饮"大旗,我看到后,苦笑、无语。心想,这一概念多年前和酒就已提过。

　　和酒获得成功,羡煞旁人。本地一直生产普通低价黄酒的金枫酒厂,受到和酒启发,邀请给和酒提供概念、包装初创设计的广告人士邵隆图,给其新产品石库门上海老酒设计商标、瓶贴。添加的营养物还多了一些姜汁、话梅等。"踩在和酒的肩膀上",提升金枫产品能级、往高端黄酒发展的石库门上海老酒,取得不错业绩。

　　在 2006 年 11 月 17 日《新民晚报》,金枫酒业刊登的广告"深厚历史底蕴　铸就品质根基"中介绍:"在上海,就有一个以黄酒闻名的古镇——金山枫泾。早在春秋时期,枫泾地跨吴、越两界,至今仍有一条南越北吴的界河流淌不息。枫泾与浙江嘉善和嘉兴接壤,水脉相连,一直绵延往南到杭州、绍兴,不仅水相通、酒相近,连人的性情也很相似,都是黄酒的发源地。"

　　人一阔,就要排家谱,寻根问祖宗。做黄酒,也要找源头,言必称绍兴。和酒最早也不得不称采用绍兴酒酒基,石库门也如上所述,源头找到绍兴去了。自信抑或不自信?

　　后来,当我们把石库门的这种"弯弯曲曲绕到绍兴"的讲法,与黄酒行业协会的权威人士沟通时,他斥之为"瞎讲"。

　　为了对和酒进行更多的肯定,2003 年 9 月 12 日《新民晚报》第四版经济新闻版"经济走笔"专栏刊登了一篇评论《让更多"黑马"跑出来》:

　　　　黄酒市场近年跑出一匹公认的"黑马",它就是和酒。其年销售额达 2.3 亿元,位居全国"老二"的位置。
　　　　有关专业人士认为,跳开与传统品牌的直接竞争,创造新的消费需求,开发新的消费群体,使用新的营销理念,从而获得新的市场,这是和酒成功的原因。和酒不与古越龙山在同一档次上争市场,而是根据市场动向和需求,在市场空缺中吸引了一批以中青年为主的新的消费群体,创造新消费,销量就上去了。连古越龙山老总都不得不承认:和酒给黄酒带来一次革命,它的理念是新的,它把黄酒消费群体扩大了,不管怎么样对黄酒行业还是有贡献的。

现在的黄酒市场是三足鼎立。古越龙山仍以其行业龙头地位傲视众生,传统底蕴是其品牌气质。上海本地黄酒金枫在消费者心目中物有所值。和酒则以适宜社交形象在中青年群体中受欢迎。创新之树常青。不管是老品牌、新品牌都面临不断创新的课题。在上海,黄酒、啤酒、白酒、葡萄酒全年销量达百万吨,各种酒类都面临着创新,无论是酒的度数降低,酒的甜、酸、苦、辛、鲜、涩的味感变化,酒的包装容量变化,都能创造新的消费市场。随着人民生活水平的提高,这个新的消费空间正变得越来越大。

愿上海市场跑出更多的"黑马"来!

熟悉新闻规律的人都知道,新闻版上的评论一般都代表编辑部意见,需要得到报社的确认。这篇评论对和酒的肯定,立场鲜明,毫无疑问影响巨大。我认为,这篇文章也是所有我经手的和酒相关文章中的一匹"黑马"。

12月8日《新民晚报》夜光杯,我以《金色年华》为题,以一个像"我"这样的人为视角,将和酒新产品金色年华的理念进行了很好的阐述:

　　我,拉开窗帘准备下班时,抬眼西望,一幅从未见过的美丽画面展现在面前:像大海样湛蓝、澄净的天空上,安静、随意地飘着朵朵金色——金色的云，多好的景色！我浑身上下每一个毛孔迅速充盈起喜悦、激动、兴奋。此时，我想到了我正在从事的事业；想到今天我那漂亮的外甥女也开始进入大学了！恣意的晚霞，绚烂地泼洒。好一个金色年华！

你，到过麦熟时节的乡村吗？丰收的田野上，麦浪起伏，一波连一波。一粒粒饱满的小精灵，在母亲轻摇的怀抱里睡熟了。麦芒相偎、窃窃私语，汇集成优雅的波声涛音。正午的阳光下，一片橙黄的世界。连空气中都蒸发、弥漫、悠悠飘散着成熟的、淡淡的清香……金色，满眼金色。微风熏来，你会不陶醉吗？

他，在这个平凡而又活力四射的城市，只是芸芸之中的一员，可能微不足道。然对于他的周围，他是那么的顶天立地、不可或缺，他就是整个世界。他坚定地行走在他的路上，信仰是他心中不灭的灯。

他有勇气。朋友说，当初他抛弃所有的安逸，一切皆源于对价值的尊崇。他发现，与其碌碌不为，毋如自我求索。他始终在一路追寻他的"定海神针"。终于有一天在别人发出阵阵惊呼时，他决然地下海了。遨游。不管有知、无知，他就是无畏。他说，他的勇气一半来自父辈的基因，一半来自这个时代的强音。

他能作为。他不会十八般武艺，可能只有一件兵器。然而，他不纨绔、不坐享。眼高手不低。当智叟不屑于"小为"时，他似当今愚公，默默挖山不止。不意间，在他的领域竟发现一番别样的天空。他有创意，更有方法，得以把一个个项目拓展，把一项项任务完成，把一个个伙伴推向成功。

他有责任。家庭，是他永不割舍的情结。他分明记得：从哪里来，现在哪儿，将向何处去。对家庭的贡献，那是他一个很小的目标。但旁人绝无指摘这点的理由。朋友,是他这条鱼儿快活地游来游去的水源。承诺,对朋友的承诺,就是他的准则。更重要的是,对合作者来说,他是有价值的。他正当金色年华。敢于接受委托,并且不辞辛劳。他的身上闪耀着人性的光芒。

他有恒力。虽然抬起头,他的额角会掠过一丝岁月的涟漪,但我相信他的内心断无半点皱纹。尽管他绝非第一个吃螃蟹者,可他的确确是坚毅的。潮涨潮落,当许多人纷纷移地再战、指望多捞几把珍珠时,他还在捕他的鱼。这份坚守,同时正在成就他的现在和未来。我深深知道,他心决无旁骛。

普普通通、平平凡凡,写就他的金色年华。每天忙碌在都市的各个角落,你、我、他。幸福、安详,编织着城市的金色年华。

好东西,人人懂。这篇文字刊登前,给和酒品牌经理陈旭东看了,他的原话是"写得老好的"。

见报的文字只有一二处略作调整,基本未改动。隔了几天,评论写得最勤快的《新闻记者》主编吕怡然见到我,称赞"那篇《金色年华》文章写得蛮好咯"。

喝茶时,有朋友甚至提议要推荐到发行量巨大的《读者》去刊登。我说毕竟是商业稿件,不要影响太大,遂作罢。

按照王国维的"情景说",此文有情、有景,有结构、有思想,也是合格的。

更主要的是其中还藏着我的一些"私心"——向《新民晚报》原总编金福安致敬。当我在威海路文新大厦他的办公室,把这篇文章给他看时,我告诉他,文章最后一句把他的名字"金"、"福"、"安"嵌进去了。一贯很有精神的他,再次拿起报纸仔细端详了一番,并表扬我这篇文章。

1992年，我在《解放日报》培训进修编辑业务，在《解放日报》做了十几年夜班编辑的金福安等人教我们。他跟我们畅谈国内第一个预测海湾战争爆发、那个著名的版面的编辑内幕。

再后来，参加虹口区一采访活动，在外白渡桥边的海鸥饭店我们坐一桌吃晚饭。我们热烈讨论他正在试行的《解放日报》"浓眉大眼"的大标题改革……

我一直以"金老师"呼之，包括后来他当了晚报老总，从不叫"金总"。这是我们之间的约定。后来他还参加了我的婚礼，敬酒时对新娘说"仲阳最大的特点，就是勤奋！"

2010年，世博会开始之前，我还在约他一起到一些名酒厂走走。他说要开世博了，老新闻工作者协会有些事要做，等开完世博，空些再安排。

我买了个新手机，刚开始不会用，老是按错通讯录，偏偏按了金福安的名字。我赶紧揿掉。不久，他夫人回电过来，我抱歉地跟她解释。

平时与他通话，总是他自己接，为什么这次是他家人接呢？我也没有细问。

躺在床上，我心想"为什么他自己不接呢"？再想，每次我见到他，总觉得他精神很好，办公室里地上、桌上堆满了新书，暗暗佩服他精力旺盛。他身体很好，没有问题的，我想。

不料，天不遂人愿。在世博会将近尾声时，突然一天下午我在《新民晚报》第二版看到一条讣告，眼睛瞟了一下，好像是文新报业集团的，仔细一看是金福安。我大惊失色，怎么可能呢？

我后悔，那天打错电话，为何没有让他接呢？为何没有问问清爽？

在龙华殡仪馆银河厅前堆满了悼念他的花圈。太多，有些送花圈的人只能挂个长长的白纸条。在进口处，我看到我送花圈的纸条与晚报评论部主任顾龙、著名报人忻才良等人的挂在一起。上海新闻界几乎全部到场。

现场没有留言簿。但我把那时心中想要讲的话记下来了：

> 您是对我肯定最多的人。每次我写的文章见报，您看了，总要鼓励我"写得很好"。我从心底里谢谢您！金老师，愿您在永恒的银河里幸福、平安。

好人不长久。我的身边，无端失去了一位良师挚友。他死后，很多人写文章回忆他，一句话——大金是个好人。不要讲什么丰功伟绩，人死有此评价，已是最高评价。

陈旭东在冠生园的工作戛然而止。市场部新进来的叶田接手和酒品牌，他比前任更年轻。和酒的品牌经理有一个共同点——激情，但叶田显然还多了份谨慎。他有个特点，该做什么、不该做什么，他的思路很清晰。与高伟比，他有另一种"爽"。

和谐社会，是胡锦涛执政后提出的一个政治口号。在中国特色下，就是全社会的工作重心。不知中央的政策智囊们策划这一概念前，知不知道上海有这么一个和酒？

当和谐社会的宣传声势席卷中国大地时，我敏锐地发现好像全中国都在宣传和酒的核心理念——和谐、和气、和睦。和酒有一个成为"国酒"、"党酒"的机会。将和酒与和谐社会结合起来，将是一个多么有劲的创意啊！

在冠生园集团大楼三楼市场部办公室，我与叶田见面，提出了举办一个与和谐社会相关的活动的设想，他很感兴趣。可以做。

两星期后，我们电话里敲定了和谐社会新闻大赛的事宜。

2005年12月1日到2006年1月31日，和酒冠名活动在《新民晚报》、《新闻晨报》的上海新闻版、都市时政版上开始了。自此两个月内，每天都可在这两张上海最好卖的都市报上看到由和酒的logo和"和酒杯和谐社会新闻大赛"字样组成的小题花。凡是有和谐社会新闻的地方，就有和酒的logo在闪耀。在一条条和谐社会的新闻中,流淌着和酒的品牌理念。

由于广播特约冠名定稿时间太晚,当我们与电台广告部排片时,发现所有时段已排满,插不进任何广告时间,排片主任提议除非与新闻部商量,国际新闻让出几秒钟。

广播都是电脑排片,时间一分一秒都掐得很准。不是想拿几秒就几秒的。不得已找到老朋友、广播新闻中心主任乐建强。讲明情况,他特批国际新闻让出 8 秒钟。

至此,在上海人民广播电台王牌栏目 AM990 和 FM93.4 早新闻中,每天还可听到一句"和酒创造和谐世界! 国际新闻由冠生园和酒特约播出"的宣言。

和谐社会、和谐世界,在报纸、广播同时开花,我们圆满完成了和酒和谐社会的策划主题。"和谐社会新闻大赛",用较少资金投入取得了较好社会效果,促进了和酒销售,提升了品牌美誉度,提高了冠生园形象。

好酒要常喝才有味道,好的主题要常打才体现价值。

2006 年,和酒杯和谐社会的活动要继续搞,我们又策划了"和酒杯和谐社会公益广告"公关活动赞助方案,利用 SMG 广播频率为媒体合作策划平台,推出"和酒杯和谐社会公益广告"大展播。

SMG 广播频率广告负责人贺亚君在新闻界打拼多年,很有创新精神。就是在他手上,成功地将广播广告从没人要、处于"第三世界"的濒临淘汰的旧传播媒介,一跃而为时尚广播,广告时段吃香起来。

尽管广告时间很紧张,但他还是很支持我们的公益广告。即便后来他离开了广播广告领导岗位,公益广告已成为上海广播的一大特色。

作为上海广播主阵地,2006 年 10 月 1 日至 2006 年 12 月 31 日,我们的公益广告在 AM990、FM93.4、FM101.7、FM103.7 等 4 个频率相继播出,每天分别滚动播出 10 次,高峰时共 40 次,历时三个月。

我们还在《每周广播电视》报上联动，开设这次公益广告活动专栏，介绍知名人士代言公益广告的幕后花絮，趣味性、可读性很强：

乔榛为公益广告献"声"

乔榛的配音艺术声形合一，驾轻就熟。他在《斯巴达克斯》中的克拉苏体现了一种收敛后的霸气；《寅次郎的故事》显示了他塑造喜剧人物的能力；《廊桥遗梦》里他的声情并茂进入更深的境界。他还在《魂断蓝桥》《第一滴血》《生死恋》《安娜·卡列尼娜》《湖畔奏鸣曲》等八百余部译制片中担任主要配音或导演。

就是这样一位配音界国宝级的大师，当广播频率和酒杯和谐社会公益广告策划组找到他时，立刻答应抽出时间。广告脚本中开头有一句"总有人对我说'我是听着你的声音长大的'"。这来自他的亲身经历。每到一个地方见到一个个或年长或年少的观众，这些人都会对他诉说同样的感受。广告中他发自内心地表白"我们的声音能让受众得到启发、陶冶甚至震撼，那我们再苦再累也觉得值。"

录音时，为了让每一句话更妥帖，他字斟句酌，以至于一个100多字的播音稿改得满满当当，他又一笔一划誊抄清爽。一个拥有40多年配音表演经验的艺术工作者，对播音艺术的挚爱真到了执著的程度！一小段话前后竟录了8、9次之多。比如在字句间隙，有些停顿完全可在后期编辑中调整。但处理后的语气略显急促，这种瑕疵哪逃得过他的耳朵？最后当听到他那娓娓道来的磁性嗓音时，现场每个人都仿佛沉浸在天籁之音里。

俞卓伟呼唤和谐医患关系

"穿上白大褂就是一身的责任"，华东医院院长俞卓伟说。他为了医务工作，整整19年没有星期天没有节假日。一天只睡三四个小时，天天忙得顾不上吃中饭，后来干脆一天改吃两顿，甚至一天一餐！有人算过以每天8小时计算，他已经跨入了2015年。他把自己的全部智慧和才能都献给了病人！每天大部分时间都在医疗第一线度过……

广播频率和酒杯和谐社会公益广告策划组讨论，俞卓伟是上海医疗卫生系统的一面旗帜，代言医患关系除了他还有谁更合适呢？他太忙，大家又不忍心去打扰。当我们犹豫着找上去时，他表示宣传和谐社会义不容辞，又怕自己时间紧，耽搁我们的时间。他处处想着别人！

他说"病人都希望从医院得到精心的治疗和关爱"，在广告中他指出：全心全意为病人服务是每个医务工作者的神圣职责；但他也不忘为创造良好的医疗氛围而呼吁"医生也需要病人和家属更多的理解"！构建平等和谐的医患关系，还有什么比换位思考更重要的呢？

他为了广告录音，前后几易时间。有几次人都上车了，却有手术在等着他去协调，他不得不步履匆匆掉头……直到录音当天，本来约好上午十一点准时到录音棚。但市领导要来医院检查工作，于是再次推迟。当广告台词从他那略显疲惫又大气磅礴的胸中奔涌而出时，人们仿佛又看到了他在抢救现场的指挥若定与从容不迫。

丁文钧教子有方谈和谐家庭

"亚运会我会回来的！"台球小子丁俊晖掷地有声。超级联赛影响大、奖金丰厚，每赢一局有1000英镑，每杆过百也有 1000 英镑,入半决赛还有额外奖金,冠军更可获 5 万英镑。小丁参加不了比赛,损失大,同时也成为首个在这一比赛中弃权的选手。但丁俊晖表示,亚运会比商业比赛重要,国家荣誉高于一切!

丁俊晖的父亲丁文钧,社会现在对他赞誉有加,认为他教子有方。可当初在小丁成名前,老丁砸锅卖铁、小丁辍学,到广东求艺学台球,被认为孤注一掷。然而老丁的独特教育方式也不失为一条成才之路。

和酒杯和谐社会公益广告策划组认为:构建和谐社会,离不开千千万万个和谐家庭。而谈论和谐家庭,小丁老爸绝对是个炙手可热的人物。老丁说,小晖从小喜爱打台球,他非常支持他,着力为他创造各种条件。望子成龙,是每个家长的心愿!作为父母,相信自己的孩子,帮助自己的孩子,让孩子成材,创造幸福美满的家庭,他认为,这同样是在构建和谐社会。

广告录音期间,正值丁家在宜兴老家的新屋装修之际,在上海操持东英桌球俱乐部生意的老丁要上海、宜兴两头跑,十分繁忙。但他执意利用回沪间隙来到录音棚,准备广告脚本,精心录制。录毕,声名在外的老丁又匆匆赶回自己的公司尽地主之谊,接待从家乡来沪的市领导。

广播名牌栏目《990 市民与社会》还专门做了一期节目,直播讨论本次公益广告话题。我与《新民周刊》主笔胡展奋作为嘉宾,在电波中与听众直接交流,并回答了主持人秦畅的提问。讨论十分精彩,反响强烈。

之后,在广播大厦,我们还举行了和谐社会公益广告研讨会。会后,各大媒体对本次公益广告活动进行了报道,取得了广泛的新闻增值放大效应。

为了对和酒杯和谐社会公益广告活动进行总结,扩大在新闻界的影响,同时对我一直在关注的公益广告进行更深一层思考,在2007 年第 4 期《新闻记者》上我发表论文《大众传媒与公益广告》:

"我是乔榛。总有人对我说'我是听着你的声音长大的'！说实在的,我们的声音能让受众得到启发、陶冶甚至震撼,那我们再苦再累也觉得值。我在想,如果我们每个人都从自己做起,宽容积极地对待生活,那么,整个社会就会和谐起来。"这是上海文广新闻传媒集团(SMG)广播频率推出的和酒杯和谐社会公益广告展播活动中,由著名表演艺术家乔榛代言的一则公益广告。

这次公益广告活动的一大特色是,广邀各界名流、知名人士作为广告主角,上电台现身说法谈和谐社会,发表观点,吐露心声。

公益广告宣传,需要传媒的积极倡导。作为上海广播宣传主阵地,SMG 在 AM990、FM93.4、FM101.7、FM103.7 等 4 个频率,拨出了极为宝贵的热门广告播出时段,全力支持公益广告活动。据统计,在历时 3 个月内,共播出公益广告近 2000 次,总计播出时间近 20 个小时,折合广告价值上百万元。在广告市场竞争十分激烈,广告投播时间十分稀缺的情况下,这种为公益广告亮绿灯的举措难能可贵。

"为公益而广而告之"

广告,最简明的解释就是"广而告之";公益广告,即"为公益而广而告之"。公益:益公、利他。为公众利益,非为一小部分人、一个企业、一个党派等"小众"的专门利益服务,不是要做大众的"代表"或"主子",而是真心实意为大众利益着想,从而促进社会的进步。在社会转型期,公益广告的这种价值指向,必然决定了其表现内容的广阔性以及表现形式的多样性。

在遵守文明规范、倡导社会公德、助学助医、慈善救助、福利彩票销售、环保、食品安全、提高产品质量、节水节能、维护公共健康、惩治腐败……许多领域，公益广告拓展的空间很大；而其表现形式也从标语式的"请遵守交通规则"、生硬的"违者罚款"、直白的要你捐钱、说辞上的缺乏逻辑性、千篇一律的煽情等等，过渡到现在的更讲究艺术性、感染力、接受度。随着市场经济的发展，国内广告业水平的不断提升，公益广告的主题也更加广泛，表现水准也与日俱进。

　　公益广告与商业广告是农作物的间种关系。有经验的农民都知道，在一块地里种庄稼，两种以上的作物间隔种植，比单纯种一种作物要来得更为丰产。这就告诉我们一个道理：在商业广告不断增加和繁荣的背景下，公益广告的兴起和广受重视，二者有正相关作用。前者是基础，后者是升华，同时后者也会带动前者的境界和创意的提升。当然两者也有矛盾，在一个相对固定的广告时段、广告版面、广告空间内，存在着此消彼长的关系。重要的是，商业广告是赚钱的买卖，公益广告则没有直接的进帐！于是难度就出现了。

　　在这种情况下，亟需传媒和企业的合作，携手力推公益广告。在当下中国，任何传媒都有利用自己的平台投身公益、倡导公益、刊播公益广告的义务，也应该有自觉性、责任心。但光有愿望还不够，还必须有实实在在的推动力。此时，企业的介入，青睐公益广告、投资公益广告就显得十分必要。一方面，传媒得到制作、播放、刊载公益广告的费用补偿；另一方面，企业也获得了参与公益广告广泛传播的机会，并通过搭顺风车，体现出一个良好的企业公民形象，进而收获商业利益。

　　上述和谐社会公益广告活动的主题是宣传和谐社

会,而与提倡和谐之道品牌文化的知名食品企业冠生园和酒的倾情合作,被认为相得益彰,毫无生拉硬扯的痕迹。因此,传媒对赞助企业的选择,万万不能"捡到篮里就是菜"。企业对公益广告的参与,也不能来者不拒,而要充分考虑主题的相关性,力求双赢。

公益广告贵在贴近和创意

公益广告要贴近时代、贴近受众,它关注的是社会的热点和大众的呼唤。1991年由解海龙拍摄的纪实摄影作品《大眼睛》,聚焦于贫穷地区学童渴望求知的目光。因其强烈的艺术感染力和视觉效果,而成为希望工程的标志影像被广为传播。事实上,这幅照片也是希望工程历史上最大的公益广告。正因为希望工程的全民关注,它的广而告之才能深入人心,蜚声海内外,向希望工程的捐款额才能日益增长。

继希望工程之后,中国青基会再一次承担起自己的社会责任,将关爱艾滋孤儿和艾滋感染者子女作为基金会的新任务和新挑战。面对艾滋病传播的严峻形势,于2002年8月发起并设立中国青少年预防艾滋病公益基金,实施"红丝带行动"预防艾滋病综合公益项目。"红丝带行动"的公益广告在各种媒体大行其道,因为它是热点,贴合了社会的热切关注。

公益广告的内容面要广,表现形式上要创意丰富。2003年春天非典疫情爆发,在这场"没有硝烟的战争"中,公益广告再次成为广告界、媒体和受众关注的热点之一。中央电视台先后投入了300多万元制作费,用以播放公益广告的时段价值总额更是超过2亿元之巨。

但是,公益广告不能垄断——只能大台、主流媒体做,小台、新媒体不在公益广告的"势力范围"内。这实际上阻碍了传递公益精神的一条最亲近、鲜活的渠道。李宗盛为中国儿童少年基金会"MusicRadio 音乐之声我要上学!"爱心捐助项目所做的公益广告,也开始在一些楼宇电视显示屏上露面,这是扩大公益广告传播媒介平台的一个好兆头。

有专家指出,我国还没有建立不带任何赢利目的的公益广告运作机制,目前的策划制作在很大程度上是依靠政府支持以及广告公司和一些企业的短期投入,公益广告在媒体的刊发次数和频率都难以得到保证。有时,报纸版面上广告突撤,防止开天窗,用公益广告顶上,公益广告沦为商业广告补白;电视上,冷门频道、垃圾时间的广告销售业绩不理想,索性用公益广告来填补;马路上,一块块广告牌竖起来了,暂时还没有卖出去,先用公益广告放在上面;闹市街头,大屏幕上广告客户投放量不多,经常搞点公益广告口号出来闹猛点;一家新的网站开张,为了吸眼球、聚人气,打打公益广告……公益广告是点缀、边角料,不是正规军,地位处边缘,因此公益广告缺乏规范、缺乏系统。

而那些希望通过公益广告塑造品牌形象的企业,更乐于投资在围绕重大事件展开的声势浩大的宣传上。比如追随"神六"升空这一时刻的企业何止成千上万,但他们对于那些需要长期宣传的、对公众有潜移默化影响的公益广告选题,如环境保护、社会公德等,就不那么热心。

广告界津津乐道的创意问题同样是公益广告发展的一个软肋。虽然近年来出现了不少令人印象深刻、优秀的作品,但是公益广告模式化、简单化、口号化的问题仍然存在,同时公益广告本身的设计、制作、发布也存在问题。因而,公益广告近年来虽偶有精品出现,然总体上仍落后于商业广告水准。

同时,应该认识到,公益广告并非图解政策。计划生育是我国的一项基本国策,宣传计划生育理所应当。然而,在青山绿水间、黑瓦红墙上,一行行白字特别扎眼——"计划生育一扎一罚"、"一胎放环,二胎结扎"、"宁可超生户倾家荡产,决不可抢生超生一胎"……在偏远山村,这些公益广告标语出自不同部门,内容庞杂,包括计划生育、普及义务教育、归还农业贷款、依法纳税、退耕还林、征地拆迁和交通安全等,其中相当数量的标语有伤大雅、有碍观瞻,语句生硬、态度蛮横,其效果适得其反。更有一些标语生吞活剥法律法规和国家政策,强制命令、狐假虎威,损害了党和政府形象。这些"公益广告"试图围绕政府政策转,充其量只能算粗制滥造的政策口号。

值得关注的两个倾向

公益广告发展至今有两个倾向:一个是公益广告的商业化倾向,另一个是商业广告的公益化倾向。这是值得关注的。

刘翔是上海的骄傲,由他代言新版上海城市形象广告片,可谓名至实归。刘翔的赞助商维萨信用卡也参与了这部广告片的拍摄。刘翔出演广告主角,有双重身份。既是上海城市的代表,又是维萨卡的代言人,皆大欢喜。广告的公益性与商业性得到很好的兼顾,宣传了上海,赞助商也满意。然而,片中不时出现的维萨卡标志,以及刘翔带领小朋友冲上东方明珠电视塔时做出的V字形手势,似乎在不断宣示这是维萨卡的广告片!赞助品牌太明显,商业性表现得有点太过强势。这是公益广告商业化倾向最显见的一个例子。实际上,公益就是公益,不能通过公益广告来追求过多的功利性、商业性。这样,人家反而敬重你。

商业广告公益化最为成功的要数那些跨国能源化工企业。最早源自贝壳贸易的壳牌公司,是全球最大的能源供应商之一。近年来,它一直在强调清洁能源、可持续的能源合作、环保等主题。它在广告中告诉人们:是壳牌煤气化技术把煤转化成气体,再制成化肥送往农田,从此和丰收连在一起;是壳牌独有的先进生产工艺每年为一家大型化工厂省下550万吨水,因此他们可以自豪地宣称,我们工厂里有座看不见的水库;是壳牌与民间环保组织合作开发新教材,引导孩子们探索清洁可持续的能源,真诚呼唤志同道合的伙伴……它的每一则广告中都流露出浓浓的人情味、公益情,这样的商业广告公益化,带来一股清新之风。投资43亿美元的中海壳牌项目投产后,大亚湾还可以闻到与原来一样的新鲜空气;4.2平方公里土地开膛剖肚,也没见大亚湾的海水变黄;暂停施工只是不想捣了鸟窝。它的做法很成功,这一点从中国公路旁星罗棋布的壳牌合资加油站越来越多可见一斑。

中国石油公司也在学样,大打"公益牌"。于是电视台黄金时段"中国石油,创造和谐"的广告频繁现身,除了体现出财大气粗外,还看到了它紧跟时代脉搏的"公益心"。然而,近年来其石油生产中时常出现的井喷、渗漏、爆炸、污染事件等,客观上也在败坏着它的名声。从公益化的商业广告中,人们又似乎发现垄断企业在打"政治牌"。

公益广告大有作为。站在上海任何一条马路上,车轮滚滚,川流不息。一些公交车赖站、抢行、开赌气车、尾气冒黑烟的现象屡禁不止。遵守交通、乘车、乘扶梯、穿马路规则,需要大量的宣传教育,公益广告在此不能缺位,理应承担大量的沟通功能。公益广告在启发民智、推动社会民主进步,宣传文明新风、社会规范、政府政策、戒烟戒毒甚至改善道路交通方面大有用武之地,几乎可以涉及任何一个公益领域。

公益有力量！公益广告的未来会更美好。因为事关公益，所以公益广告人人关注，智慧集合，舆论响应，因而感动常在。

　　这篇文章发表后，由于《新闻记者》的广泛影响力，2007 年 4 月 20 日，国家新闻出版总署的《中国新闻出版报》，以《公益广告两倾向值得关注》为题，转载了文章的最后一部分。这份报纸是国内新闻出版行业报中发行量最大、覆盖面最广、最权威的一张报纸。

　　一天晚上，好朋友、上海文广新闻传媒集团副总裁李尚智打来电话，告诉我："仲阳，你的大作上中央媒体了。"我一时没明白过来。他将《中国新闻出版报》那篇文章的情况讲给我听，并将报纸寄给我。我真要谢谢他的有心。

　　冠生园市场部内部岗位也在调整，叶田不再负责和酒品牌，新来的集团市场部副经理于昌湖接手和酒的品牌策划。他来自国内一著名酒企，对酒类品牌推广有自己的想法。人真诚，重情义，有北方人的豪爽。

　　2007 年 8 月 8 日晚上，北京，天安门城楼，霞光万丈。
　　2008 年奥运会倒计时一周年庆典正在天安门广场举行。
　　中央电视台主持人朱军站在舞台中央，以他惯有的风格，声情并茂地说：和，是灿烂中华文明的核心思想；和谐，是中国人民几千年来的最美好愿望；在"同一个世界，同一个梦想"的奥运旗帜下，全人类都在积极倡导建设和谐世界……
　　此时，和产生着丰富的联想，全中国和谐社会的心声与和酒的品牌理念高度融合。
　　这年春季召开的全国两会上，主题就是和谐社会！在一片和谐社会声中，和酒的"和谐、平衡、协调"的品牌理念得以无限放大。
　　之前两年，已连续举办了和酒杯和谐社会新闻大赛、和酒杯和谐社会公益广告展播活动，进一步提升了和酒的知名度，取得了广泛的社会效益。为了保持和酒的和谐社会公关活动的延续性,我们再次提出举办和酒杯和谐社会新闻摄影大赛活动。

通常主流大众报纸一般以文字为主,但以画面形象、现场气氛、生动传神的瞬间捕捉为主的摄影图片也越来越受重视,摄影画面的形象比文字语言传播效果更直接。

特别随着现代社会节奏加快以及读图时代的到来,照片直观明了、视觉冲击力强的优点显露无遗。读者爱看图片,促使报社更重视摄影图片的使用,纷纷增加新闻照片的使用量或开设更多的摄影专版。

一般来说,都市类报纸每天图片使用量低值在 30～50 张,高值在 60～80 张。如此庞大的用稿量也为繁荣图片新闻创造了条件。除了购买通讯社、资料室、图片社的图片外,报社自采自摄的摄影作品量节节上升。

但相对来说,每个报社摄影部、视觉中心人手紧张,他们辛勤的劳作需要得到精神物质双重激励,和谐社会新闻摄影大赛的举办可谓正逢其时。借此进一步活跃上海摄影新闻报道的竞争气氛,同时带动和酒知名度和美誉度的上升。和谐社会,完全符合宣传部提出的新闻单位宣传工作重点。由和酒来做和谐社会新闻摄影大赛,显得最合适、最相得益彰。

《新民晚报》、《新闻晚报》、《新闻晨报》、《东方早报》、《青年报》等都是上海市民报纸的代表性媒体。这些报社摄影部、视觉中心有上海新闻摄影界最强的阵容。

上述 5 家报纸联袂参加和酒杯和谐社会新闻摄影大赛,对和酒的目标市场基本上可以做到全覆盖,对于黄酒消费者,他/她必能接触到其中一张甚至几张报纸。在近 2～3 月时间内,出现了铺天盖地的和谐社会新闻图片。在报纸版面上再次奏响和谐社会最强音。

2007年10月1日～2007年12月31日,由每个报社摄影部根据当天采拍照片的内容,挑选最符合和谐社会主题的照片,挂上本次大赛统一的冠名标志,在报纸新闻、摄影版面上刊登出来。

2007年10月13日《新闻晨报》以《和酒杯和谐社会新闻摄影大赛拉开帷幕》为题发布消息:

晨报讯　以反映和谐社会为主题的和酒杯和谐社会新闻摄影大赛拉开帷幕。该大赛由《新闻晨报》、《新闻晚报》等本市5家新闻媒体联合举办。

参赛作品将以照片的新闻价值和形象价值的统一性、对题材发现和开掘的深度、对瞬间把握和捕捉的难度、对照片的文字说明能力和图片制作水平以及照片的影响力等方面为标准,届时,将由新闻资深人士、著名摄影专家组成的评委,对参赛摄影作品进行评选,各报将公布获奖名单、获奖作品。

年底活动结束。2008年1月17日《新闻晨报》再以《200多张照片共绘"上海和谐图"》为题发布本次活动的总结性新闻:

晨报讯　由本报与《新闻晚报》等5家新闻媒体以及冠生园(集团)有限公司和酒品牌和上海仲阳咨询有限公司联合举办的和酒杯和谐社会新闻摄影大赛,自去年10月8日至12月31日,历时近三月,于日前圆满落幕。

本次大赛投稿踊跃,最大特色是专业新闻记者积极参与,摄影记者来稿众多、质量高。拍摄题材开挖深,新闻新鲜时效性强,镜头瞬间捕捉到位,画面活泼生动。通过不同侧面反映了由家庭和谐、人际和谐、城市和谐等构成的一幅幅"上海和谐图"。共有200多张(组)照片在上述5家报纸相关新闻版面上刊登发表。日前评出获奖作品 20 张，其中一等奖 4 张，二等奖 8 张，三等奖 8 张。

　　本报作品《特奥运动员上台领奖》作者顾力华获一等奖，《李宇春的粉丝群》作者吴磊、《圣诞老人"海底漫步"》作者陈征分获二等奖，《好八连官兵进隧道铺设电缆》作者竺钢、《金茂大厦举行逃生自救演习》作者杨眉分获三等奖。

　　2008 年第 2 期《新闻记者》封面背后整页刊登《和酒杯和谐社会新闻摄影大赛获奖作品选》新闻，并配发获得一等奖的照片：

　　　　由《新民晚报》与《新闻晨报》、《新闻晚报》、《东方早报》、《青年报》等新闻媒体以及冠生园（集团）有限公司和酒品牌和上海仲阳咨询有限公司联合举办的和酒杯和谐社会新闻摄影大赛，历时近三月，于日前圆满落幕。

　　　　这次摄影大赛参与者，用相机从不同侧面展现了上海市民的风貌，生动勾勒了家庭和谐、人际和谐、城市和谐的一幅幅"上海和谐图"。共有 200 多张（组）照片在 5 家报纸上刊登，从中评出获奖作品 20 张，其中一等奖 4 张，二等奖 8 张，三等奖 8 张。

　　　　获得一等奖的 4 幅作品分别为：新民晚报的《夫是妻的脚　妻是夫的眼》（作者周馨）、新闻晨报的《特奥运动员上台领奖》（作者顾力华）、东方早报的《抢救中华鲟》（作者王炬亮）、新闻晚报的《黄金周西塘夜景吸引游客》（作者任国强）。

　　同属光明食品集团的和酒与石库门进行了合并，烟糖集团的葛俊杰任大光明总裁，烟糖集团的上市公司第一食品所拥有的石库门自然"拗龙头"。

　　更有一个理由——和酒不生产原酒。石库门又占上风。

　　和酒、石库门整合前，在冠生园市场部分管其它产品的叶田，又被揽入和酒品牌经理岗位，和酒"整建制"地合并过去。

在吴中东路食品研究所一幢两层楼建筑内，这个由旧仓库改建而成的貌不惊人的办公楼，就是由上海乃至国内黄酒业的两大金字招牌石库门、和酒合并组建的金枫酒业运作中心。这个新诞生的公司年销售额加起来达到惊人的 10 亿元以上，一举成为行业大哥大。但它是如此的低调，不铺张、不张扬，一扫绍兴黄酒企业又是建博物馆又是盖明清瓦房的气派。

合并之后，也有个扩大市场的问题。大家认为和酒与石库门在上海市场已经饱和，必须走出去。但由于浓郁的海派特色，又会阻碍向外地拓展。因此，想出一个办法——淡化海派，走向全国。在合并的公司里，从上到下弥漫着这种思潮。

就此，我于 2008 年 12 月 11 日在《新民晚报》撰写评论《讳言海派》：

三四十年前，能有一块上海牌手表，大概是全中国人的梦想。"上海"二字真吃香！时移世易，随着开放，洋货冲击，实事求是讲，上海牌远不如昔，不过也大可不必讳言海派。

近十年海派黄酒异军突起，已成为中国黄酒不可或缺的一块。先是和酒，继之石库门，都以浓重的海派格调令人激赏、爱不释手。海派黄酒为何成功？相信人人能答。

自从一场官司打输后，"上海老酒"变成通用名称人人可用，弄得绍兴也有些小酒厂的酒瓶上赫然印着"上海老酒"。尽管"挂羊头卖狗肉"，至少说明"上海"名头还是可以沾些光的。

忽然有一天发现，走向全国时，海派竟成了拓展外地市场的"障碍"。说海派黄酒只能在自家院子里打转，不宜全国性推广。是否如此，另当别论。

结果，视之如敝帚、避之唯恐不及，人人对海派噤若寒蝉，谁言海派跟谁急。老夫叹息：孰能忘本？奥巴马当选总统，可他并没讳言自己的黑肤色呀。道理很简单：明摆着嘛。

　　有330年历史的绍兴沈永和，以前在上海市场上几乎无人不知无人不晓，一直处于领导地位。老人们总喜欢买几瓶放在家里，招待客人或自斟自饮。

　　但沈永和整合进绍兴黄酒集团后，古越龙山定位为中高档黄酒，沈永和成为中低档品牌，专门针对传统口味消费者，甚至成为销售坛装黄酒的品牌。但即便坛装酒，每年的销售额也达1个亿。

　　绍兴已于2002年将沈永和厂房旧址平地起高楼盖成住宅区，沈永和的独特品位也随之消失，让人产生物是人非的感觉。

　　绍兴人甚至伤感地说，沈永和只是一个生产车间了。

　　和酒与石库门的合并，不要重蹈覆辙。

　　合并后，和酒酒瓶上生产企业落款，先是从"上海冠生园华光酿酒药业有限公司"变更为"上海华光酿酒药业有限公司"，离开冠生园，抹去"冠生园"。现在干脆写成"上海金枫酒业有限公司"，统一彻底完成。

　　2011年1月11日，这个有五个"1"、很特别的日子，在中国发生着许多事情。讲话声音尖、脆的李连杰，在深圳将壹基金成功公募，很多国内企业家去捧场。

　　那天在上海，石库门推出新产品石库门1号，创新劲头十足。请来石库门历史上最大牌的明星、电视节目主持人袁岳做代言人。

　　尽管袁岳已为一洋酒产品拍广告在先，石库门不怕同是酒类"撞车"犯忌；尽管袁岳自己也不怕主持人的形象越成功，便越表明他不务"零点公司"的正业……

　　只是第一个营养型黄酒和酒，何时再有创新产品隆重推出？

第八章　悠悠绍兴水

小时候上课,读到鲁迅上学时在桌上刻了一个大大的"早"字,很想学他样,用父亲给我的一把不锈钢水果刀,也想刻个把字。最终慑于从小受到"不要破坏国家公共财产"的教育而作罢,因为课桌是学校的。

从小到大,鲁迅的文章读了不少。通过他的笔,我们对绍兴格外有了一份熟悉和亲近。这似乎成了大家的共同经历和集体记忆。

读大学时,同学聚会、朋友聚餐,喝酒是少不了的。有一次,买了几瓶绍兴花雕酒,醇浓好喝,喝起来有点甜咪咪,与其他淡叽呱啦、酒味熏人的黄酒大异其趣。

"绍兴黄酒好",这是记忆中的印象。

1997年底开始,我在纺专借房子办公。放假时,学校食堂不供应,有时我们得到隔壁、在长宁路中山西路口一建筑工地外、靠马路边的一家简易小饭馆里吃中饭。常有一些停下助动车来吃饭的行色匆匆的人,点几个菜,叫上一瓶酒,很乐惠。常常听他们叫"来瓶古越龙山"。只知道绍兴花雕酒好,原来古越龙山也是绍兴好酒。

后来得知古越龙山是最大的黄酒企业,也是黄酒行业第一家上市公司,是黄酒老大。

随着绍兴市酿酒总公司、绍兴黄酒集团的组建,沈永和并给了古越龙山。古越龙山利用沈永和的知名度,在上海开设沈永和酒店。他们有个雄心勃勃的计划,在上海要开50家,以饭店带动古越龙山和沈永和酒的销售。在《新民晚报》上刊登整版的广告,财大气粗。

此时,我认识了古越龙山上海公司的经理姜水潮。他在上海西区的普陀体育馆办公。古越龙山买断了体育馆的冠名权,因此体育馆有个很长的名字"普陀区古越龙山体育馆"。2008年,可能价格谈不拢,又把冠名拆除。2009年4月16日《新民晚报》"醉话"专栏有篇文章《弄脱冠名》专门对此评论:

　　　　前几日路过曹杨路,有一新发现,原来的"普陀区古越龙山体育馆"变为"普陀区体育馆"。因企业冠名所需,原体育馆名字显得冗长,现摘下冠名,倒也清清爽爽,落落大方。

　　　　转念又顿怅然,莫非全球金融风暴也刮到了沪西这一隅?作为绍兴酒老大,古越龙山当年斥巨资冠名上海的体育馆,乃当地一大新闻。所冠名的体育馆矗立上海,尽管并不巍峨,但也算一种标志,大有大的样子,对上海雄心可鉴。

　　　　当然,名字挂上去,总有摘下来的时候。沪上黄酒市场近年来格局大变样,言必呼古越龙山绍兴酒的酒民开始移情别恋。市场千帆竞发,一进一退。于是上海市场走马换将,但失去的宝座难夺回。眼前虽说止跌,又遇大环境不好,"升"不逢时!此时摘下标志性的冠名,又传递了什么?

姜水潮,比我大靠10岁。我始终觉得,其人如其写的字。偏瘦、结实、精干,又吴越软语,易打交道。他一直长驻上海搞销售。即便我们交谈时,他仍顽强坚持说着一口绍兴话,尽管为了能让我们听得懂有些改良。

他是一个爽快人。认识不久，有一次他来电把我找去。

国家质量技术监督局于 2000 年 4 月批准绍兴黄酒集团和绍兴东风酒厂使用绍兴酒原产地域产品专用标志，浙江省技监局计划于 5 月 25 日来沪发布消息。

姜水潮很爱惜自己公司的品牌，也是一个很有竞争意识的人。不知是绍兴总公司领导的意思还是他的主意获得了总部的批准，反正他告诉我——

为防止东风酒厂会稽山乘此机会造成与古越龙山、沈永和并驾齐驱的印象，古越龙山想抢个先，早一步开展"古越龙山首获原产地域产品保护"宣传。于 5 月 25 日浙江省技监局发布消息之前，古越龙山先声夺人。

我们讨论的说辞很有诱惑力：我国第一个原产地域产品绍兴酒受到国家保护——唯一黄酒驰名商标古越龙山又添护身符。

我们谈妥合作事项后，决定于他们所在的普陀区古越龙山体育馆举行大型黄酒咨询推广会，做场面，造声势。

从开始策划到 25 日，只有一周时间。由于种种原因，举办活动的时间一改再改，最后定于 25 日前一天 24 日举办。我们要在所剩无几的时间内，策划和协调整个项目并实施。

我们加紧印发材料，在短短两天内编写打印宣传手册 1000 余份，保证了资料及时发放。

23 日中午，已将请柬全部送到受邀媒体手中。代表沪上主要媒体的文字记者、摄影记者、摄像记者均被邀请。我们为到场媒体准备了详细而充足的新闻材料，包括国家技监局关于原产地域产品保护资料、古越龙山背景资料、活动统发稿等。

现场布置中，最主要的是一幅长 20 米、宽 1.8 米的巨型横幅。由于时间过于紧迫，活动举行的当日清晨，制作商告之横幅尚未完成。我们督促制作商迅速制作完毕，终于在电视台采访车驶进体育馆时，将横幅挂出去。

5 月 23 日《新民晚报》经济生活版报道《本市率先实施原产地

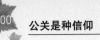

域产品保护制度　绍兴黄酒"正本清源"》的消息：

> 我国首次出台的原产地域产品保护制度已率先在上海市场实施，古越龙山、沈永和等绍兴酒有幸成为首批得到保护的原产地域产品。
>
> 我国对原产地域产品保护始于 1995 年，并于去年由国家质量技术监督局通过了《原产地域产品保护规定》等法规，而一度在市场上云遮雾障动辄使消费者喝"糊涂"的绍兴黄酒，这次首先被列为正本清源的首选原产地域保护产品，无疑也很具典型意义。
>
> 据本市酒类专卖管理机构介绍，黄酒产于中国，绍兴酒最具代表性，利用当地特有水资源、原料资源和独特酿造工艺而最终闻名于世的绍兴酒，完全符合理应受到保护的原产地域产品所应具有的"利用产地特定地域内所生产的，质量、特色或声誉在本质上取决于原产地域地理特征的，并以原产地域名称命名的"产品定义。为此国家质量技术监督局于上月正式批准中国绍兴黄酒集团公司使用绍兴酒原产地域产品专用标志。
>
> 古越龙山和沈永和等品牌的绍兴酒成为我国首批原产地域保护产品后，不同于注册商标，一经确认，不能转让也不得许可使用，其工艺、质量和销售的监控均有特定的规范，从而也能有效地防伪驱劣打假。

同一天，上海电视台播出新闻报道《我国原产地域产品保护制度出台》：

> 上海市酒类专卖局今天对第一个得到我国原产地域产品保护制度保护的绍兴地方酒古越龙山和沈永和这两个名牌，进行依法保护宣传活动。我国的原产地域产品

保护制度是由国家技术监督局颁布实施的,它将使一些历史悠久的地方特色产品得到法制保护。浙江绍兴的古越龙山和沈永和受这一制度保护后,将增强绍兴地方名牌酒的含金量。据悉,市酒类专卖局近期将对上海市场销售的所有绍兴酒进行查验,以确保正宗名牌的市场地位。

同一天,东方电视台播出新闻报道《〈原产地域产品保护规定〉正式实施》:

> 为保护我国优秀传统产品特色,使其具有不同于其他同类产品的公认优势,从而切实防止假冒,国家质量技术监督局首次出台了《原地域产品保护规定》,并于日前正式实施。首选列入保护目录的产品是古越龙山、沈永和等绍兴酒。原产地域产品保护国际上已有通例,被保护产品一经确认,不能转让,不能许可使用,犹如给产品上了户口,这就在相当程度上堵塞了假冒之门,并使特色产品的品质得到保障。我国这项制度的实施表明对传统特色产品的保护工作已纳入严格要求的法制轨道。

古越龙山此次活动在媒体报道上大获全胜。不仅在各大媒体上获得相当多的报道,更令第二天由浙江省技监局举行的新闻发布会因丧失新闻价值而失去了报道机会。

事体做完了,古越龙山对合同费用有异议,我们发票开出,税也缴了,但总公司不相信。姜水潮一定要我们将缴税单传真过去给他们过目才能付余款。

后来还是姜水潮讲要照合同来,在他的坚持与要求下,余款才汇给我们。

1992年，古越龙山最早在上海推出了五年陈酿，销售情况火爆。中国最常刮的"风"是——跟风。

黄酒生产厂家纷纷推出各自的年份酒，三年陈、五年陈、八年陈、十年陈，"数"不惊人死不休，二十年陈、五十年陈等"高龄酒"也频频现身，年份越长酒价越高。

酒的年份，没人能说清楚。同样五年陈的一瓶黄酒，五年的基酒真正有吗？又有多少呢？年份酒缺少市场规则，缺少严格监管，缺少行业自律，导致厂家往往自说自话，想标几年就几年。

2001年的上海，超市货架上的年份酒混战一塌糊涂，大小酒厂都在卖。

姜水潮认为，要把一个真实的年份酒情况告诉消费者。

1月24日《申江服务导报》"养身之道"专栏刊登《黄酒陈度到底有多少　年份酒鱼龙混杂消费者真假难辨》一文：

> 秋冬季节是黄酒销售旺季。黄酒以其活血通气、健脾厚胃受国人垂青已有数千年历史，尤其是天下一绝的绍兴黄酒更是久盛不衰。曾几何时，黄酒纷纷标上酒龄，但同一酒龄的黄酒售价却大相径庭。同样是五年陈，贵的近20元一瓶，便宜的7、8元就能买到。
>
> 陈酒是当年生产、贮存三年以上的酒。一般由规定年龄的酒（基酒）和其他酒勾兑而成，基酒必须占50%以上。绍兴酒酒龄越长，氨基酸、有机酸、酯类、微量元素等营养物质就越全面，口感也愈佳，故有"越陈越香"之说。
>
> 绍兴黄酒放置五年后，成本大约10元/500克，经灌装包装至少12元/500克。只是不知市面上5元/500克的五年陈是如何出笼的？且绍兴现有库存黄酒有限，除一些老字号黄酒厂外，一般酒厂根本拿不出五年以上的陈酒。即使两三年的新酒加上灌装包装，商家利润也要3元多/500克。目前本市一大卖场促销两瓶三年陈售价只

有 5.3 元（买一送一），其正宗性可想而知。另有某超市一牌子买五年陈送三年陈共计 11 元多一点，以新酒充当陈年酒，实际只值半价。消费者看似得了实惠，其实吃了大亏。

因此在购买黄酒时，要看品牌知名度、信誉度，是否有原产地域产品专用标志。绍兴黄酒实行原产地域产品保护制度，目前只有中国绍兴黄酒集团公司古越龙山、沈永和等五家企业被列为专用标志使用企业。这些企业的陈酒库存数都要在当地技监局备案，否则不予生产。像古越龙山，约有 20 万吨的库存酒，平均酒龄在五年以上，至今尚存一批产于 1928 年的百年陈酿，库存资金达十个亿。再看厂家历史，创办时间不长的厂家是无法酿出五年陈、十年陈的。

当然消费者还要会"察言观色"。看商标是否有注册代号、保质期、生产日期、详细地址等，再看颜色是否清澈透明，有纯正的黄酒香，口感是否醇厚。陈酒在贮存过程中经过一系列酯化和分子缔合作用，品味尤佳。据中国酿酒工业协会黄酒分会秘书长、国家级黄酒评委专家组成员李家寿介绍，陈酒与新酒相比，醇香浓郁、鲜甜爽口、味感舒适。黄酒本身就具独特的营养和保健功能，8 种人体必需而本身又不能合成的氨基酸，它全部具备，因此不宜加入过多药材破坏其清澈透明的色感和爽口醇和的口感。

据有关部门透露，关于黄酒陈度的量化标准正在制定之中，一旦出炉，那些以次充好、虚报酒龄者可要无所遁形了。

2 月 1 日《新民晚报》经济生活版刊登由我们提供的与上述内容相似的《酒厂卖老　酒龄谁断——盼国家黄酒陈度量化标准早日出台》的稿件。

作为黄酒老大,古越龙山也觉得势单力薄,后来年份酒问题没有再呼吁下去,行业协会也没有清理整顿,政府部门也没有见谁出来给年份酒做做规矩。年份酒越来越乱。

　　按照国家标准,年份酒的标注是有严格规定的。以五年陈黄酒为例,勾兑的原酒中50％必须储存满五年,25％是储存五年以上,25％是储存五年以下,加权平均酒龄必须五年。

　　年份酒的乱象,不独在黄酒,白酒也是如此。

　　对此,2008年8月21日、28日、9月4日《新民晚报》酒旗茶垆版"醉话"专栏连发三文评论年份酒:

年 份 酒

　　吾等嗜酒之人,得一陈年老酒,欣喜若狂。可见,酒的年龄对喜饮者而言,诱惑是多么大呀! 一般对烈酒来说,酒龄越长越醇越好。在洋酒中,VSOP、XO等,均是酒龄之标志,且酒龄高者档次高价格高。

　　而回望中国酒,历来是重品名轻年份,年份的概念只留于民间,更披上传奇色彩。有人云:吾偶得某某年之茅台,开瓶后其香如何其味如何。其间,用词夸大,表情夸张。听者亦附云,遂传开。这些传奇故事,大多集中于曾经的十大名酒,且排名靠前者。

　　前几年,某黄酒厂仿红酒之法,率先提出三年陈、五年陈、十年陈,顾客讥道:厂龄仅三四年,何来十年陈? 然此风一出,各酒厂纷纷效仿,十年、十五年、三十年,愈演愈烈,并蔓延至白酒。有挖出几百年前老井的,有掘到几个世纪前老窖的,还有拿出六百多年前酒窖里的泥巴,各不相让,争相表白。十年、十五年乃至五十年的年份酒与这些古董相比,算得了什么呢? 于是,各种年份酒纷纷出笼。

　　改革开放以来,高档白酒供不应求,五粮液、茅台酒等更甚,产能已到极限,谁家能拿出如此多十年以前的酒来?年份酒,说到底乃变相涨价也。老夫品尝这五年、十年酒,并无多大差别,可能是酒喝高了些,辨别力降了,权当是醉话吧。

再议年份酒

上期年份酒话题一出,便有国内最高档之两大品牌请老夫品酒。

席间,年份酒自然是谈论的重点。老夫抬杠道:"尔等若有藏了六十年、五十年,乃至三十年的酒,依现今市场供应之巨,吾愿以任何代价一赌?"对方哑然,却又辩解:白酒与洋酒不同,年份酒不是靠单纯的摆放,而是靠勾兑而成。"那勾兑的标准如何呢?"老夫问。对方坦陈:无标准。面对老夫"这瓶酒中,标明年份的原酒有一调羹吗"的提问,对方摇了摇头:"有2滴已属了不起啦!"

呜呼,好一个年份酒呀!老夫还想以"时下有一种陈化方法,可以使酒龄迅速陈化"的话题,欲与厂家再来一番交流,怎奈他们死活不肯搭理,王顾左右而言他,终使老夫未能如愿。

不愧为名酒,这酒就是好,老夫不免多饮了几杯。想必是年岁不饶人,脚底竟打起飘来。走出饭店,月黑风高,老夫不禁踉跄起来,一串醉话脱口而出:"这年份酒,实乃营销学之绝佳案例也!"

三说年份酒

"一瓶年份酒里连一滴当年产的酒都不一定有"的说法,在上期老夫之"醉话"中曝出后,如一块巨石,投入似镜之平静水面,顷刻激起千重浪,问询者无数,信者、疑者皆有,且疑者居多耶。

老夫扯着醉酒后偶染感冒似公鸭般哑嗓,一遍遍释疑:五十吨酒有多少瓶,掺入十瓶原酒,平摊到每瓶有多少?有没有一滴?

如此比划,这般比对,有些人听明白了,有些人仍懵懂。老夫只好自叹无能不才,同时亦暗暗佩服出年份酒高招的厂家,一个噱头,竟将芸芸众生陷入云里雾里。笔落至此,抬头见电视上又出现某名酒的年份酒身影,且似信誓旦旦般曰"百分百够年份"。此言何意,照字面上理解,老夫看来至少有三重解释。呜呼,又遇上一个捣浆糊的。此等语焉不详,含糊不清的表述,那些监督广告的大员怎地不出声呢?

年份酒不是坏东西,但好东西要有好规矩作保证才行,更不能一个好"创意"让人当了"羊头",却在底下干着卖"狗头"的勾当。该给年份酒制定一个行业标准啦!

刊这些年份酒评论时,郎酒在版面上也发了一些介绍郎酒工艺的文章。但其上海办事处的经理电话里跟我讲,这些谈年份酒的文章不好。看来是投鼠忌器!

在上海,和酒一天天在壮大,石库门在崛起,古越龙山消费群在萎缩。古越龙山董事长傅建伟在黄酒行业开会碰面时,越来越抬不起头。

黄酒行业权威人士毫不客气指出:古越龙山缺乏创新,不思进取,丢失上海市场。

失败,要有替罪羊。姜水潮在上海担任销售经理的工作做到了头。不久被调回绍兴总部。后来再次在绍兴碰到他时,他说他在管酒文化方面的事,顺带卖卖酒。

有一天我从《快速消费品》杂志上看到,养生堂的浙江市场经理黄炎远调任古越龙山上海经理。在一次电话中,我得到确认。

他对《快速消费品》的报道也很感兴趣，还问是哪一期。

从此，我与他也熟识起来，经常串串门，聊聊天。黄炎远年长我一岁，是同龄人，共同语言也多一些。他讲话清脆爽快，一副笑脸。

大概从2000年开始，每年过完春节，开完两会，全国的新闻报道会进入一个空窗期。这时，媒体总要捅出些席卷全国的食品危机事件。2003年以来，就陆续对金华毒火腿、如皋毒香肠、龙口毒粉丝、毒酒……进行追踪报道。

2004年5月23日，以暗访、曝光为特点的央视《每周质量报告》揭露绍兴县湖塘酒厂以少量黄酒添加自来水、白酒、酒精，配制黄酒，欺骗消费者。各报纸纷纷以"黄酒之都竟有如此'佳酿'"等为题转载，俨然一夜之间整个绍兴成了假黄酒荟萃之地。绍兴黄酒整体形象受到强烈的冲击。

当天央视的新闻尚未播完，绍兴市质监局就紧急行动，对曝光企业进行查处。几乎同时，绍兴县质监局也出动，赶到湖塘酒厂，对库存黄酒就地封存。

"令人震惊、令人痛心、令人警醒。"绍兴市委副书记、市长王永昌在节目播出当日作出批示，指出要"依法追查原因和责任，绝不手软"，制止此类现象再次发生。24日上午，湖塘酒厂停产，厂长汪柏根接受检查人员的询问。下午，市政府召开绍兴黄酒质量专项检查工作会议，反思叶万源假酒风波，部署专项检查。

我与黄炎远电话中交谈。对方感到了事态的严重。

在由我们提供的《绍兴黄酒危机公关建议书》中，写道："古越龙山作为行业大哥大，代表行业在本次事件上如何合理表态，划清界限，正本清源，推广正宗绍兴酒，则是应尽的职责和义务。"

我们建议启动危机公关，处理由湖塘酒厂曝光引起的对整个绍兴黄酒的冲击，保护正规厂家的生产经营秩序，为稳定销售、市场扩张创造良好舆论。让绍兴黄酒从掺水酒的漩涡里飞出欢乐的歌！

黄炎远取得绍兴总部同意，回复我，马上运作绍兴酒危机公关。

我要先到绍兴去一趟，打打前站，落实合同和采访事宜。

来到古越龙山，其副总经理许为民正在开会。他让我在隔壁会议室等一下。大概过了十分钟，散会了，许伟民过来。尽管一口绍兴官话，但听上去很亲热。

自从与古越龙山首次合作开始，我也经常与许为民通电话，在上海也见过一次面，颇为熟悉。

他叫来营销部部长柏宏与我谈。

但这个人板起圆鼓鼓的脸，不苟言笑。我与他打交道中很少看到他笑，他好像有很多怒气，不笑。但笑起来就龇牙咧嘴，也蛮可爱的。

他说，叫记者来采访的事，我们不一定做，还没定呢。

我想，电话中与黄炎远、许为民都讲清了嘛，我们都谈得差不多，已取得一致。怎么还要变卦？

等许为民过来，坐下来一起谈。他不听柏宏涨红着脸的嘀嘀咕咕，像是强行通过，基本答应了合同的内容。

我与许为民、柏宏在他们公司招待客户的餐厅吃了午饭，敲定了住宿的宾馆和赠送的礼品等细节。

下午我与柏宏一起马不停蹄与绍兴市黄酒行业协会秘书长陈祖亮碰面。还与营销部茹拥政赶到绍兴电视台落实采访当天拍片的事。

我赶着乘当天长途末班车回上海。

第二天我与黄炎远电话中修改统发稿，商量记者去绍兴用车问题。

6月17日上午，我在办公室与去绍兴的各路记者再次确认，督促他们准时。

吃过中饭，下午一点多，我叫了辆车，十分钟就到古越龙山体育馆。进入会议室，只见我的电视台老同事柴杰与东视编辑王卫东已到，坐在会议桌顶头喝茶聊天。我把他们给黄炎远介绍一下。说话间，外面的人又陆续进来，《劳动报》的范国忠、《上海星期三》的娄汝超、《东方早报》的顾俊、《新闻晚报》的李宁源、《新闻晨报》的陈杰、上海人民广播电台的龚卫敏、《新闻午报》的徐俊芳、《上海经济报》的金和一……《上海家庭报》的金波迟到了一刻钟，最后也匆匆赶到。

一行近20人，分乘两辆面包车，向绍兴进发。

有朋自上海来，不亦乐乎？

古越龙山很重视这件事。还在路上时，跟我们车的古越龙山上海公司的秦冉，不断接到电话，询问我们到哪了？秦冉对我说："公司上下非常热闹，很隆重。"大概电话里有人对他说了。

从杭甬高速下来，要到绍兴市区了，柏宏打来电话："先到哪里？龙山宾馆还是公司？"既然你们兴师动众在等，我说："那我们就先到公司吧！""好的。"过了一会，又来电。"还是先去宾馆，把行李放下。"我想也好。

柏宏他们几人早已在龙山宾馆大堂等着。我们每人拿出身份证，我分好房卡，每两人一间，并做好登记。随后立即去古越龙山公司。

我们的车一进厂，许为民就微笑着到车旁迎接我们，尽管他的微笑中还保持着绍兴商人的一丝矜持，但总是热情的。

在招待客户的餐厅吃晚饭，用了两个相邻的包厢，满满两桌。我们一桌由他们的总经理宣乐信作陪，隔壁由许为民作陪。喝的是状元红。大概是要让上海来客感受感受绍兴的营养型黄酒，肯定要比上海的营养型黄酒好。确实也有个别记者喝高后，与许为民大谈"你们的酒好，和酒是配制酒"。绍兴人听了很受用，大笑，继续碰杯。酒厂喝酒，尽兴。

晚上,《文汇报》驻杭州记者万润龙到达,在宾馆大堂等着,我将钥匙给他。

一小时后,我回到房间,叫来万润龙,尽管通过好几次电话,但还是初次见面,要聊聊熟悉一下。就在我面前,他与上海的当班编辑通话,确定他写的稿件第二天可以见报,还特地关照古越龙山等品牌名不要删掉。

第二天,用过早餐,从宾馆出发,乘车参观古越龙山中央酒仓库和沈永和酒厂。随后在沈永和酒厂会议室召开新闻记者恳谈会。

会上,中国酿酒工业协会黄酒分会秘书长沈振昌、绍兴市黄酒行业协会秘书长陈祖亮发了言,古越龙山董事长傅建伟以绍兴黄酒集团董事长身份也发了言。他们谈了三点:1. 肯定支持央视的曝光;2. 湖塘酒厂不是正宗绍兴酒,绍兴黄酒有专用标志;3. 规范、监督黄酒企业生产,保护正规品牌。

沈振昌认为,个别媒体的不恰当操作,把湖塘酒厂假酒简单用"绍兴黄酒水来兑"为标题发表。央视《每周质量报告》清楚地说明:绍兴黄酒是我国黄酒的代表,它以醇香质厚、口感好而闻名全国,绝大多数厂家都能执行国家标准生产合格黄酒。这一点被忽略了,产生了对整个绍兴黄酒的不良印象。

陈祖亮主要介绍了"绍兴黄酒"证明商标使用情况,全市 12 家正规绍兴黄酒生产企业的产量占 80%,并澄清一个概念,即绍兴产的黄酒≠绍兴黄酒。

傅建伟谈了对这件事的看法,并谈到企业应做大做强,让消费者认可你的品牌。他满怀豪情地说,绍兴黄酒集团视质量为生命,品牌为最高荣誉,"希望通过我们的努力,使黄酒这一国粹在我们手中重振辉煌。"

万润龙在会议开到一半时就走了,他的报道《湖塘假酒非"绍兴黄酒" 中国黄酒协会负责人呼吁保护黄酒产业》,在 6 月 18 日当天的《文汇报》国内视窗版上发表。

万润龙到底是老记者，抢新闻功夫了得！我们还在开会，他的稿件已经见报了。

恳谈会结束后，下午还安排到鲁迅故里参观。

鲁迅故里的进口，有一堵墙，上面写着一行大字"民族的脊梁"。当然，我们同行的人中就有人不同意这一说法，甚至嗤之以鼻。自从张爱玲盛行后，鲁迅也在一点点被消解。也算对过去鲁迅被政治化、捧上至尊地位的一种抵消吧。

19日中午，在咸亨酒店用餐。之前，我一直控制住尽量不喝酒，喝也只是咪几口。采访顺利完成，大家敬酒，我放开喝。小坛的花雕酒，喝了一杯又一杯，不醉。

回上海的路上，喝了两瓶矿泉水，呼呼一觉睡到上海，醉意全消。没有头重脚轻，没有口干。好酒就是不一样啊！

绍兴回来后，前去的媒体陆续发表采访报道。

2004年6月21日《新闻晚报》记者李宁源采写的消息《绍兴黄酒良莠不齐》见报。

李宁源要采写整版报道，任务比较重。除了参加所有的采访活动外，我特地"开小灶"，安排他自由采访，终于写出大块文章。尽管个别数据上有些出入，但总体可读性蛮强。

6月24日东方电视台东视夜新闻"新闻快报"报道"黄酒生产企业实行许可证制"，正面报道该制度的实施将提高绍兴黄酒生产企业准入门槛，有利于进一步确保绍兴黄酒的生产质量，淘汰小酒厂、小作坊及不正规的厂家。

老酒要有老法师，古越龙山有国家级评酒大师、中国黄酒博士后李家寿。2004年8月13日《新民晚报》新民时尚钱题纪实专版的《黄酒老法师VS品酒洋玫瑰》文章中，专门讲到"李家寿：中国黄酒品酒宗师"，对古越龙山的老法师进行了重点宣传，提升品牌形象。

这篇专访是《上海家庭报》的金波写的。它对绍兴酒、古越龙山的价值是不言而喻的。

2004年8月18日新浪网美食频道"吃在上海"发表我们的稿件《专家建议：明明白白喝黄酒》，继续传播古越龙山的核心信息。

我们起初的建议中，还有一个最佳方案，邀请绍兴市长出席。市领导为绍兴黄酒正名出面出力，名正言顺，也有利于塑造有作为的领导形象。可惜未能执行落实。古越龙山作为当地的一家利税大户，地位举足轻重，却没有一定的政府公关能力，乃一大憾事。

央视《每周质量报告》曝光湖塘酒厂那个节目后面，还有一个背景介绍。一个是说，国家质检总局近期对含乳饮料、果脯蜜饯、山葡萄酒等9种食品进行了专项抽查，结果显示，超过八成的食品质量合格，食品市场总体情况良好。大型食品企业平均抽样合格率比中小型企业高出近20个百分点，其产品占据了大部分的市场。另一个是说，国家食品安全专项整治工作重点确定，以粮、肉、蔬菜、水果、奶制品、水产品为重点品种，严厉打击生产、销售假冒伪劣和有毒有害食品的违法犯罪行为。

但我们回顾一下，2008年由三鹿奶粉引发的三聚氰胺事件席卷中国，震惊世界；2009、2010年三聚氰胺又阴魂不散，时时冒出来。出事的三鹿奶粉也算大企业啊！国人对国产奶粉信心丧失殆尽，以致到2010年底，进口奶粉已占中国市场50%以上。

《每周质量报告》有句结束语"共同打造有质量的生活"，目前在我国仍远远谈不上，因为连安全放心都做不到啊。

我们是为合作改变曝光对古越龙山的影响而去绍兴。沈永和信奉"永远和气生财"，但并没成为古越龙山员工信条。

项目结束，按合同应该结清款项。我们将发票寄给古越龙山市场部部长柏宏，但我们迅速收到一张百般挑剔、严词拒付款、并未敲公章的函,还将发票退给我们。

一切似乎表明不想付款给我们。

与副总经理许为民讲,他推托找柏宏。我不得不找傅建伟,要求付款。在一次我打电话给他时,他说"我喉咙疼,不便讲话"。最后,我找上海经理黄炎远,他收下发票。

国有企业一般债是不会赖的。在黄炎远为我们据理力争之下,在拖拖拉拉一年之后,到 2005 年 5 月,才将余款结清。

虽然在新闻单位,新闻和广告是两个部门,但客观上央视曝光也为央视"拉"来广告。

黄酒竞争十分激烈,特别是上海的黄酒企业冲刺得很厉害。绍兴黄酒老大想加大宣传力度,使古越龙山品牌家喻户晓。

曝光促使古越龙山下了尽快打品牌的决心。2004 年底终以6000 万元到央视打广告。

由于连续三年在央视投广告,傅建伟当选 2007 年度十大风云浙商。评委会对他的评价是:"以鉴湖水的侠义与才情为酿,他让飘溢的酒香穿越古越,成为国人为之倾倒的神采。对黄酒文化的醉心,对环保事业的倾囊,他让这坛酒永远醇香,也让那湖水复归清澄。"看来,做广告对企业、对品牌、对老总个人,都还是有用的。

2008 年,古越龙山一个"创新"是成立原酒经营公司,利用古越龙山中央酒仓库和地下酒库的酒进行原酒交易。

古越龙山上海经理黄炎远调到绍兴后,起先做销售公司市场总监,新设的职位,不尴不尬。后来就做了原酒经营公司总经理,并成立了中国黄酒交易网,寄希望于网上拉动交易。甚至原酒交易还获得国家级企业管理现代化创新成果二等奖。

有一次去古越龙山,找到黄酒博物馆边上二楼黄炎远的办公室。推开窗,下面就是小桥、流水、人家,行道树浓荫蔽日。我对黄炎远说,环境非常好。他朗朗而笑。

原酒交易生意情况怎样，不得而知，但做了没多久，黄炎远就辞职离开古越龙山。当初从养生堂引进的职业经理人就此终止他在古越龙山的生涯。

2010年11月7日上午，一年一度的绍兴黄酒节开幕式暨绍兴黄酒开酿仪式，在古越龙山黄酒博物馆广场举行。献祭品、请酒神、诵祭文、祭酒神……这次开酿仪式一大卖点是，叫来15家绍兴黄酒生产企业，但会稽山总经理傅祖康、塔牌总经理金国辉等均没有到场，作为绍兴市黄酒行业协会会长的古越龙山和傅建伟，虽然强调绍兴黄酒的合力与抱团，但显然号召力、凝聚力、团结力还不够啊。

那次处理由央视曝光引起的绍兴黄酒公关危机中认识的绍兴市黄酒行业协会秘书长陈祖亮，对绍兴黄酒的各种数据清清爽爽，人兢兢业业。事后，他陆续给我介绍认识了绍兴好多比较正规的黄酒生产企业。会稽山的傅祖康就是这么认识的。

绍兴东风酒厂生产会稽山黄酒，也是绍兴酿酒大企业，原来国营，后改制为上市公司轻纺城的子公司，2002年民企精功集团控股会稽山，2003年傅祖康从轻纺城空降会稽山任总经理。

第一次与傅祖康见面那回，我从绍兴长途汽车站下来，打的跟司机说去会稽山，他一下把我拉到一条铁路旁的会稽山厂里去了。其实傅祖康是在绍兴市区办公。我返回市区，在他们所借的一家宾馆的办公室里找到他。

傅祖康永远是一个笑眯眯的人，很有亲和力。我们谈了各自对古越龙山、和酒、石库门等黄酒竞争者的看法。他听得很认真，仔细。

不久已到吃饭时间。我们步行前往不远处位于咸亨酒店边上、也叫咸亨的小饭店去吃饭。咸亨酒店，上次古越龙山采访时最后一顿就在那吃的，我熟悉。这个咸亨小饭店，就不一样了，完全是小市民各色人等汇集，排队买牌子，长条凳，大腕喝酒，碗端起来一动，碗内壁上就有蜂蜜样的挂壁，酒醇厚得很。吃点茴香豆、炸得金黄香脆的臭豆腐⋯⋯真的体验了一把绍兴小吃特色。

　　塔牌绍兴酒厂就在绍兴县湖塘，我先认识了该厂副厂长、全国黄酒评委潘兴祥。一天我们到该厂，进厂门刚说找潘兴祥，门卫指着一辆正准备出去的小车说"就是他"。我们在各自的车上交换了名片，随后他介绍我去找市场部阮耀庭。

　　金国辉是在通了多次电话后才得以相见，他是绍兴酒老总当中最难约见的人。不过人很平易近人。有一次我利用在绍兴出差的机会，休息天到塔牌去见金国辉。只见金国辉自己提着两把热水瓶在楼下泡开水正准备上楼。到办公室又亲自为我倒茶。

　　他最大特征，和我后来认识的浙江商源公司的朱跃明一样，嘴上永远是两撇浓密黝黑的八字须。而且这两人还是客户关系，后者的高档黄酒自有品牌老台门用的就是塔牌生产的基酒，而且潘兴祥等塔牌几个黄酒老法师在老台门的资料手册中作为老台门的技术后盾被包装得光鲜亮丽，有点时尚潮人的腔调。

　　有次我问朱跃明老台门为何叫塔牌代工。他讲塔牌属于浙江粮油进出口公司，长年出口海外，品质有保证。这可能就是塔牌的核心价值所在。

　　到柯岩余渚工业区找唐宋酒业公司，它其实就在塔牌酒厂后面，开过去不远，附近的路上两旁电线杆上全是唐宋酒的广告小旗子，可见它很重视宣传。

　　老板朱清尧因父亲跟黄酒学会会长毛照显相熟，叫后者"毛伯伯"。人很精明，又显出些江湖豪爽。问其为何对毛照显这么尊重时，他说毛照显做事公正。

　　他生产的酒在上海大卖场里有卖，不过很便宜。有些甚至不打自己的牌子，为大卖场贴牌。

绍兴白塔酿酒有限公司在陶堰浔阳路上,董事长叫许建林。这家公司最强调的就是中日合资的牌子,老板反复跟我们讲的是它是"绍兴酒出口企业"。

在他的办公室里挂满书法和国画作品,又以过去的中央领导的字画为多。乔石一副书法就挂在老板椅后面正当中的墙上。

不过在上海超市看到白塔生产的"上海老酒",就有种异样的感觉。

兰亭阮江有咸亨酒业,总经理叫阮建华。他的公司在一座小山坡上,我们开车问了好多人才找到。

总经理很年轻,性格刚烈。咸亨牌主要在当地销,量不大。跟他见面,我们终于搞清咸亨黄酒与咸亨酒店是两个公司,浑身不搭界的。

出来时,看到办公室楼下停着一辆很好的进口 SUV,引得我的同行者阵阵惊呼。

品牌不是很响,但一年做几千万销售额,"小日子"很好过啊!

从绍兴市区开车有好长一段时间才到上虞市东关镇女儿红酿酒有限公司。

经过买进卖出,女儿红又归到古越龙山,算国有的。

一到厂门口,看看那贮酒罐和厂房布局,明显是"殷实之家",私人公司就是比不上。

我们去找总经理办公室主任谢鹏。我们进去的一栋办公楼,尽管是新建的,但我们不得不感叹,楼梯上的不锈钢扶手做工真是粗糙啊。

绍兴排名靠前的几家黄酒企业,我们几乎走遍了。

有一天,我在车内听广播,一个"尚·海派"的黄酒广告引起我的注意,一听原来是会稽山的新牌子。一方面佩服傅祖康的魄力,为打上海市场专门打造一个新牌子,另一方面暗暗担忧一个新牌子打成功得花多少钱啊！致命点是：这酒到底是绍兴酒还是上海酒?

每次赶往绍兴,在新造的会稽山办公楼里去找傅祖康。他总以朋友之礼在公司餐厅招待我们,一起吃中饭。

傅祖康是一个有思想的人。为了全面反应近年会稽山的发展思路和轨迹,2008年11月13日《新民晚报》好吃周刊刊登我对傅祖康的整版采访文章《"真正好喝的黄酒还是在绍兴"——会稽山绍兴酒股份有限公司总经理傅祖康专访》。

有一天,我与金枫董事长汪建华通电话,由于傅祖康的采访刚发表不久,他劈头盖脑直问我,"他怎么说,你就怎么写啊?"好像那篇文章得罪他了。其实,每个企业都有讲话的权利,你也可以讲啊。不过,直到今天我也没有做过汪建华的专访。

2008年12月11日《新民晚报》一篇《绍兴人最喜欢喝什么黄酒?》的文章内容,就来自我们几次到绍兴的亲身感受:

> 绍兴人饭桌上离不开黄酒。外面应酬交际如此,家里吃饭也如此。绍兴黄酒蜚声中外,把黄酒文化发挥到极致的,仍然是绍兴人。最深得黄酒品性的,也依然是这方水土养育的人。推开一间漆黑大门的院子,清朗的天空下,天井里已经摆好一桌菜,拿出酒壶里热好的黄酒倒在碗里,透明清澈的琥珀色倒映出院子一旁的树影,或一家围坐,或几位酒友共聚。有酒的绍兴人,多半不在乎餐桌上的菜肴。一撮花生米、几块豆腐干,就是一桌美酒佳肴了。
>
> 会稽山地处浙江绍兴东南,因大禹在此"计功、取亲、封禅、归葬"而得名,并成为中国的一座名山。虽然山的主峰高仅700余米,但其山脉却东西绵延100多公里长。千百年来,绍兴因人杰地灵而成为一座历史文化古城,更

因盛产黄酒而美名远扬。会稽山绍兴酒股份有限公司就在这里，并以生产会稽山牌绍兴酒名闻遐迩。公司坐落在素有水乡、桥乡、酒乡之称的绍兴柯桥，地处绍兴鉴湖水系中上游，水质清澈，为酿制绍兴酒提供了得天独厚的优质水源。

下了长途汽车，随便打个的士，只要你说去会稽山，人家出租车司机便会如数家珍地告诉你会稽山的有关情况，甚至可以把会稽山说得头头是道："会稽山有两个厂区，在绍兴很有名，绍兴的老百姓都喜欢喝会稽山酒。"听到这样的评价，作为会稽山的客人也感觉如沐春风，心中暗想：会稽山真不错！

对于会稽山，每个绍兴人都略知一二。这个厂原来叫东风酒厂，酒的品质非常好，当地的老百姓都喜欢喝，而且就喝这一个牌子。老百姓对会稽山酒的评价是：香味足，口感醇，味道鲜，质地厚，喝起来有劲道。计划经济时代，会稽山曾一度归属于黄酒集团，当时叫酿酒总厂，包括直属厂、东风酒厂（会稽山）和沈永和，但三家厂中数会稽山的酒品质最突出，经常被总厂送到北京，说是给中央首长喝。只是到北京后张冠李戴了，牌子也被换了。为他人作嫁衣，这或许是会稽山在国有体制时留下的最大遗憾吧。

绍兴人嘴比较"刁"，对黄酒更是明察秋毫。一些酒酿制时有问题，喝到 1 斤肯定口渴，要不就是糖太多。这种酒绍兴当地人一般不喝。他们觉得还是东风酒（绍兴人一般称会稽山酒为东风酒）口感好一点，在家一直坚持喝会稽山酒。由于会稽山的酒好卖，发展到后来，甚至在一些黄酒零拷点，店主会把刚卖完酒的会稽山的空坛，再装上别的牌子的绍兴酒来卖。虽是"小伎俩"，但足见会稽山在绍兴老百姓心中的地位。

在绍兴，你随便找一家饭店或酒家，可以看到会稽山酒都放在最显眼之处，难怪会稽山在绍兴本地的市场占有率达到空前的70％以上。市场调查表明，会稽山是浙江市场最畅销的黄酒品牌。浙江人、绍兴人即使到了外地，要么不喝黄酒，要喝肯定会先找会稽山。

　　其时，傅祖康一直想把"尚·海派"做成功。通过与其上海市场销售经理邓广寿的沟通，收集情况，我们在2009年2月12日《新民晚报》上刊登文章《沪上餐饮刮起黄酒"红色旋风" 会稽山"尚·海派"养生型商务酒广受追捧》。

　　2009年春节过后，会稽山委托一家打着美国定位理论旗号的咨询公司来做策划。据说这家在中国的公司帮助王老吉确立"怕上火"的定位取得成功。

　　商业"定位"概念于1969年由杰克·特劳特提出，是指企业必须在竞争中先界定出能被顾客心智接受的定位，才能使产品和服务被接受。

　　几个月后，花了两三百万元，会稽山得到的定位是——

　　"绍兴黄酒闻名天下。在绍兴黄酒的故乡绍兴，人们更爱喝会稽山。会稽山，始于1743年，绍兴人爱喝的绍兴黄酒。"

　　而这些观点，我早已在《绍兴人最喜欢喝什么黄酒？》当中表述。提炼出上面这个定位，似乎并不需要出高价请高手来做。只要找熟悉绍兴酒、熟悉会稽山的任何一位专业人士就行。

　　那家定位公司的另一成果就是促使会稽山放弃"尚·海派"。自此之后会稽山不再做"尚·海派"。

　　"尚·海派"市场没有做起来，或者说没有做成功，不如说没有坚持做下去。

　　其实，每个父母要么不生孩子，生下来就不要轻易放弃。企业做品牌、产品也然。

2010 年 1 月 28 日《新民晚报》刊登我们撰写的《绍兴酒"王者归来"》一文:

　　上世纪八九十年代,上海的马路弄堂口,常常会有卖外烟的小贩"站岗",就像周立波讲的"打桩模子",见摊位前有人路过,便起劲喊起来:"外烟要哦,外烟要哦。"国门打开,洋风劲吹。抽烟唯外烟是从,颇合当时的社会心态。现在再看看,抽国烟的人可能更多些,因为更符合国人习惯,好的国烟似乎也更上台面。真是三十年河东三十年河西!

　　上海的黄酒饮用风尚,其实十多年来也风水轮流转,像厄尔尼诺般进行了一场市场轮换大循环。1997 年之前,上海人情有独钟的绍兴酒曾占据上海黄酒餐饮市场 70%份额,绍兴酒是黄酒市场的的确确的"风向标",绍兴酒日脚不要太好过! 由于新概念黄酒推出,清爽型、有甜度、酒度低的黄酒受到一些年轻人追捧,形成风潮。

　　据餐饮行业统计:本市大型饭店,2003 年每售出 100 瓶各类黄酒,绍兴酒仅有区区 6 瓶;2006 年绍兴酒稍有起色,每 100 瓶销量里有 19 瓶;2008 年 100 瓶中占 24 瓶;2009 年已上升到每 100 瓶黄酒有 37 瓶绍兴酒。以会稽山、古越龙山、塔牌为代表的绍兴酒在上海餐饮市场的销量迅速蹿上来。

　　业内人士断言,绍兴酒触底反弹,传递出一个信号——懂酒的人越来越多! 好比现代社会,烧菜时要求少加或不加味精、懂健康的人越来越多。上海的黄酒消费已经开始了"回归纯正、回归自然"的历程,"言黄酒必提绍兴",绍兴酒无疑得益良多。

　　海纳百川,各色人等来到上海投资、就读、工作、生活,"讲上海闲话、用上海产品、吃上海食品"曾被视为融入这个城市的标志之一，唯恐落伍掉队，因此"海派"大行其道。这当然是上海的城市魅力所在。在这里呆久了，人变得沉着冷静、气定神闲。以前不好意思讲，不敢体现自我，现在不再盲目跟风，消费上展现个性，寻求真正的好东西，不再刻意上海与外地之分，消费选择更公平、合理。

为了抓住渐渐流失的消费者，一些新派黄酒开始悄然升度，酒度从10°升到12°。虽说微调但颇值玩味。看来，时兴一时的低度酒不再一窝蜂吃香了。普通黄酒正常酒度一般在14°、15°上下，不过有的黄酒甚至降到8°，无非就是多加水。这样一来，会喝酒的人自然留不住，都被赶到绍兴酒一边去了。喝起来过瘾、"有骨子"的绍兴酒又抬头，不足为奇。就像各酒厂低度白酒开发了许多，但喝来喝去还是52°最适意。

春节临近，为了营造一种会稽山迎新气氛，2010年2月11日《新民晚报》刊登《"会稽山的酒"大合唱》一文：

"会稽山的酒是纯正的酒，会稽山的酒民好喜欢，百年酒厂爱酒民呀，绍兴酒的感情说不完。呀呼嗨嗨一个呀嗨，呀呼嗨呼嗨，呀呼嗨，嗨嗨，呀呼嗨嗨一个呀嗨。会稽山的酒是纯正的酒，会稽山的酒民好喜欢，百年酒厂爱酒民呀，绍兴酒的感情说不完。呀呼嗨嗨一个呀嗨，呀呼嗨呼嗨，呀呼嗨，嗨嗨，呀呼嗨嗨一个呀嗨。"

"会稽山的酒是纯正的酒"。会稽山公司地处绍兴鉴湖水系中上游，有260多年黄酒生产酿造史，同时拥有中国驰名商标、中国名牌、中华老字号、绿色食品、国家地理标志保护产品等称号，黄酒业只此一家。会稽山还是绍兴黄酒第一枚国际金奖获得者，也是"绍兴黄酒酿制技艺"国家非物质文化遗产传承基地。绍兴酒长盛不衰，主要靠酿酒大师们一代一代恪守职业操守——精选优质精白糯米和小麦，辅以甘甜独特鉴湖水，酿成醇厚、甘甜、鲜爽、品质上乘的酒。

"会稽山的酒民好喜欢"。会稽山年份酒，香味足，口感醇，味道鲜，质地厚，喝起来有劲道；会稽山纯正五年陈，呷一口，含在嘴里，停数秒，缓缓咽下，甘洌、清新，有内涵。绍兴人对黄酒明察秋毫，对会稽山一般都如数家珍——这个厂原来叫东风酒厂，酒的品质好，喝起来觉得还是会稽山口感好一点，老百姓都喜欢。绍兴的饭店里，会稽山都放在最显眼位置，在绍兴本地市场占有率达到70%。浙江人绍兴人即使到了外地要喝黄酒，还是会先找会稽山。

"百年酒厂爱酒民呀"。公元 1743 年，酿酒高手周佳木在江南古镇绍兴东浦创建了云集酒坊。从云集酒坊到会稽山绍兴酒，整整 267 年。沧桑变幻，会稽山经历了风雨和蜕变。有一点却未变，那就是——267 年只酿好"一缸酒"。在诱惑面前，专注于一门事业，似乎是一件十分困难的事情。会稽山做到了！会稽山，也为中国黄酒的持续发展不断注入新的活力。

"绍兴酒的感情说不完"。鲁迅生于绍兴，留学日本，在北京教育部干过，后长期生活于上海，山阴路有房子。按现在大城市落户政策，海归、高级干部、有突出贡献、有固定居所，可立即发户口簿。呵呵！每每喝到绍兴酒，就觉得上海与绍兴有种特殊的亲近感。真是沪越两地情、一家亲！

黄酒，琳琅满目争奇斗艳。不过，数好喝黄酒，还看绍兴！春节里，亲戚朋友串门，拿黄酒招待他们。你会直言告知"我有两瓶绍兴酒，今朝吃"，得意之情溢于言表。

会稽山就是这样的绍兴酒。春节将至,会稽山恭祝大家
新年快乐——"会稽山的酒"大合唱,会稽山的酒大家喝!

　　2010 年的秋天,我在绍兴碰到傅祖康。他的头等大事是上市。
他是财会出身,资本运作是他不舍的情结。这与傅建伟诗兴大发
的文人情怀完全不同。

第九章　南极,北极

1993年,家住闸北区中兴路的俞兆林,业余发明了仿生膜,开发出针刺植绒生产工艺,申请了"南极复合保暖棉"专利,并生产出南极棉保暖内衣。"南极棉"按沪语谐音来理解就是"暖极了的棉"。由于产品有保暖效果,特别抗风性能与传统内衣有天壤之别,南极棉的知名度与日俱增,产品很快从上海销往全国。

就是小区里卖蔬菜有钞票赚,马上就会有人在贴隔壁同样摆摊头与你竞争。

一看南极棉吃香起来,而且利润丰厚,于是,立即跟风,像蜜蜂采蜜一样。

各种各样牌子的南极棉出现了。俞兆林很愤怒,他索性改名,以自己的名字来做产品品牌,全然不顾自己的名字用作女人贴身衣裤商标的种种忌讳。潜台词:南极棉你们都可以冒,我俞兆林的名字总没人再来冒充了吧!

在所有的跟风产品里有个牌子很特别——南极人,他是一个叫张玉祥的上海人所拥有的品名。

"我要做儒商",这是1999年我们在一期《申江服务导报》上看到的一篇文章的标题。讲述了张玉祥生产当时刚刚时兴起来的南极棉保暖内衣的故事。

从随文章配发的照片看,张玉祥年龄与我们相仿,人蛮帅;神色凝重,有个性。后来,我始终觉得他的嘴唇、他的腔调,与近年爆红的周立波有几分相似。海派清口,海派产品。

有一天,我在电视上突然看到一个南极人广告,葛存壮在黑板前滔滔不绝："我今天不讲马尾巴的功能,而讲南极人保暖内衣的功能。"我一震,有种预感:一颗品牌新星即将诞生。

商场风云人物碰面相见,这就叫风云际会。

在复兴东路老西门附近一幢新建的商品房里,我们按约与张玉祥见面。

初创时期的南极人公司办公处就设在这里,名称叫极地针织公司。一层楼面七、八个套间,就是行政、财务各种办公室和仓库。

新生的力量很弱小,也在寻求各种帮助。

张玉祥对于我们公关咨询公司,很欢迎。他需要得到外界的肯定。他需要媒体对他的报道,而上海人对《新民晚报》都有根深蒂固的偏爱。

我们为南极人在 1999 年 10 月 18 日《新民晚报》刊发稿件《"我不讲马尾巴的功能" 葛存壮为南极人做广告》:

"我不讲马尾巴的功能,我讲南极人的功能。"最近,一个由著名电影表演艺术家葛存壮出演的广告,正在电视台黄金时间播出。这是上海极地针织服装有限公司为产品南极人高新内衣所推出的最新版本广告。老艺术家亲自上镜为新品牌现身说法,其中还有一段故事哩!

"马尾巴的功能"是当年一部国产电影里,葛存壮所饰角色的一句著名台词。只要现在是 30 岁以上的几乎没人不知道这句话。在某种程度上,"马尾巴的功能"成了葛老先生的"标签"。正是看中了这一公众形象的巨大无形价值,极地公司董事长张玉祥决定投资拍摄这个以葛存壮为形象代言人的电视广告。

南极人是近年崛起的新型保暖内衣市场的领头羊之一,去年全国市场销量 300 万套。今年年初,投资上千万元现代化设备,又对第一代南极棉产品进行改造,攻克了全棉与夹层材料缩水率不一样的难关,解决了第一代产品功能单一、易起球、有静电、透气性和弹性差等不足。今年新品全部改用全棉面料，同时又融入天然微量元素生化材料和无毒无味的抗菌剂。南极人高新内衣同时具有保健抗菌和超保暖功能，今年7月正式获得国家知识产权局的专利证书。经权威检测，其科技含量在国内外内衣领域迄今处于领先地位。

作为一名有声望的老艺术家，葛存壮对接受广告拍摄一向很慎重。当听到是来自上海的高科技内衣新品，试穿后，葛老先生决定在"封刀"多年之后披袖上阵，再为"马尾巴的功能"续新篇。从当初的"马尾巴的功能"到今天"南极人的功能"，四分之一世纪的时光流逝，市场经济快速发展，社会生活今非昔比，怎不令人发出会心的微笑呢？

正是葛老爷子的广告效应，使南极人的知名度迅速提升。也使其它企业开始效仿，从而开始了保暖内衣的明星广告战。

上世纪八十年代，"三角债"曾是困扰中国经济的一大顽症。企业诚信缺失，相互拖欠货款乃家常便饭。如果大家都这样，经济就要梗死。

南极人这种民营企业，它的特点是做品牌和产品市场维护，生产找现成的乡镇企业代加工。

俞兆林、南极人推出"经销商预付款制度"，最牛的地方是要经销商提前打款，后提货。这样把货款注入企业，不会有"三角债"，更解决了南极棉生产的资金不足问题。

中国的民营企业家老板一下子成为暴发户以后，内心反而或多或少有点空落落，有种深深的不安全感。一般都要寻求一种保护，像人追求信仰一般。有三种情况：找上层靠山、捐款当政协委员或人大代表、做慈善。

2000年4月南极人在北京赞助举办"南极人杯保龄球大赛"，来自中央国家机关69个部门包括16位省部级领导在内的340多人参加了比赛，为政府高官"白相"埋单，算热心公益吗？也算。

湖南太子奶老板李途纯，当年企业红火时也到北京，鞍前马后为高层领导打高尔夫球积极安排。李途纯图什么呢？可高层交往并未为他带来护身符。2010年，李途纯银铛入狱。

南极棉好销，南极人火爆，惊醒了同行，大批"南极"品牌不邀而至，南极绒、南极云……不一而足，"南极"成了保暖内衣的金矿，谁都可以动几锄。至于这个商标是否能够合法使用，他们多数没有考虑过。

2000年10月底，全国100多家媒体突然登出同一消息：南极人商标没有注册！

南极人在申请注册商标时，重庆一公司已注册"南极"在先，又被俞兆林捷足先登买过来，成了制约南极人的杀手锏——已有南极，不能再注册南极人。

我想张玉祥当时一定是空前紧张的。南极人牌子、市场已做出来，不能用南极人，无疑像扼住了他的喉咙。谁会束手待毙？

他肯定开动了他的全部资源，奋力一搏。或许北京的保龄球大赛之类的，也给他帮了一些忙。

最后国家商标局载定：南极人商标可以注册。南极人度过一大危机。

在全国，上海货连年滑坡，南极人却无比畅销，为上海争光。南极人与南极棉名称相近，非常讨巧，给人"始祖"的印象。知名度高，消费者普遍认同南极人的时兴。

弱点也很明显，易与通用名称混淆，品牌模糊，易被仿冒。假冒南极人专卖店很多。葛存壮代言，给产品带来老化形象，对年轻群体缺乏吸引力。

在保暖内衣市场调查中,南极人非第一提及品牌。俞兆林会被第一提及,仍是南极棉的代名词。俞兆林号称有发明成果,赞助南、北极考察行动,对品牌有很大支撑作用。

当然俞兆林南、北极考察文章未做足,认为只要跟船去一趟,在冰天雪地拉一条俞兆林保暖内衣的横幅,拍个照,回来在报纸上登登就完了。

俞兆林还打出一条广告语:"不管南极人、北极人,都爱穿俞兆林",直刺南极人的心。

我们认为,南极人是上海纺织的自豪,从黄道婆到南极人,上海纺织源远流长,南极人是上海新纺织的代表。我们为南极人的定位是"保暖内衣市场代言人"。

我们建议:改变葛存壮广告所带来的负面老化形象,以葛存壮葛优父子同时演绎南极人新版广告,引入年轻明星因素;创意设计一个比现有标识更为简单醒目的新标识,为南极人带来新形象;在条件成熟时,考虑动用价格策略,通过降价迅速扩大市场份额,确立南极人的领导地位,回击暴利指责。

后来,这些建议大多得到了落实,只是南极人的标志换到后来,由于缺乏延续性,让人不熟悉了。也预示着南极人越来越走下坡路。

企业温饱问题解决了,还要谋求政治地位。2000年张玉祥要角逐风云一时的上海十大杰出青年称号,借以提升南极人品牌形象。但没有成功。

2000年9月14日我们为南极人在《新民晚报》撰稿《看好"纺织新生代" 南极人与杜邦"相互利用"》:

杜邦纤维(中国)有限公司与上海南极人企业发展有限公司近期在上海签订莱卡、南极人品牌合作协议,共同推出"2000＋莱卡版"健康保暖内衣。

杜邦公司一直积极参与促进中国的经济发展,它的产品莱卡弹性纤维在中国纺织业得到了较广泛的应用。上海南极人公司是一家研制、生产高科技纺织产品的私营企业。该公司以"内衣革命"为倡导,以科技创新带动传统产业为目的,以市场需求为宗旨,与杜邦联手推出的"2000棉＋莱卡"版南极人健康保暖内衣,解决了保暖与透气、全棉与弹性的矛盾,保暖而不闷湿,贴身而不紧绷,给消费者一个合体、舒适的全新感受。

南极人是上海纺织行业的新生代,杜邦此次选择南极人,看中的是其拥有的广阔市场。杜邦与南极人的选择是双向的、平等的。南极人与跨国巨人联手,体现了创造国际流行产品的创新意识。

年轻企业家张玉祥领导的南极人在保暖内衣行业率先建立 ISO9002 质量管理体系,以国际标准组织生产,以精品投放市场,因此深得杜邦的信任。在迎接中国加入WTO 之际,杜邦与南极人的合作,标志着保暖内衣产品将跨入新时代。

新闻的可信度比广告高得多,利用各种媒介和形式,把握机会宣传南极人产品和形象,扩大知名度。这是它的一贯做法,也是品牌成功的法宝之一。

保暖内衣大战正酣。突然有一天,新华社播发稿件《保暖内衣竟然有塑料薄膜》,直指俞兆林的产品。俞兆林品牌形象受到严重影响,甚至有大量经销商退货,从此市场一蹶不振。

而南极人的高科技复合面料内衣,不仅没受丝毫影响,反而进一步扩大了市场份额。

正是靠这次新闻战,南极人确立起无可争辩的地位。

南极人还与杜邦合作开发了冰冰爽 T 恤,试图在夏季寻求增长点。但业绩平平,未起"蓬头"。

2001 年南极人又涉足羽绒服。

这年夏天,南极人早早请来葛优拍广告片。在六、七月的一天早上,在虹桥兴义路喜来登太平洋大酒店对面、新落成还未使用的商业大楼前的广场上,铺上摄影机轨道,边上用绳子围起来。

准备开拍了。葛优从入住的太平洋酒店出来,姗姗来迟,步履从容。在大楼里化妆半个多小时后,终于出来拍摄。

葛优不苟言笑,很安静。穿着一双长长的棕色皮鞋,像是菲拉格慕之类进口名牌。我相信皮鞋前头有很长一段脚趾头是伸不到的,这也可能是艺人的一种穿着时尚吧。

边上也没有多少路人围观,主要是一些我们请来的记者拍拍照。但葛优的经纪人腰间别着一部手机,吆五喝六的,这也不许拍,那也不许拍,指手画脚。但看他的样子,又很像北京的下岗工人。

与他搭档的是广告新星罗湘晋,当然小明星昙花一现,现在已不知所踪。

这位美女,人长得很高,穿着南极人的羽绒短裙,腿更显长。裙子太短,以致拍摄间隙坐下来时,不得不用手中的上衣罩在腿上,以挡住周围男人们希望"捡漏"的兴奋目光。

拍摄时,葛优一与她拥抱、对视,她就显得缺乏自信、"趟"不住。小明星与大明星,气场就是不一样。

我们对葛优为南极人拍摄广告的活动,在媒体文化新闻版上发了不少稿子。

2001 年《新民周刊》第 29 期刊登的《〈大腕〉葛优再演"都市侠客"》这样写道:

离开银幕已一年多的葛优,当他顶着毒日头于上个周末出现在本市西区某中心广场外景现场参加上海南极人公司新版广告拍摄时,展示在众人眼前的是光头蓄须的新造型。这其中还有一段"刀下留须"的美谈呢。

据葛优介绍，刚刚杀青的《大腕》是冯小刚执导的第四部贺岁片。前三部大获成功的《甲方乙方》、《不见不散》、《没完没了》连续上演了叫好又叫座的影坛盛况，不仅火了贺岁片这个市场概念，更让老百姓养成了每年期待一个固定"乐子"的习惯，以至于葛优和冯小刚这对黄金搭档去年没拍贺岁片竟也成了那个档期的主要话题。因此自今年初传出冯小刚又要拍贺岁片《大腕》的消息后，他的另一半——葛优也呼之欲出。

葛优说，上这个戏也没有太多的考虑，其实是很自然的过程，觉得这个剧本不错，就考虑接了。"其实我和小刚的合作给人一种误解，觉得我们非要合作。其实那也要看是不是适合我的角色。我也不是非要拍贺岁片不可，也是看是不是合适。"葛优的父亲、著名老艺术家葛存壮曾告诫他接戏要慎重。葛优说他之所以从去年2月到今年2月整整一年一部戏也没拍，原因在于对剧本的选择严格了许多。他说尽管有朋友劝他，挑得太过分的话，几年不拍戏会被观众遗忘，但自己始终坚持着取舍标准：一要有变化，尽管有时这"变化"观众不一定认可，但角色一定不能重复。再就是觉得有些剧本只为了商业上赚钱，艺术上不够严肃，对于这些戏"闲呆着也比拍了强"。

葛优透露，这部戏中他是男一号，扮演一个搞笑的摄影师，和英达一起演在影视圈里混得不怎么样的一个人物，结果闹出很多笑话。女主角则最终花落关之琳。尽管葛优力争将《大腕》演成一部好电影，而不考虑贺岁片不贺岁片，但他的角色还是以前的戏路，靠情节和语言"包袱"取胜。应该说这种贺岁片的套路是成功的。葛优这次又想在表演上出新，而不是直接照搬剧本上定型的东西，比如把人物窝囊的一面减少，"暴烈"的性格加强等等,甚至连台词语速也被列入修改范围。据说试妆时为配合"摄影师"的身份,葛优曾有一个长发飘飘的造型,只是最后被导演否决,不然打破光头的标志形象又是一大看点。这次葛优将以全新造型出现,是一个冷峻、酷感十足而又不乏温情的现代"都市侠客",对此葛优兴奋不已,总是扮演东跑西颠的小人物,这下尽可扬眉吐气了!而广告中他与徐帆"分手"之后的"对象",就是靓妹广告明星罗湘晋。

拍完《大腕》后,本想将下巴上密密扎扎的胡须一剃了之。得知消息后,南极人派人急赴京城劝留,并将以其蓄须造型为创意特点的广告脚本递上。美髯飘飘还不过瘾的他笑得合不拢嘴,欣然同意再为南极人都市羽绒服系列拍摄新广告,再当一回"都市侠客",笑称留个"绝版"。

人心不足蛇吞象。

龙头企业普遍"赚了几票"的保暖内衣行业,感觉有能力蚕食更大的市场,或者说经过爆发式的增长,自己觉得整个行业会进入调整期走下坡路,要另寻出路。几大保暖内衣巨头挟资本优势,几乎同时宣布进军生产羽绒服。

南极棉,还算个创新,带动了保暖内衣行业的发展;羽绒服,则是个十分成熟的行业,厂家众多,功能无需多解释宣传。怎么办?南极人推出都市羽绒服,打时尚牌,对羽绒服进行时装化革命,意为它比一般羽绒服要好。

0到1,是创新;1到2,只是更好一点而已,是多与少的问题,并没有质的变化。

所以,南极人羽绒服从一开始,就可以预料到它的结局。

保暖内衣产业里还有个搅局者——北极绒,因请赵本山代言而"地球人都知道"。它也做羽绒服了,而且还细分显优势,提出

"鹅绒比鸭绒好",引发鹅鸭之争。

其实,鹅绒鸭绒都符合国家标准,在含绒量、蓬松度、耗氧指数、清洁度、异味五大关键指标上基本相同,不分高下。

可一旦北极绒的论调被市场接受,将导致大批鸭绒服市场销售疲软,南极人都市羽绒服也难免遭受影响。

这时,南极人的宣传重点是:经销南极人产品有利可图、靠得住;炒鹅绒鸭绒原料牌是低层次竞争;南极人孜孜以求的是品牌附加值至上,选羽绒服,关键是选品牌。

这时,羽绒服厂商多达 2000 多家,北极绒、雪龙人等一批保暖内衣企业的进入,迫使波司登声称要打价格战。羽绒产业再掀狂涛。

数据显示,2001 年保暖内衣市场排名:南极人、三枪、北极绒。羽绒服排序:波司登、南极人,南极人紧随其后。

尽管如此,产品还是有大量积压。

不知何时开始,抛售库存产品有了个好名称,叫反季销售,而且往往是低价、极低价。

厂商一般现金为王,只要能降低库存,回笼资金,怎么都行。

2002 年的夏季,南极人就是这么干的。

虽说是好营销举措,但也不可否认,对南极人的品牌价值产生了不稳定感以及部分损害。

病急乱投医。南极人后来又放弃葛优,花 700 万港币请刘德华代言。人们不禁要问:换了刘德华,能说南极人产品更时尚了?

其实到现在,大家对刘德华版的南极人广告已毫无印象。这种钱打水漂了。张玉祥拯救自己的品牌,就像给弥留之际的病人喝独参汤一样。

截至 2004 年,南极人连续六年市场占有率名列前茅,拥有 1500 万消费者,2 万多个终端遍布全国,5000 万套销量,累计实现销售额数十亿元,遥遥领先,更获得业内唯一的中国驰名商标。

竞争对手也在行动,策划专门针对南极人的打击手段,推出王海状告南极人。

　　2004年9月王海在北京商场购买南极人内衣,向新闻媒体传播南极人保暖内衣发霉、夸大保暖率、色牢度不合格等不利消息,造成各报刊、网站有关南极人的负面报道高达数百万字,对南极人产生强大冲击。

　　张玉祥认为,由于南极人多次自曝行业内幕,主动取消明星代言和部分广告,降低企业成本,让利消费者,形成了轰轰烈烈的价格风暴,对行业暴利带来了极大的打击,引起某些竞争对手的不满。因此它们想置南极人公司于死地。张玉祥说,南极人遭遇商业黑势力。

　　几次三番折腾之下,南极人的品牌热度逐渐退去。

　　保暖内衣行业"泡沫"破裂。

　　为了巩固南极人品牌,张玉祥又着手创造了天彩牌,但是没有成功。

　　他在青浦赵巷买了块地皮,说是造厂房,其实是仓储兼办公。

　　有一次,我去那儿。他的员工刚吃过午饭,由于下雨没有雨伞,从餐厅楼到办公楼之间,他们正在用张玉祥的奔驰车摆渡。反正在自己厂区,超载不要紧,车一停,鱼贯而出七八个人⋯⋯

　　南极人只是一个红极一时的品牌,没有成为常青树!

　　我最近一次见到张玉祥,是在一次第一财经频道的《头脑风暴》节目上。袁岳叫来几个所谓的富豪家庭,大概是谈富二代子女的教育问题。张玉祥夫妇两人同上荧屏,也没有谈出什么新名堂。

　　但是他跻身富豪之列了。

　　正像他妻子对我们所说的:我们做了七年童装没有发财,直到做起保暖内衣才赚了点钱。

第十章 燃烧的历史

浦东开发前，因为公交不便，我们有时难得去一趟，总要骑车。马路上人车稀少，路旁偶然矗立的广告牌，也只有新高潮家具、由由酒店什么的……一望无边的田野。

上海东北角的复兴岛，是较偏僻的地方。在它黄浦江对岸的东沟，上海人看来就更是浦东的乡下了。中日合资的林内公司就在这里。

1993 年，整个中国市场经济飞速发展，外资大着胆子进入国内。有一天，上海市民忽然发现，身边多了两个明显日本人的牌子，一个叫能率，一个叫林内，都是做热水器的，厂都设在浦东。在乡镇企业热水器产品充斥的市场上，能率和林内的出现，无异于天外来客，对日本产品毫无来由的信任，预示着它们的明天很美好。

这两家一致选择上海、浦东开厂，选对了。在浦东，有优惠政策，另外最主要的是面对上海这一大市场，它对高品质热水器有吸纳和消化能力。何况，海派文化崇尚洋品牌，有历史渊源。

2004 年的一天下午，经过事先联系，我们一行两人来到浦东北路的上海林内公司。

这家公司的厂房给我留下深刻印象。它不是一般的钢筋混凝土，墙壁都是像汽车 4S 店那种钢结构。可能造起来快，拆起来也快。在我所看到的企业厂房中，这是比较独特的。

在办公楼入口处，前台小姐问清我们来历，电话通知里面。

在中国，让客人等、等多久，也是个架子问题。主人架子越大，让客人等候时间越长。我们等了大约十分钟，林内市场部经理俞伟就出来了。他个头不高。

在会议室，他接待了我们。会议室门口内墙上贴了一张 A4 纸，是会议室使用规定。大概是预约使用、空调电灯随开随关之类的。我们立刻感受到日企的严谨和制度化。

由于是初次见面，他显得有些矜持。外企员工特别是那种外出拎拎 LV 小挎包、晚上泡泡酒吧、颇有几分姿色的外企女员工，我们见识得多了。所以对一般人，我们完全心如止水。

当天我们也没有谈下什么。走出办公楼的时候，看看厂区的停车库里，稀稀落落地停着几辆车，以赛欧、POLO 等经济型轿车为主，几辆别克可能是管理层的。

每年春节之后，家电卖场的促销照例是由厨卫电器打头炮。

2005 年年刚过完，俞伟来电，邀请我与他的上司、公司销售部长碰一下面。

我们约在浦东金茂大厦四楼的咖啡厅见面。

俞伟与他们的销售部长李勇兵姗姗来迟。

见面寒暄。看得出李部长是一位性格刚烈之人，而市场拼杀正需要这样的"敢死队长"。聊下来知道，他原来在樱花热水器公司主管销售，可谓行业内久经沙场的人。

咖啡厅内进进出出结伴而来专"车"老外"开销"的声色女子并未分散我们的话头。我们尽兴而谈。

我们得知，林内作为专业燃气具制造商，主打产品燃气热水器在国内市场业绩不凡，燃气灶是继热水器之后另一个重头产品，借此林内有志成为一个全面厨房燃气具产品供应商。由于人们对林内的印象局限在热水器，对林内灶具认识模糊，影响了市场销售。

而拥有日本市场专利技术，代表未来主流燃气灶技术的聚能火、快焰燃气灶，已在上海林内诞生。他们认为，这是燃气灶的一次革命。

我们提议，革命性的产品，需要革命性的手段！为配合这一革命性产品的横空出世,我们策划提出公关创意——八万人体育场"巨型燃气灶"大型造型艺术。这一想法连我们自己都觉得有点疯狂。

上海八万人体育场乃上海最大的综合性体育场地之一,地处闹市徐家汇地区,拥有极广泛、极高档的品牌传播力。按我们初步设想,以八万人体育场的外形为轮廓,运用充气模型把体育场外围包装成一"巨型燃气灶"灶头模型。场地内也通过安置充气模型或道具做成燃气灶的"内脏",灶具的脚也做得惟妙惟肖,像个真实的灶具。

按放大的比例在场地上安上林内 logo,从远处空中可以看到体育场宛如一个巨型的燃气灶安放在都市中。晚上通过使用蓝色激光追灯效果,打出聚能火、快焰燃气灶那种一涌而上、喷薄而出的"蓝色火焰",在夜幕中就像真的燃气灶灶火在燃烧。

出发点是这样的,既然要完成从林内热水器到燃气灶的转型,必须要做一个大的创意。日本林内是世界燃气具行业的大哥大,并且由燃气灶具起家。通过这一大型活动,可以极大地扩大它的影响,进一步打响林内品牌,支持实现林内的更高目标。与同为日本产品的能率这一竞争对手相比,通过此活动体现出林内先声夺人、高人一筹的气势,并且可申请基尼斯纪录,从而带来巨大效应。

当然具体过程也颇为复杂。前期布展施工就有洽租场地、谈判、施工等事项以及仪式策划、设计、操作、安排等等。邀请的记者就有报纸、电台、电视台、网络的经济、科技、文化、摄影等条线记者。

但效果是不言而喻的。林内在上海体育场做一"巨型燃气灶"充气模型,这一行为将载入史册,引起轰动效应,媒体将会争相报道。强势传递林内品牌信息,传递聚能火、快焰革命性产品的特点,对于林内燃气灶的销售以及林内整体产品市场拓展,将会有极大的帮助。

我们了解到,聚能火、快焰燃气灶作为日本林内公司的专利产品,在全球销量已拥有一千万台以上。林内燃气灶在素以高品质著称的日本市场占有率达到超垄断的50%以上,在香港上市也取得成功,正挟海外市场火爆旋风登陆中国内地市场。

我们建议,应该策划一场非常有创意的新闻发布会,从而强力突出林内燃气灶的革命性特点,强调它的高科技、节能省气、安全、省时、火力集中、不怕风吹等各种优点。

为强调林内是世界燃气具先锋的形象,特别是现代燃气具巨头形象,聚焦与林内产品具有高度相关性的特点——"火焰"、"燃烧",特地创意用文艺的形式来表现《燃烧的历史》。

怎样让广大媒体记者对林内公司聚能火、快焰留下深刻印象?

我们的创意向媒体记者传递核心信息时,并没有采取生硬的手段。而是利用艺术的表现,把林内聚能火、快焰的先进技术理念,以令人难忘的形式传播给记者。

采用文艺表现形式,使人产生联想,再深刻认识聚能火、快焰燃气灶的特点。

邀请舞蹈学院演员和知名编导,为媒体记者表演一场别开生面的舞蹈——《燃烧的历史》。在音乐、舞蹈、灯光、深情旁白的节奏和氛围中,文化性地叙述"燃烧"的历史,艺术性的展示聚能火、快焰的特点,令记者难忘。

我们从人类最原始的取暖、烧火等生产、生活过程中产生对火的崇拜、渴望开始,选取、抽象出了6个"燃烧"片段:燧木取火——烧柴、树枝——老虎灶——煤炉——普通燃气灶——聚能火/快焰,作为舞蹈表演基本框架。

独特的创意、非常富有可视性的活动形式是取得广泛媒体报道的前提。对人人都知道的"火焰"、"燃烧",还可以这样,用文化、文艺的形式非常富有感染力地表达出来,这是最大的卖点之一。

让舞蹈演员用甩蓝纱水袖形式,艺术表现出聚能火、快焰的燃烧状态,文艺色彩浓重的表演中,加上燃气灶高科技特点的旁白,极具感染力。

为了让记者对传统燃气灶与聚能火、快焰燃气灶有直观的认识，进行现场使用比较。通过烧水比赛、记者厨艺比拼，充分展示林内新型燃气灶的特点：火力集中、不怕吹、节能省气、安全省时等。

自诩为革命性的产品，也需要革命性的魄力！八万人体育场"巨型燃气灶"，对于林内来说太大了，他们做不了。他们只能在厂区对面和金沙江路上的燃气集团的巨型煤气罐上"做做文章"。放上自己的 logo 和有点自大的广告语。就像我国国际远洋船船舷上的锈迹斑斑影响对中国的国家观感一样，巨型煤气罐广告上的锈迹口水似的涎下来，也多多少少损坏了一点林内的品牌形象。

我们力所能及地为林内燃气灶广为宣传。2005 年 5 月 16 日新浪网上海频道刊登我们提供的稿件《家庭燃气灶节能潜力无穷》。

2005 年 5 月 23 日《解放日报》经济新闻刊登报道《节能燃气灶，消费者你试过吗？》：

> 讲节能，一般人总容易往节电方向想，节能灯、节能冰箱、节能空调……其实，一批新的节能产品已经摆在我们面前。比如，节能燃气灶，你试过吗？
>
> 从外观看，节能燃气灶并不怎么神奇，只是将传统突起的灶眼藏到了灶内。但是将灶具拆开，秘密就全部暴露了。传统燃气灶有内外两圈灶眼，内圈小火，外圈大火；节能燃气灶只有一圈灶眼，灶眼孔则有大有小，呈间隔分布。打开灶具，传统燃气灶火焰呈放射状辐射，外围火焰遇风飘飘忽忽；而节能燃气灶火焰则呈螺旋式上升，因为灶眼内置，不会轻易受风影响。烧一壶水试试，节能灶比传统灶要快 5 分钟。
>
> 上海林内的燃气技术专家介绍，实验数据证明，这种

聚能火节能燃气灶能够提高热效率约 15％～20％左右，用管道煤气、天然气，3.5kw 的热负荷相当于传统灶具 4.2kw 的烹饪效果。炒蔬菜时，急火快炒营养素损失可降至最小，使蔬菜中的维生素保存 60％～70％，其中胡萝卜素保存率 80％以上。

节能燃气灶的经济价值也是显而易见的。换用新灶具后，一般家庭每年可节省费用 100 元至 200 元。由上海商业信息中心提供的数据显示，去年上海共销售燃气灶具 14.4 万台，如果都能使用节能燃气灶，那么一年就可节约 1440 万元以上。其实，上海燃气具市场远比这一数字要大。根据市统计局去年年底公布的数据，全市有 508 万户人工煤气及液化气用户和 141.6 万户天然气用户，如果进一步推广节能燃气具，不仅对居民，对社会所产生的效益更大。

记者从永乐家电了解到，这种节能灶具在日本已经普及，全球年销量已达 1000 万台。但是，现在国内生产商很少，产品价格偏高，永乐各大门店每天销售上海林内聚能火节能燃气灶 300 多台。看来节能燃气灶要普及，还有一段路要走。

2005 年 6 月 24 日《新民晚报》上海新闻民生版刊登新闻《煮汤锅边先沸腾火焰外窜耗热能　建议推广火焰呈内螺旋上升的聚能火节能灶》：

一般家庭的燃气消耗大都花在燃气灶和热水器上，而燃气灶又占了重头。

新修订的《家用燃气灶具》国家标准规定，燃气灶具热能利用率为≥55％，就是说实际上有近一半的热能被浪费而无法加以利用。

浪费源于"锅找火"

普通燃气灶为什么会有那么多的热能浪费？上海林内有限公司燃气技术专家解释说，普通灶具由于设计原因，外围火焰易逃逸，热量散失较多，造成锅底中心部位加热不足，导致锅边温度高而锅当中不易沸起来，用专业术语描述就是"锅找火"——锅底形状变化，火焰无变化。

不是炒熟是焖熟

同时普通燃气灶易受外侧风影响，小火时更易被风吹灭，而大火又无法迅速加热至沸腾，使很多原本碧绿生青的蔬菜不是被炒熟而是焖熟的，叶绿素、维生素损失都很多。即便从减少菜肴营养损失的角度来说，推广使用能大火爆炒的节能高效燃气灶已成居家当务之急。

"火找锅"火焰内螺旋

在能源利用率很高的日本，早在 1989 年就有燃气技术开发专业厂家开始研制节能高效燃气灶——聚能火系列。这种新型灶具在燃烧时，火焰呈内螺旋上升，热分布朝上，由"锅找火"变成"火找锅"——火焰随锅底形状而变化，减少了普通燃气灶常见的火焰外逃现象。

对比结果显示，该类型燃气灶具能够提高热效率约 15～20％左右，相同条件下加热一壶水所需时间节省 16％，既符合中式烹饪需要，又可方便南方人煲汤。

"节流"可以算一笔账

节能高效燃气灶对"小家"支出的"节流"可以算一笔账：假设按普通家庭一般平均天然气用量 35～50 立方米/月、煤气用量 45～60 立方米/月计算，则每月分别可节约 15～21 元、9.5～13 元，全年最多可分别节约 250 元或 150 多元。

2005 年 6 月 27 日《新闻晨报》都市经济版刊登《变"锅找火"为"火找锅"　推广节能燃气灶具应加快》的新闻。

2005年6月9日《新民晚报》新智周刊万家科技版刊登我们的稿件《燃气灶具也有高科技》：

在厨房用具中，燃气灶具可能是最不起眼的产品之一，人们通常以为它没有什么科技含量。其实不然，国内外一些专业燃气具研究和开发机构十分注重引导让最新技术在燃气灶具的生产领域得到迅速运用，其高科技的特性也在节能、安全、环保等人类重要关注面一一展开。

节　能

在能源日益缺乏的现代社会，节能型灶具的开发显得尤为重要。产品设计尽量避免浪费气、电，致力于高热效率的燃烧器设计，优化结构，提高产品的热效率。林内公司研制出的内炎式聚能火节能高效燃烧器引领灶具向节能方向发展。在日本更新用嵌入式灶具市场中，80％是装有节能燃气灶具的。

普通灶具的燃烧器位于面板上部，燃烧时火焰向燃烧器外围延伸，锅子放置后火焰沿锅底延伸到锅外，这样造成火焰外逃。若用户使用小口径锅子，火焰还会烧焦锅的手柄。为减少火焰外逃，多采用提高锅架的方法，但这样一来会却降低了灶具的热效率。和通常设计方法不同，高性能燃烧器置于面板之下，火孔沿燃烧器四周向上向内呈角度排列。燃烧时，火焰呈螺旋上升，热分布朝上，热量集中于锅底，减少了普通燃烧器常见的火焰外逃现象，热量很好地被吸收。结果显示，采用该类型燃烧器的灶具，能够提高热效率约20％左右，烹饪时间也缩短了很多。除了节时节能外，高科技的燃烧器安装在灶体内，火焰不易受外界风力影响，即使厨房窗户敞开，依然可以保证稳定燃烧，而普通燃烧器在风力大于2 m/s时就易离焰导致熄火。

内炎式节能燃气灶是日本林内株式会社和东京煤气

公司于 1989 年共同研制开发的新型燃烧器。设计的初衷是为了减少火焰对面板的热辐射，防止溢出物被烤焦，便于面板的清洁。为避免燃烧火焰之间相互碰撞，调整火焰喷出时的最佳角度，研究者经过无数次实验，逐步解决了上述技术难题。此后数年间，几经改良，于 2000 年推出第三代内炎式节能燃气灶，标志着该类型燃烧器的研究逐步走向成熟，因为该燃气灶燃烧时的火焰呈螺旋上升状，在日本被形象称为"龙卷风"。

安　全

安全性是燃气灶具设计者特别关注的方向。燃气灶灶面耐温性要求较高，脉冲点火器、电池、阀门电磁阀、微动开关等电子元件需要配置遮热板，线索、高压导线也需选用耐高温材料，安装燃烧器的螺钉等也需要选用不锈钢或者耐热材质。另外对燃烧器周围的隔热圈表面材质也需要精挑细选。要保证燃气灶具的绝对安全，就需要生产者、燃气部门、安装人员、消费者严格遵守燃气安全方面的相关法规条例。国内某些地区现在强制实行附带熄火保护装置的灶具才可销售。这一规定以后将在越来越多的地区实行。除此之外，最好有定时装置防止由于用户遗忘引起的长时间燃烧带来的危险。智能控制的灶具操作方便，适用范围广，越来越受用户的欢迎。今后灶具的操作也可能像微波炉的控制一样，以按钮的形式智能调控。目前国内市场也有一些先进的智能灶具，兼有煲饭、油炸（不同油温控制）、烧开水自动火力控制功能。在某些多地震地区，可考虑设置防震感应器，一旦有震动发生，立即切断气源。日本多地震区，这种灶具很受欢迎。

环　保

燃气灶具的高科技还表现在环保上。随着人们环保意识的提高，环保型器具越来越受欢迎。除了前面讲过的高效节能型燃气具尽可能减少有限的资源消耗、体现出环保外，还应注重降低器具使用对环境造成的影响，降低排烟中的 CO 浓度。为降低排烟气中的 NOx（酸雨成因之一），国内外一些学者研究出灶具的金属纤维燃烧器、火焰交叉燃烧、烟气再循环等。这些先进技术在灶具上的应用，已经取得了良好的效果。同时器具选材时避免使用污染材料，尽量使用环保型材料。国内一些技术领先厂家已经消除了生产过程中重金属对环境的污染，产品的设计和生产更顺应国家倡导的环保要求。

也许是我们把林内的燃气灶讲得太好了，引起了各方面的"反弹"。

有一天，《新民晚报》收到一封读者来信。我看到是，洋洋洒洒三四张报告纸，认为林内的聚能火骗人。写信人是上海地铁公司技术部门的。他通过亲身试验，证明聚能火不像宣传上所说的那么节能。看得出他是一个顶真的人，蛮可爱。

其实，不满的顾客往往是厂家改进产品的好帮手。只是很多人认识不到这一点。

林内一开始很紧张，后来也就不了了之。

这也是大多数厂商的通病！

陆家嘴是浦东的市中心。有一天，我与俞伟约在那里的正大广场楼上海鲜自助餐厅吃饭。

我们谈到，由于老式烟道式热水器及无熄火安全保护装置的灶具存在安全隐患，2001 年 5 月上海已经禁止销售，但是仍在使用的达数百万台。林内想通过街道，向仍在使用烟道式热水器和不安全灶具又无经济条件更换的特困家庭，免费提供强排风热水器和安全型灶具。

俞伟已跟他所居住的杨浦区一街道讲过赞助之事。

我敏锐地感到这是一件好事。但与街道层面接触，工作量大，不具有代表性、不能保证公正性，而且说实在的，影响不大。

我立刻建议，落实一家权威机构接受赞助才妥当。很快，我提出找上海市慈善基金会。

第二天，俞伟来电。可能他跟上面汇报过了，同意按照我的设想，先筹备起来。

通过文新集团老领导的介绍，在卢湾区制造局路一宾馆六楼，我找到慈善基金会。电梯一出来，给我感觉是这个地方的人"很注意"。可能是节电的缘故，前台的灯没开，"上海市慈善基金会"几个金字，在后面深蓝色的绒布屏风上显得很暗。如果照我见过的很多企业的前台来比较，这样的布置显然不注重形象。可这是向社会募集钱物的地方，肯定节约才是美德。

《新民晚报》原纪委书记、慈善基金会常务副秘书长张韧接待了我。对于张韧，我之前看名字、看职位、看其文章，望"文"生义以为是男性，其实她是一位办事干脆、很有亲和力的女性。她对林内赞助之事十分热心，把基金会内的经办人一一叫来与我见面。

第二次我去慈善基金会，就把捐赠协议敲下来了：

捐 赠 协 议 书

甲方：上海林内有限公司

乙方：上海市慈善物资管理中心

为了支持上海慈善事业的发展，同时提高捐助企业的形象和声誉，甲、乙双方经友好协商，达成协议如下：

一、甲方负责向乙方捐赠两佰台林内牌带熄火安全保护装置的台式系列燃气灶（型号为 R－2MYPX、R－2M2YPX）和壹佰台开放式自然燃烧燃气热水器系列中的强排式（型号为 REU－10FE2C），以及相应的配套安装施工服务，产品与服务费总价值 26.5 万元人民币，定向用于上海相关各区特困户家庭。

二、甲方应提供企业营业执照、生产许可证及产品安全许可证等相关证件复印件。

三、甲方负责向使用者提供该产品的说明书、产品保修卡及安全使用方法等相关操作规定。

四、甲方确保所捐赠产品是正品,甲方承诺给乙方捐赠的产品与市场上甲方销售的同型号产品一视同仁,对由此而引发的质量问题,同等对待处理。

五、乙方负责于9月26日前将300户特困家庭名单收集、汇总完毕,并将300户完整信息报送甲方,以便在9月27日新闻发布会上公布和甲方后续安装。乙方确保捐赠对象的选择是公正、透明、可查询的,完全符合甲方的捐助意愿。

六、乙方负责安排督促乙方相关各区分会、街道及受赠点于9月30日前帮助甲方将共约500张海报在各相关居民区内张贴完毕,不遗漏。

七、乙方负责邀请、联络各新闻媒体(名单另定),尽量督促媒体做好宣传报道。

八、乙方负责向甲方出具捐赠证书及合法收据。

九、本着"将好事做好"的原则,双方同意共同协商,努力互相配合。

十、本协议一式两份,甲、乙双方各执一份,经确认无误后,签字盖章生效。

甲方:上海林内	乙方:上海市慈善物
有限公司	资管理中心
(盖章)	(盖章)
代表:	代表:
(签名)	(签名)
日期:	日期:

当然,这份协议的敲定像任何合同一样,要细细斟酌。特别是第四、五款,讨论了好几个版本,最后才定下。我们要为双方考虑,平衡。

林内不想冲在前面,即便是做好事的时候也考虑低调、"丫"在后面。在定捐赠仪式名称的时候,他们就特地关照,要把燃气集团放在前面。

而慈善基金会给我们的感觉是,里面的官多。基金会里有很多人在退休、来基金会前,在各自的单位几乎都是有头有脸的,在基金会也是有职位的。袁采,原来是市教育局局长,也当过市统战部部长,现在是基金会副理事长。

我们的捐赠也得到了基金会会长陈铁迪关注,有人向她汇报了。她很支持。当然我们的捐赠额不大,一般这种情况她是不出场的。

2005 年 9 月 27 日下午二时三十分,"安全节能科技　关怀特困家庭——上海燃气集团、林内慈善捐赠发布会"在花园饭店举行。

当天,花园饭店还有好几个商业活动同时举行,像爱普生打印机也在那有业务会议。不过我们从楼下到楼上,指示牌一路指引,相信我们的活动是最光彩的。

我们还特地邀请来东方电视台著名主持人陈宝雷担任本次活动的主持,为仪式增色不少。台下的人交头接耳说:"喏,是宝雷。"像看大熊猫似的。

出席仪式的有市慈善基金会副理事长袁采、常务副秘书长张韧、副秘书长金昭敏、潘月英、燃气集团安服部经理杨玉龙、林内公司总经理进士克彦、副总经理梁宣哲、销售部长李勇兵、各区慈善基金会代表以及受助贫困家庭代表、新闻媒体记者,共 60 多人。

捐赠仪式上,进士克彦向袁采捐赠标明总台数的巨形燃气灶、热水器写真模型牌,两人握手交接的照片还登上了 9 月 30 日《解放

日报》综合新闻版。主席台领导向各区代表发放标明台数的燃气
灶、热水器写真模型牌。

慈善基金会向进士克彦、李勇兵和俞伟颁发证书。颁给我的
是慈善义工证书,不过是一张未贴照片、未盖公章的空白证书。

新华网上海频道9月28日报道《上海燃气、林内公司为贫困家
庭捐赠高科技电器》:

> 27日,上海花园饭店内爱心涌动。以"安全节能科技
> 关怀特困家庭"为主题的上海燃气集团、林内慈善捐赠活
> 动火热进行。

> 据了解,上海的燃气器具使用安全形势依然十分严
> 峻。在去年上海燃气死亡事故中,由于热水器和灶具使
> 用不当而引发的,占死亡总数的84.62%。根据市燃气管
> 理处统计分析,2004年燃气死亡人数虽然同比下降
> 24%,但发生在租赁户、独居老人、外来人员等特困家庭、
> 边缘群体中的事故增多。

> 为了帮助更多的贫困家庭成功更换、添置新型安全、
> 节能燃气具,减少安全隐患,享受高科技带来的舒适安心
> 生活,上海市燃气集团、上海林内公司特别向全市300户
> 贫困家庭捐赠300台包含新型安全、节能科技的林内牌
> 热水器、灶具,并提供相应的专业配套安装施工服务,总
> 价值26.5万元。

> 上海市慈善基金会表示,热心慈善、关心社会是企业
> 家们富有爱心和责任心的最好体现,倡导安全慈善、节能
> 慈善、科技慈善的行动更是一种值得发扬光大的新型慈
> 善理念。市慈善基金会期待有更多的厂商来关爱社会。

300个贫困家庭是如何挑出来的? 在市慈善基金会救助委员
会组织下,300份家庭名单在5天的时间内迅速汇总上来。这5天

还有 2 天双休日,实际摸底收集、核实名单的时间只有 3 天,非常紧张。

慈善基金会徐汇区分会将名额按街道分配后,马上同慈善干部联系。他们通过走访,仔细核实,挑选出符合标准的几十户困难家庭。

卢湾区发动街道、居委等民政干部广泛排摸,选定名单。审核中发现一户家庭不符合条件,立即撤下。有一位女士原是上海支内文艺工作者,在外地工作,直到退休回沪。但没几年老伴去世,自患癌症,手术加上化疗,用去所有积蓄。原单位效益不好,医药费报不到。在走投无路的情况下,向时任市委书记黄菊写了一封求助信。黄菊当即批示,要求区里帮助解决。这次也捐给她一台林内热水器。

受捐名单中包含了各种困难家庭:有烈属、丈夫患高血压瘫痪在床、妻子患癌、养老金低的;有退休老人、儿子协保、外来妹儿媳患癌症的;有残疾做临时工、妻子失业、双胞胎读高中的低保;有父母离异、母病逝,靠社会救助和亲友资助读大学的学生;有丧偶、做临工、收入低、女儿大学毕业现在读研究生的;有享受低保、患多种慢性疾病、生活困难的老夫妻……

这 300 户贫困家庭中,使用的热水器或煤气灶大都年久失修、无力更换,有的还在使用早已明令禁止的直排式、老式烟道式燃气热水器或无熄火安全保护的灶具。但他们幸运地获得免费安全燃气灶和强排式热水器,享受安全节能产品。基层慈善干部听到这一捐赠消息后第一反应几乎都一样——“就二、三十台,我们困难家庭很多,能不能多给几台?”“林内产品啊? 很有名,质量不错,得到资助的人肯定很开心”……

一开始,捐赠在林内公司内部还有人担心,对贫困家庭捐赠有可能会损坏林内优良高档的产品形象。但我们认为,做慈善是针对特殊家庭、弱势群体的送温暖,不但不会损坏高品质形象,反而有利于为高科技产品添上人性化的温情,更有利于提升品牌声誉。

2005年,家电卖场的燃气灶、热水器促销战几乎打了整整一年。其中有经销商挑起的,有厂商挑起的。特别是一些同样合资品牌的低价行为,使得林内难应付。

所以,林内想在舆论上剖析一下热水器成本和品质的问题,告诉消费者这样一个结论,即在原材料成本飞涨的今天,原来1000多元的热水器反降到600~700元,这样,某些企业为了获取市场份额,就有可能降低产品品质。

一厂家促销单片上"真情特价回馈"、"真情大礼回馈"字样比比皆是,其中有款产品从每台1300元直降到580元。

林内认为,每台热水器毛利迅速摊薄,热水器生产早已属微利行业。他们想倡导一种正确的消费观,OEM机、特价机偷工减料靠不住,消费者购买安全可靠的热水器才有保障。

2005年12月12日《解放日报》经济新闻版刊登"消费提醒"《特价热水器慎买》:

> 本报讯 日前在宝山区一建材大卖场促销活动中,燃气热水器特价机惊现市场———一款10升热水器原价1300元/台,居然打出了580元/台的特供价。寒冬已至,面对让人心跳的特价热水器,业内专家惊呼:当心被偷工减料的热水器害了。
>
> 近年来热水器生产厂家正面临着前所未有的原材料涨价压力,在这一情况下,热水器价格出现大幅跳水,实在不是情理之中。目前,热水器生产中要大量用到的金属材料市场行情节节看涨,压铸铝材、电解铜、冷轧钢板、镀锌钢板等价格都有较大升幅。比如电解铜2003年市场价仅为18195元/吨,去年涨到28000元/吨,今年到目前为止已涨至38100元/吨,两年内价格翻番。冷轧钢板2003年市场价5158元/吨,目前已达7750元/吨。镀锌钢板也从2003年5625元/吨涨价至今年的7672元/吨。

而这些原材料要占到每台热水器生产成本的 50%～60%，加上每个生产企业固有的工资成本、管理成本的合理增长，以及设备厂房等固定资产投资折旧上升，一个正常的生产厂家怎么还能够大打价格牌呢？

热水器在原材料大幅加价的情况下价格大幅下滑，答案在哪里？这是因为目前在我国有些地区已集聚形成了热水器 OEM 村、镇，便宜机器遍地皆是。这些 OEM 村，片面追求低价，导致生产中偷工减料行为时有发生。比如，其热交换器壳体、水管管壁厚度往往很薄，甚至仅0.3mm 厚，而行业通常采用 0.6mm。但由于目前国家标准中还没有列出管壁厚度等硬性指标，这些 OEM 厂家就钻了这个空子。水管管壁不到一定的厚度，加上水垢腐蚀，极易烂穿，造成报废。此外，一些 OEM 小厂甚至用回收的紫铜熔化后充作原材料使用。这些 OEM 厂家打国家标准的擦边球，能省则省，热水器安全质量根本得不到保证，寿命短的甚至 3～5 年还不到，完全达不到国家规定的管道煤气热水器 6 年使用年限，天然气、液化气 8 年使用年限的标准。

同一天《新民晚报》上海新闻民生版刊发消息《1300 元 10 升热水器竟跌至 580 元 业内人士提醒：当心偷工减料的贴牌热水器特价机》：

家电市场的白热化竞争硝烟，终于弥漫到"最后一方净土"厨卫电器上。不久前在宝山区建配龙大卖场的狂欢总动员促销活动中，燃气热水器特价机惊现市场——一款知名品牌 10 升热水器原价 1300 元/台，居然打出了580 元/台的特供价，往"肉里"跌了！业内专家惊呼：当心偷工减料的热水器混迹其间扰乱市场！

在目前由家电大卖场所主导的价格博弈中,大家拼红了眼,有个别厂家为了抢市场不惜放下身段偷工减料,甚至用 OEM(贴牌)机披挂上阵。

业内人士透露,在广东、浙江的一些地区已集聚形成了热水器 OEM 村、镇,便宜机器遍地皆是。片面追求低价,导致生产中偷工减料行为时有发生。比如那里生产的热水器,其热交换器壳体、水管管壁厚度往往很薄,一般在这种 OEM 机器中差的甚至仅 0.3 毫米厚,而行业通常采用 0.6 毫米。由于目前国家标准中还没有列出管壁厚度等硬性指标,这些 OEM 厂家就打擦边球,能省则省。水管管壁不到一定的厚度,加上水垢腐蚀,极易烂穿,造成报废;水箱壁很薄质量很差,会导致火焰溢出引起火灾。使用这些劣质 OEM 机,用户短时内看不出什么,但过后不久故障频发,寿命短的甚至 3~5 年还不到,完全达不到国家规定的管道煤气热水器 6 年使用年限,天然气、液化气 8 年使用年限的标准。使用者甚至会付出生命、财产的巨大代价,成为每年冬季热水器事故频发的祸首之一。

使用燃气热水器,安全放第一。据家电行业协会信息中心和全国市场销售情况统计分析显示,在上海理性的消费观念占上风,均价在 1500~1800 元/台的中高档燃气热水器销量反而最好,低价产品都排不上号,遑论特价机了。专家提醒消费者,在岁末卖场大促销中,选购热水器时一定要留个心眼,标准求高不求低,宁愿能确保 10 年使用寿命、安全系数更高的产品,千万别让偷工减料的所谓特价机钻了空子。

也在同一天,《劳动报》经济新闻版刊发本报讯《名牌热水器无奈被砍一半身价　厂家指责大卖场促销打乱价格体系》:

电视机等家电竞相削价的价格战"硝烟",最近终于有了弥漫到被称为"最后一方净土"的厨卫电器上的迹象。日前,在宝山区一建材大卖场的促销活动中,一款原价1300元的知名品牌的10升燃气热水器,居然只卖每台580元。

厂家不满大卖场做法

该品牌厂家驻现场促销的营业员告诉记者:我们的燃气热水器不可能降价,这完全是大卖场单方面的促销行为,与我们厂家无关。

而该热水器公司市场部韩先生强调说:现在不少大卖场为了主导某些产品的价格,而推出打乱产品正常价格体系的"特供价"进行市场博弈,这实非我们厂家所愿。由于这种情况越演越烈,使得市场鱼龙混杂,不少偷工减料和假冒伪劣的热水器也趁机纷纷混迹其间扰乱市场。

网上只卖350元

记者在淘宝网上的一家店铺发现:上海名牌产品能率9L全自动快速家用燃气热水器,成色七成新,价格只要350元。

该店铺的老板娘说:我这个店已经开了4年了,生意不错,从来没有发生过质量和安全问题。但当记者问她,你这些热水器是从哪里进货的?老板娘不肯透露。她笑着说,我们是正路子,不然也不会开这么久。

要打价格战很难

据热水器行业人士向记者介绍,近年来由于原材料的涨价,热水器生产中大量用到的压铸铝材、电解铜等价格都有较大升幅。比如电解铜,两年内价格已经翻番。冷轧钢板2003年市场价为5158元/吨,目前已达7750元/吨。而这些原材料要占到每台热水器生产成本的50%~60%。目前,热水器生产已属微利行业,要打价格战是很困难的。

前三名市场不到50％

据业内人士分析,目前我国品牌排名第一的热水器市场占有率还不到20％,行业前三名的市场占有率加起来还不到50％,品牌集中度过低。

我国已经有300至400家的热水器生产企业,其中大部分是小型企业。这些中小型企业,规模小、技术水平低,只能在价格上发挥自己的"优势"——压缩成本。

一些小企业生产的热水器,其水管管壁厚度很薄,仅0.3 mm,而行业惯例是0.6 mm。水管管壁不到一定的厚度,加上水垢腐蚀,极易烂穿,造成报废,安全质量根本得不到保证。

这些报道攻势很足。

这一年,日本能率株式会社投资注册了能率(中国)投资有限公司,斥资在奉贤兴建占地230余亩的燃气具生产基地,产品供应国内和欧美亚市场。

厂房顶上,那个N形的logo和中英文品名十分巨大,足可载入基尼斯纪录了。

林内的发展慢了。

第二部分

酒乡屐痕

本部分内容系作者在《新民晚报》、《新闻晚报》等媒体为"仲阳访谈录"、"走进名酒厂"、"醉话"等专栏撰写、发表的酒届文章选集。

·走进名酒厂、采访·

四川竹海 白酒"论剑"
——第三届中国白酒东方论坛侧记

日前,由中国酒类流通协会等联合举办的第三届"中国白酒东方论坛"在蜀南长宁县竹海举行。车子离开宜宾城区驶往竹海,公路两旁全是一丛丛、一排排的竹子,替代了惯常所见的行道树,向远处望去,山上、山沟里满眼翠绿,修竹葱葱郁郁,挺拔、昂扬。车子在竹海穿行……竹海——真叫个"一入竹林深似海"哪!

四川乃"中国白酒之心",长宁位于云贵川三省交会的"白酒金三角"地区,周边云集了多个名酒企业,有四川的宜宾五粮液、泸州老窖、射洪沱牌、古蔺郎酒、成都全兴大曲等,还有贵州的习水大曲、仁怀茅台酒等。本次论坛得到白酒行业极大关注,茅台、五粮液、剑南春、泸州老窖、水井坊、洋河、双沟、古井、汾酒、西凤、稻花香、金六福等名酒企业老总几乎悉数登场,北京、上海、浙江、江苏、山东等地酒类经销商和专家、领导也纷纷出席。自去年下半年以来,受经济衰退影响,白酒行业出现整体下滑,中国白酒如何抱团过冬,成为本次论坛的主要议题。

五粮液董事长唐桥指出,国家宏观调控政策必将拉动经济增长,刺激消费,白酒企业将受益良多。他认为,企业承担社会责任与经济绩效成正相关的关系,承担社会责任是维护企业长远利益、符合社会发展要求的一种"互利"行为,有利于树立可信赖的企业形象。他提到,白酒国内市场面临洋酒冲击,国外面临如何占据国际市场的现实。5~10年之后,80后、90后将走上社会舞台,蔑视传统、个性至上、讲究品位、思想前卫、追逐时尚是他们的特点,白酒行业要在产品开发、品牌文化与传播、营销渠道等方面不断创新,充分把握新一代消费者兴趣爱好,使其成为中国名优白酒忠实的消费者与白酒文化的传播者。他认为未来白酒业将向规模化、品牌化和集约化方向发展。

剑南春副总经理杨冬云介绍,5·12特大地震,剑南春在班员工无一死亡,有21个轻伤;休班员工一人重伤,一人失踪;所有酿酒窖池无一损坏,全部完好;地面厂房建筑受损较为严重,包装二车间厂房全部坍塌,包装一车间、三车间受损严重不能使用;水、电、气、通讯及办公管网几乎全部被毁,其它机器设备也有相当损失;员工住房绝大部分成危房,直接经济损失7.6亿元。公司正常生产经营被迫中断,因中断生产、中断销售等造成的间接经济损失近30亿元,不过震后第2天,公司就制定了恢复重建规划;震后第3天,包装中心进场施工;震后第12天,对酿酒车间排险加固;震后第26天,10%的班组恢复生产,震后第59天全部恢复生产;震后第96天,新建全彩钢包装中心投产。加固维修厂房完成193971平方米,共投入资金近3亿元。据介绍,目前酿酒生产已全部恢复,灌装生产线已恢复到60%。计划用3~5年时间恢复重建,达到和超过震前生产能力和市场供应水平,预计需资金约20亿元。会上他提出要强化对白酒行业全程监督,有效遏止食品安全事故发生,保持住白酒尤其是名优白酒质量安全形象。对于假冒问题,他倡议各名酒企业组织起来成立"打假联盟"。

"酒界资本大鳄"、华泽金六福董事长吴向东认为,中国白酒对年轻消费群体关注不够,面对洋酒冲击,怎么才能吸引这批消费群?洋酒多样性喝法更符合年轻人的饮用习惯。法国波尔多葡萄酒由于没有重视未来消费群培养,以致年轻人感觉喝葡萄酒过时了。时尚化、年轻化是中国白酒未来发展趋势,国内像水井坊、洋河在这方面做了一些尝试。同时中国白酒源远流长,怎样契合推广传统价值观,让白酒走向国际化也值得思考。他指出,现在中国名酒品牌太多了,最近一次1989年评酒会评出了17种名酒,消费者根本记不住。而威士忌、伏特加、金酒、朗姆酒,这些酒种的绝大部分市场都被一两个名牌占据。中国名酒未来发展存在新一轮品牌整合机会。

稻花香总经理蔡开云认为,当前正是激活农村白酒市场的最佳机遇期。农村商业网点奇缺,适销对路商品供应不及时,流通渠道不畅,售后服务跟不上,限制了农民消费能力的实现。农村庞大的人口基数使企业可低成本开发市场。但白酒企业不能用城市市场的思维来操作农村市场。构筑农村网络需要渠道无限下沉,施行深度分销。他说,近年来酒类电子商务已成热议话题,酒类企业不仅需要借助电子商务实现销量,更多的是整合传统销售渠道。电子商务及网上购物势不可挡地冲击和改造着传统模式。白酒企业都有遍布各地的网络基础,只要在电子商务平台预订了商品,很快就能配送到消费者手中。

古井贡酒总经理刘敏说,名酒"终端"不是建立在酒店与酒桌上,而在消费者的心智与情愫中!他说虽然名酒企业开发新品延伸品牌,会比地产品牌要顺利,但若过多过滥开发产品,也会稀释和透支品牌。真正的好酒"自己会说话"。一瓶让消费者称道的好酒,顶得上一百篇精彩广告!刘敏认为,很多名酒企业都是在遭遇冬天蜕变后成功转型,品牌全面提升的。近年来古井首倡淡雅香型,打造核心产品年份原浆酒,建设第一家白酒企业 AAAA 级风景区等。去年古井主动精简品牌与产品品种,突出主导品牌。古井正聚焦苏鲁豫皖四省白酒市场并初见成效。他提出,白酒企业遇到严寒要做"北极熊",遇到沙漠要做"骆驼"。

杏花村汾酒董事长助理李卫平说,中国乃世界文明古国,是酒的故乡,五千年历史中酒和酒文化一直占据着重要地位。文化是中国白酒的最大内涵,文化力是白酒发展的利器。他介绍,近几年汾酒依托历史文化优势,正全力打造一个名白酒、保健酒和酒文化旅游基地。汾酒建议联合成立"中国白酒文化发展联盟",弘扬和推广中国白酒文化,将文化力转化为生产力。2007 年汾酒联合茅台、泸州老窖以"中国蒸馏酒酿造技艺"为题,入选联合国教科文组织非物质文化遗产代表作备选名单。他提出,把生物技术、信息技术、基因工程等引入到白酒生产中,提高产品科技含量,使中国白酒以高品质形象走向国际。

泸州老窖总经理张良呼吁,将中国白酒产业蛋糕做大。目前四川白酒每年大约有 1000 亿元销售,整个白酒行业约 1500 亿,在经济总量中地位太小,如果做到 15000 亿的量,情况就不同了。他认为,人才短缺制约了白酒的发展,白酒行业必须引进大量人才。在金融危机的背景下,他们没有收缩战线,泸州老窖今年已引进的本科以上学历的员工相当于前 10 年的总和。他认为,大批人才投入到白酒行业中,将增加行业的造血功能。他还倡议成立"白酒企业打假联盟"。据介绍,目前泸州市已成立了由市知识产权办公室牵头的市打假办,打假办中公安局派 10 人、工商局派 8 人常驻该厂。他透露,目前茅台、泸州老窖等企业得到公安部批准具有异地管辖权,可对假酒实施跨地区追踪。

西凤酒副总经理李金宝提出,未来两年一线白酒企业阵营将形成新的格局,未来五年中国白酒企业将迎来黄金发展期。他认为,白酒是中国文化的载体,从《诗经》到四大名著、从帝王将相到才子佳人、从拜祖祭祀到出征凯旋、从红白大事到亲友团聚,白酒早已融于我们的血脉之中。类奢侈品的名牌白酒能够满足人们对自身时尚、身份、地位的需要。西凤是中国凤香型白酒的典型,全国白酒标准化技术委员会凤香型分会已正式成立,凤香型研究进入标准化时代。据介绍,西凤酒扩建计划征地 1000 亩,兴建灌装中心和原酒生产基地,实现百亿战略目标。

洋河董事长杨廷栋谈到,经济下滑导致白酒市场总量下降,竞争加剧,投入产出效益下降,影响到财税收入增长,来自政府和社会的压力增加。他认为,经过消费大幅升级和消费理性回归,对白酒产品的选择不会发生根本性的变化。随着中小企业逐步退出竞争,名酒市场比重会有所上升,名酒企业可以给予市场更大的支撑,政府的支持力度会更大。他倡导建立"名酒企业发展战略联盟"。建立健全白酒产业准入门槛和运行规范。他说白酒是享受型消费品,享受型消费品是由中产阶级决定的。中产阶级的扩大,对白酒定会起促进作用。作为民族品牌的白酒,将进一步占据市场主导地位。

"川酒儒将"、水井坊董事长黄建勇说,产品线较为丰富、高中低档产品都有的企业,抗风险能力较强。他们将在保持水井坊高档化前提下,着力打造中低档产品,抓好全兴品牌建设。他介绍,水井坊每批次产品实施"双重检测"——不仅达到国家标准,而且从 2006 年 11 月起按国际市场准入标准和食品安全要求,送往欧洲技术中心检测,与国际标准接轨。他指出,水井坊将坚定地走文化营销之路,提升品牌文化内涵,把品牌软实力真正转化为企业强势基因。他呼吁,国宴上一定要用中国白酒;媒体多从正面宣传、多鼓劲;酒企要团结,共同维护行业发展。

双沟董事长赵凤琦说,随着经济活跃和信心指数降低,商务往来减少,中高端白酒需求下降。但酒是特殊嗜好品,中国人在人际交往中,对白酒依赖性越来越强。目前,全国白酒厂家约 3 万余家,行业进入门槛低,市场集中度差。由于消费者健康意识增强以及"少喝酒、喝好酒"观念的确立,中高档白酒正逐步取代低价白酒成为消费主流,利润正向强势品牌集中。他介绍,2008 年白酒前 20 强企业销售收入 711.85 亿元,占行业总销售收入的 45.2%,利润总额近 144 亿元,占全行业 66.9%。名酒产品已占据近 90% 的中高档白酒市场。他认为,名酒企业尤其要注重食品安全,节能减排上也要做表率。消费者将会更多选择富有社会责任感和诚信度高的企业所生产的产品。

上海市酒类专卖局局长卢荣华在发言中明确提出,打假是政府行为,政府应加大工作力度。作为地方酒类市场管理职能部门,就是要维护市场规范,协助企业将被造假者挤占的市场夺回来。去年底,本市刚刚查处了一起假冒某牌子名酒案,收缴假冒产品

12000多箱。据去年统计,在被查获的假酒中白酒占了75%,白酒是打假重点。他透露,上海加强酒类市场管理将从道口管理入手。上海地域不大,城市化程度高,没有假白酒造假来源。他们将与公安部门联手执法,根据2005年商务部酒类流通管理办法,严查道口酒类商品,从源头上堵住假酒进入上海市场的通道。初步确定今年工作为调研协调、制订方案、开展试点,明年一月份起全面铺开,为在世博会上提供合格的中国酒类饮品保驾护航。

中国食品科学技术学会黄酒学会会长毛照显在发言中说,白酒要重视拓展农村市场。目前受经济大环境影响,高档白酒在餐饮、娱乐场所消费减少,公务、商务、送礼用酒减少。我国有8亿多农民,农民生活水平逐步提高,农村市场变化大。过去农民收入少、购买少、消费低,农村市场营销不畅,管理难。现在商务部已提出了建51万家农家店的目标,这也提供了白酒发展的有利条件。白酒行业完全可以根据农民需要,提供一大批优质中低档白酒产品满足市场,价廉物美,薄利多销。他大声疾呼,农村需要好的白酒。过去假冒伪劣白酒在农村很猖獗,现在开始好的白酒下乡,农民食品安全了,也提高了他们的生活质量。白酒的未来在农村,消费主流在农民,这叫"农村市场定乾坤"。

蓝色经典　白酒传奇
——江苏洋河酒厂股份有限公司见闻

"世界上最宽广的是海,比海更高远的是天空,比天空更博大的是男人的情怀。"当雨果写下这几行诗句时,他绝没有想到一百多年后在遥远的中国,一个酒厂会将此奉为圭臬。事实也表明,当洋河酒厂接过法兰西思想者给人类的馈赠时,凤凰涅槃了!

苏北大地,一马平川。经过500公里长途奔袭,我们来到宿迁洋河镇。一到洋河酒厂大门口,只见门楣上方"洋河酒厂"四个字,笔道遒劲,雄浑老辣,此为刘海粟手笔。进入厂区,蓝色……还是蓝色,就会跃入你眼帘。墙根、屋檐下……全是天蓝色的大色块、粗线条。蓝色欢腾、跳跃,疑是蓝色明珠绽放在黄淮平原上。蓝色是开放的象征,是时尚的标志,"蓝色就是洋河,洋河就是蓝色"!洋河蓝色文化有力地提升了洋河品牌形象。

据传,洋河大曲早在唐代就已享盛名,明末清初已闻名遐迩。经过四百多年发展,洋河大曲日臻完美,形成了"甜、绵、软、净、香"的独特风格。在5次全国性名优酒评比中,洋河连续入围1979年八大名酒、1984年十三种名酒和1989年十七种名酒。目前,公司占地70余万平方米,拥有职工4000多名,边上一个新厂区正在兴建中。

为了更加全面地把握消费者的核心需求,2002年洋河对消费者的消费习惯和风味喜好进行研究。一是广泛采用盲测法,研究目标消费者对白酒口味的偏好;二是通过大量消费者饮后舒适度实验,来研究不同风格的白酒对人体健康的影响。通过对4325人次目标消费者口味测试和对2315名消费者饮后舒适度反映进行综合分析,最终确定了"绵柔"的产品风格,做到了"低而不淡、柔而不寡、绵长尾净、丰满协调"。

名优白酒高端竞争,除传统茅台、五粮液、剑南春、水井坊和国窖1573等之外,最引人注目的当是洋河蓝色经典了。蓝色经典系洋河酒高档品牌,拥有梦之蓝、天之蓝、海之蓝三个子品牌。其凭借准确的市场定位及先进的运作理念,自2003年起在白酒市场迅速掀起了"蓝色风暴",2008年销售收入达到了37.4亿,跻身全国白酒第一集团军之列。今年第一季度实现销售收入13亿元,连续增长60%以上。

洋河蓝色经典改变了中国白酒以香分型的传统,创立了以口感为主的绵柔型白酒风格。它的目标群体主要是政府机关、企事业单位以及成功人士招待用酒,同时兼顾高档礼品酒市场。洋河蓝色经典一反常态,打破白酒以红、黄为主色调的老传统,将蓝色固化为产品标志色,实现了产品差异化。"男人的情怀",诉求的是一种生活状态和品位。洋河董事长杨廷栋告诉我们："洋河蓝色经典的梦想，就是要让消费者将饮酒变成一种人生情怀，让蓝色感动时代！"

珍宝坊：最精彩的跨越
——江苏双沟酒业股份有限公司见闻

中国第三大河流淮河全长一千公里，两岸白酒厂家星罗棋布，形成了著名的淮河流域白酒带。在淮河即将汇入洪泽湖的下游有一片三角地带，地势平坦，四季分明，雨水丰沛，中国名酒企业双沟酒业就坐落在这里的泗洪县双沟镇。

据记载，双沟酒业始创于清雍正十年（即1732年），距今近三百年历史。双沟当地盛产秫豆稻麦等酿酒原料，环境气候得天独厚，这里是最具酿酒天然环境和自然酒起源的地方。双沟被誉为中国酒源头。1977年在双沟附近下草湾出土了醉猿化石。科学家推断，1000多万年前在双沟地区亚热带原始森林中生活的古猿人，因为吞食了自然发酵的野果液而醉倒不醒，成了千万年后的化石。

一进入双沟镇，双沟珍宝坊跨街广告不时会在前方出现，顺着这一块块漂亮的桃红色广告牌的指引，你几乎可以径直开到双沟酒业厂区。一幢新的八层高的大楼矗立在老厂区左前方，一个"双"字喷泉状双沟司标悬挂在大楼正面顶上中央位置。如今双沟占地130万平方米，总资产10亿元，年销售收入15亿元。

双沟大曲以"色清透明、香气浓郁、风味纯正、入口绵甜、酒体醇厚、尾净余长"等特点著称，在历届全国评酒会上，多次被评为国家名酒。价廉物美曾是双沟酒代名词，大曲酒年产量最高。随着白酒从量计征税收政策出台，每年1.5亿瓶普通双沟大曲的庞大销量，无疑让其处于非常不利的地位。企业要提升品牌档次，跳出中低档产品恶性竞争漩涡，开发新产品，主攻中高端市场，就成了必然选择。

双沟珍宝坊是双沟战略性主导品牌,是企业最核心产品。它从消费体验出发,首创中国白酒自由调兑的先河。"让消费者做一回调酒师,寻求自己理想的口感。"一瓶珍宝坊酒分为上下两个独立部分,顶部小瓶装有68度原浆酒,底部大瓶装有41.8度优质酒。上下两种酒体,既可以单独饮用,又可以自由调兑饮用;如果将上下酒体任意调兑后,酒会呈现多种口味,香更浓,味更足。双沟珍宝坊是国内除茅台外唯一采用堆积发酵工艺生产的白酒,在形成特殊芳香物的同时,又产生氨基酸等营养物质。

全国著名酿酒专家沈怡方评价说:"其包装设计构思新颖,具有超前的创新理念,是近年来国内少有的成品白酒优秀外包装之一;其内在质量具有淡雅型苏酒的典型风格,堪称中国白酒家族中的珍品、佳品。"双沟董事长赵凤琦告诉我们,双沟珍宝坊2006年正式投放市场,当年销售7000多万元;2007年翻番达1.5个亿;2008年再翻番达3个亿;今年一季度已达2.6亿元,全年将达8个亿。双沟珍宝坊是双沟的得意之作,更是双沟薪火相传三百年最精彩的跨越。

天下谁人不识会稽山?

——会稽山绍兴酒股份有限公司见闻

汽车在杭州湾疾驶。太阳一会儿在前面,一会儿又跳到后面,似乎在捉迷藏。我们向东,朝大海方向开去。车行不久,柯桥到了。不是谁在提醒我们,而是高速公路立交当中矗立着的,一块红彤彤的会稽山"高炮"广告牌"绍兴人爱喝的绍兴黄酒",明确无误地告诉我们——绍兴门户到了!

沿着金柯桥大道缓缓前行。两旁的高楼鳞次栉比,一幢幢方方正正、规规则则,没有那种标新立异的设计师的"练手"之作,不愧为"建筑之乡"!路两边留出的空间宽敞,毫无大城市那种在"高楼大厦峡谷"间穿梭的压抑与局促,显得绰绰有余。大路宽阔、笔直,一直向前延伸,延伸……一点也不夸张地说,金柯桥大道放在全国任何一个地方都不会逊色。建议异乡人来到绍兴,一定要走走这条大道。多走走,会改变你过去那种对绍兴人"小家子气、束手束脚"的固有印象。金柯桥大道就是今日绍兴的"金光大道"!

在会稽山的会议室里,善解人意的主人拿出了他们的最新得意之作"纯正五年陈",让我们品尝。呷一口,含在嘴里,停数秒,缓缓咽下。这口味,与会稽山十二年陈那种醇厚、绵和不同,甘冽、清新,有内涵。更重要的是,没有现在新派黄酒所惯有的、遭人百般诟病的那种"甜"味。拿起酒瓶,你就知道这是一款独一无二的瓶形,保管你会喜欢!圆润粗壮的瓶口,阳刚有力;方方正正又稍凹面的瓶身,握在手里,饱满,一手掌握。男人都会喜欢!

在会稽山绍兴酒博物馆,在她悠长的历史陈列前,你会驻足沉思。始创于 1743 年,至今香火不断。二百六十六年,草木衰荣,朝代更迭,沧海桑田……不变的是对"绍兴酒"这一物质文明的孜孜以求,这是怎样的一种精神?让我们肃然起敬吧!

参观完整个生产流程,在办公楼前,我们登车离去。忽然发觉,这块大楼前的广场是如此的平坦。世界是平的!是的,水平如镜。在上海,只在徐家汇交大校园见过这么平整的道路,百年交大的"精益求精"似乎就镌刻在上面。此刻,在平整的广场上,我也获得了会稽山绍兴酒一脉相承、绵延不绝的秘密。

诗人常说,大海像胸怀;我要说,宽广即胸怀。虚怀若谷,虚怀若广场。会稽山楼前广场宽大、高远,就像一个人的胸怀。几年来,来自上海、广东等全国各地乃至港台地区的经营管理专才,为了延续古越"酒"脉,为了擦亮"会稽山"这一金字招牌,汇聚会稽山下。波澜壮阔在前方!会稽山总经理傅祖康说,"会稽山不是绍兴的,它属于中国。"会稽山是这个世界的,绍兴酒是人类物质文明成果……这是会稽山绍兴酒的一个梦吗?

林海酒镇香四溢

——吴江桃源镇苏南酒乡巡礼

"登桥跨吴越,鸡鸣闻江浙",站在吴江市桃源镇铜锣的太师桥上,走过去就是乌镇,向西可望南浔,真正的吴头越尾,一点不勉强也不牵强。春秋时期吴越争霸,吴王夫差派人开挖用于隐蔽战船、攻防兼备的"藏船墩"。二千五百年斗转星移,如今这个"荒天池"水道纵横、树木丛生、鸟雀栖息,一片郁郁葱葱,真是原生态的"长三角无人岛"。

桃源,气候润泽,地势平坦,土质肥沃,是著名的苗木基地。村民历来有在房前屋后、河边路旁植树绿化的习俗,以至于"日间不见村,晚上不见灯,乡道有林荫,风吹无飞尘"。常栽种的有:榉、榆、柏、楝、桑、银杏、水杉、杨柳、泡桐等乔木,桃、李、橘、梅、琵琶等果树,桂花、紫薇、玫瑰、月季、凤仙、美人蕉等花卉。极目眺望,绿海无边,远接云天,村庄隐现,三万五千亩苗木林绵延,实乃"华东平原林海茫茫的世外桃源"。

走进林海,由于长年落叶堆积,地面松软,踩上去如履地毯。棵棵树木躯干挺拔、枝繁叶茂,片片樟叶散发缕缕清香。微风送爽,心旷神怡。林间,白鹭起舞、黄鹂低唱,冷不防树丛中突然蹿出一只野兔来。到了冬季,还有天鹅成群结队前来。小河旁则可看到一条条刀样小鱼逆水而游,一群群红掌白鹅拨清波……

米酿酒、蚕吐丝、蜂产蜜,是桃源"三宝"。吴越春秋时,吴王夫差离宫附近的民间作坊便精心酿制宫廷贡酒"吴酒",闻名吴越之地。其独特的酿酒技艺世代相传,历久弥新。"几家篱落傍溪居,只看青山尽自知。隔岸有桥多卖酒,小篮无处不提鱼。"从宋代诗人宋伯仁的赞美中,也可闻到阵阵浓烈的酒香。

在中国黄酒版图上,"苏南板块"黄酒以"酒色橙黄、清澈透明、醇香浓郁、味正纯和"著称,桃源镇素来享有"天下黄酒第一镇"美誉。全镇颇具规模的酿造企业有 30 余家,年产黄酒 10 万吨。产品有:"百花漾"吴宫老酒、"养生花"养生福酒、天泉坊酒、"中南"尚口佳、"三界洋"水乡丽人和古吴春白酒、"新同里红"红醉江南、"凤栖"姑苏酒坊、"苏御"正清和、"苏南"留凤等。在第七届苏南酒乡黄酒节举办之际,新同里红酒业不失时机资产重组,吸收业外资本,提高黄酒产能。

吴江离上海不远,车程一小时出头。因水而生动的我们的城市有两条河流:苏州河上游是吴淞江,而吴淞江的源头就在吴江;桃源烂溪塘又是引浙江天目山北麓东苕溪水入黄浦江的主要通道。在上海,目之所及的绿色——城市绿化、绿地,可能来自桃源苗木。以前上海一些知名黄酒品牌,其基酒就部分取自桃源镇。现在苏南酒乡懂得打品牌,抱团出击甚至进入本市。当然上海不是进入门槛太高、令人望而却步的"高价姑娘"。上海,面朝西面,应该人喊一声"吴江,你好!"

山水不言酒自醇
——安徽迎驾贡酒有限公司见闻

汽车离开六安市往霍山县佛子岭镇驶去。公路平坦,路旁行道树树叶已掉光,显得精干、挺拔。右边一条大河,宽阔、水面平静。这条叫作淠水的河,将领着我们到达迎驾集团。渐渐地,路两旁的地貌特征从丘陵变成山区,车子须正对着一座一座不高的山爬过去,一个一个缓缓的山坡,起起伏伏,偶然来个急转,真有一点赛车场上赛道的感觉。冬日的阳光暖暖地洒下……什么叫惬意?这就是。

我们正在进入大别山区。当年刘邓大军挺进大别山,书写解放战争史上光辉篇章。以前对"革命豪情"并无切身体会,此刻的我们竟也红光满面,似乎格外精神——因为我们也在挺进,挺进大别山!

而迎驾贡酒就在这片广阔无垠的大别山怀抱之中。如果把淠河水比作大别山的乳汁，我们坚信，依山傍水，汲天地灵气，取五谷精华，长年酝酿而成的迎驾贡酒，按照蒙牛公司"特仑苏"的说法，完全可以说——"不是所有白酒都叫'迎驾'"，"金牌白酒，迎驾人生"。

　　这里的山，特别安静，闲适，没有一点喧闹拥挤。一路上，我们只有安心、舒心。车子在迎驾度假山庄前戛然而止。主人笑盈盈迎上来："怎么样？"我们竟不知如何回答好，匆忙之间张口一个字"灵！"此情此境不说此字，真叫暴殄天物。

　　我们在一个看得见风景的房间放下行囊。匆匆打开窗户，空气清新。楼下山脚旁一丛一丛的竹子在微风中摇曳，窸窸作响。隔了一条路，淠水在静静流淌，迎驾大桥飞架两岸，河对岸就是迎驾工业园，厂区后面又是群山连绵，阳光普照……世上四星五星的宾馆常有，而推窗即见山见水的房间却不常有。与这里的原生态相比，城市房产商所力推的"水景房"简直就是"硝烟中的盆景"。

　　佛子岭位于安徽西部边缘，地处大别山脉东段北坡，与湖北接壤，被誉为"大别山明珠"，享有"金山药岭名茶地，竹海桑园水电乡"称号。佛子岭水库工程宏伟，风光秀丽。这座新中国建国初期建造的"中国第一坝"堪称当时壮举。由水路上溯50公里，可直达大别山主峰白马尖，两岸山明水秀，景色宜人。

　　迎驾贡酒大有来历。据说，公元前106年，汉武帝巡狩霍山，官民至城西二十里外迎驾，并派当地一绝色民女手捧由淠水精酿的琼浆献上。不知是因人还是因酒，帝饮后大悦。自此，迎驾贡酒名闻天下，至今已两千余载。

　　迎驾贡酒以优质高粱、糯米、小麦、大米、玉米为原料，生产迎驾之星、百年迎驾和迎驾贡酒年份酒等系列白酒。作为中国东部最大的五粮型曲酒酿造基地，其拥有窖龄长的泥池老窖，在酒的发酵过程中，窖池会产生种类繁多的微生物和香味物质，变成丰富的天然香源。加上大别山良好的生态环境和甘甜、纯净的水，酿出国家地理标志产品，其陈酿年份酒更具绵软、醇厚、陈香突出的风味。

临水美酒又一村

——安徽临水酒业有限公司见闻

枯树,寒鸦,小路。两旁有田野,还有农宅。前方路边,一人手执竹鞭,赶着他的种猪,慢悠悠走。这块头硕长的大家伙屁股底下,大皮囊里的两个球一颠一颠,大明大方,毫不害羞。当然,我们也不能取笑它! 村里一片安宁,我们一路开进去,真有"鬼子进庄了"的感觉。

铺了一层石子的土路不时扬尘飞起,主要是颠簸,车像大海里的小舢板。正如临水酒业主人在致欢迎词时所说的"你们走过羊肠小道,跳着迪斯科来到我们厂里"。突然,一个坡道下,豁然开朗——一个现代化的厂房就展现在眼前,临水酒厂到了。

临水,地处皖西霍邱,与河南省隔河相望,地理环境独特,南依古壁山,西临泉河、史河,北傍淮河,南接沙弯,顺河风长年不断,正是这样三面环水、一面靠山的独特地理环境造就了独特的气候条件,空气湿润多雾,更加有利于发酵和酿酒。临水镇古称阳泉,以出好酒而闻名。

明朝朱元璋少时曾流落临水圆觉寺出家,其诗云"天作罗纬地当毡,日月星辰伴我眠。睡觉不敢长伸腿,生怕蹬倒古壁山。"一日突然中暑晕倒,巧遇村姑玉洁汲古壁山下廉泉水救醒。朱元璋称帝后,取"玉洁"和"廉泉"首尾二字,把用该泉水酿造的酒御封为"玉泉"酒。洪武二年,他又命三百挑夫到临水取酒,大宴群臣。从此临水酒誉满京华、扬名天下,并被诰封为皇家御酒。清朝时,临水酒达到鼎盛时期,临水大曲以名酒行销蚌埠、北京、上海、南京等地。

进入厂区,触目都是明黄色的企业标准色,看得出企业文化在到处张扬。很明显,这是一个有"灵魂"的企业! 里面水泥地坪平整,香樟成行,绿化优良;车间整洁明亮,现场管理严谨。真是持

"厂"有道！据介绍，新建的4000吨不锈钢储酒罐，大大提高了应对市场需求的能力。从节约和环保出发，酒厂锅炉改烧稻壳，加上出售稻壳灰收入，对比燃煤，光这一项全年竟可省下几十万元生产成本。

千年老酒，百年老厂。老窖出好酒。临水酒酿酒窖池使用年限一般都在四十年以上，窖泥经过几十年的自然老熟，富含大量生香的优良微生物，窖香浓，酒质醇。因而，临水酒素有"色清透明、窖香浓郁、醇香回甜、甘洌爽口、尾子净"的独有风格。

临水酒，是六安市最知名白酒产品之一。在六安各大饭店、酒肆的酒柜上，最醒目的就数临水酒产品系列了。其"皇家庆宴"获安徽省著名商标称号，"临水坊"在霍邱、六安已成为消费者选择的第一品牌，目前已覆盖六安、安庆、淮南、蚌埠等市场。"明年，临水酒将跨入安徽白酒第一方阵！"对此，临水酒业总经理章永忠信心满满。

曹操拿什么酒送礼？

——安徽古井贡酒股份有限公司见闻

古井镇位于亳州西北部，在安徽北部边缘，与河南接壤。古井镇在明朝时叫减店集，1987年因古井贡酒盛名远播而更名。这里不仅是酿酒名镇，还是著名的中原古战场。

在古井镇门楼上，刻着"中国第一酒镇"的横批，两边门柱上是启功题写的"佳酿千年传魏井，浓香万里发汤都"的对联。夏灭后，汤建商，都于亳。东汉时亳隶豫州沛国，建安后置谯郡。《亳州志》云：南朝梁武帝中大通四年，高欢遣樊子鹄攻魏将元树于谯，树将独孤将军败死，死前将金铜长戟弃于一枯井，则井泉上涌，积年不涸，清澈甘洌，以之为酒，清如水晶，味似幽兰。这就是一千四百多年的北魏古井神奇传说。这口井也就是古井的来历。

进入古井镇，酒的气息扑面而来，倒不是因为闻到了酒香，而是酒厂多。三曹路大街两旁,酒厂林立。车子前行,一移一酒厂,眼花缭乱,就是不见古井贡酒厂。像京剧开场,锣鼓"当当当……"敲了半天,唱戏老生一脚提起、头微抬、凝神、挺胸、精神抖擞、骑马扬鞭架式已摆好,就是不见人出场,真是急煞台下的观众!走过井中酒厂、走过难得糊涂酒厂、走过什么贡酒厂……车行六公里马上要走到底了,这时当街心有一钢雕矗立,下镶"古井贡酿酒公园"。"终于到了!"人人都知道,好东西总要放在最后,而古井贡酒肯定就是古井镇最好的"宝贝"。

古井酒文化博物馆最惹人眼目!前面汉代城墙,整个建筑明清风格,堪称巍峨。我们一层一层参观,在曹操献酒图前,讲解员讲道:建安元年曹操将家乡所产美酒"九酝春酒"和《九酝酒法》进献给汉献帝,同时拉开了"挟天子以令诸侯"序曲。这是最早的酿酒文字记载,也是古井贡酒历史源头。

据介绍,古井贡酒窖池群重修时,曾从地下挖出来一块明正德十年的界砖,有近五百年历史。这也证明这是中国目前为止使用时间最长的窖池群。百年老窖出好酒,这些窖泥是酿造古井贡酒的"神泥"。经过数百年自然老熟,泥体呈黑色,窖香四溢。通过此窖池群发酵的原酒,口感、理化指标明显优于其它窖池的酒。

"古槐、古井、蓝天、白云"构成了古井贡酒商标。在厂区一角的古井园中有一棵百年老槐树,前面就是古井,它边上已建起了一个古井亭。登亭而上,站在古井边上,冬天的早晨,掀开罩在井口的有机玻璃井盖,热气袅袅,井盖上的水珠一颗颗跌落。寒风凛冽,阳光怯生生地照下来,令人唏嘘不已。

古井贡酒"色清如水晶、香纯似幽兰、入口甘美醇和、回味经久不息",是"老八大名酒",上世纪九十年代一度名列中国白酒前三名。1996年成为第一家白酒上市公司,比茅台、五粮液都早。1998年更达到一个历史高点,当年缴税3.34亿。安徽曾流传一句口头禅"南有黄山松,北有古井贡"。"对酒当歌,人生几何",我们分明听到,孟德吟哦,正穿越时空传来。

"今世有缘喝杯酒"

——江苏今世缘酒业有限公司见闻

从京沪高速沭阳出口下来,还有45分钟才能到今世缘。这是一条省道,原属军事用道。刚刚驶入,就遇到拥堵。莫非大城市的拥堵也"传染"到了这里?当然拥堵的内容截然不同:有两匹马拉的四轮大车、驴车、拖拉机、摩托车、自行车,还有比面包车大一点的公共汽车……横七竖八,封堵在来往只有两车道的公路上。拥堵原因呢?前面公路两边一溜烟停满了100多米长的轿车队伍,交警在尽力指挥交通。从大气球、充气拱门上所挂的条幅来看,是剪彩,是医院开工;再过去,是学校开工;再过去几百米,公路另一边还有一个公共汽车站也在等待开工……4万亿的经济拉动是不是也拉到了这些乡镇?

公路两旁,除了农户、树木、田野,还是农户、树木、田野。只是到了十字路口交叉处,才热闹了点,房屋明显增加,可能就是一个镇。而今世缘所在的高沟镇就是这样,当然规模比前面看到的大一点。在转角处,一个两三层楼的高沟汽车站外面搭满了脚手架,马路两旁基本都是两层楼。再行500米,一个四五层楼白墙黑瓦古色古香的整洁建筑突兀在眼前,今世缘宾馆到了!楼前院子不大,但也分客房部和餐饮部。

宾馆斜对面100米,就是今世缘生产基地。进入厂门,有一个不小的环岛,边上很空旷,可说是小型广场,用瓷砖分割出的一格格停车位,一排排,很丰富。包装车间里,一只只小巧的酒瓶,正在流水线上经过操作女工一双双娴熟的手,贴上一张张有红色"今世缘"字体的标贴。有的瓶子外有点湿,那是灌装时酒的一点酒。车间里酒香扑鼻,你能陶醉。

白酒爱打"文化牌",今世缘就有一句标语"以文'化'酒,以品'味'人"。今世缘文化中心非常气派,里面既有酒文化展示,也有独特的"缘"文化。据展览馆里介绍,高沟乃千年古镇,名酒之乡,江苏名酒"三沟一河"之一,地处黄淮名酒带上,又是中国南北地理分界处,得天独厚的自然环境为酿造上等好酒提供了不可复制的外在因素。今世源年产白酒近 3 万吨,拥有国缘、今世缘、高沟三个品牌。做文化品牌一直是今世缘核心战略,要以文化渗透叩开消费者心扉。今年销售目标 20 亿,1~8 月份已实现 16.04 亿元,同比增长 56.80%。

今世缘文化中心门前有一个更大的广场,有一个喷水池,一只只装饰用的大型酒瓮每隔 50 米一个,分列在广场四周,间或有些花草绿化。我知道,这里有的是土地!目前厂区占地已近 100 万平方米,但一个占地 1000 亩、总投资 12 亿的新一轮技改项目正在热火朝天之中。投产后可保证年销售 60 亿元、利税 20 亿元,新增就业岗位 2500 个。一颗名白酒"希望之星"正在苏北沃野冉冉升起!回到上海,同事问我今世缘之行的印象,我脱口而出:"在希望的田野上……"

孔子家的那种酒……
——山东曲阜孔府家酒业有限公司见闻

孔子不在,于丹在巡回讲学。刚刚在枣庄听完于丹一场演讲的孔府家酒市场部葛经理,打来电话问"到哪里啦"? 此时我们正在京福高速上从徐州开往曲阜。"要等吗?"大雨滂沱,雨刮器飞快摆动,改善不了多少视线。雨幕中远远望见似乎有一堵堵墙在前方公路上缓慢前移,近一看是载得满满当当的货运卡车也在赶路。18 个车轮溅起一团团水雾,从它边上驶过,就像扎进一堆"浓烟"里。男人都有经验:等女友感觉也许不错,久一点也没关系,等其他人全然不同。我们商定"曲阜见"。古有十里相送,今有几十里相迎,到底是孔孟之乡!

进入山东境内,雨势渐小;行至曲阜,天气放晴。刚驶离高速出口处,就见马路对面有一群雕塑。看上去不错,不粗制滥造。座基上书"孔子周游列国图"。孔子坐在马车上,他的学生或行或骑或牵马,前呼后拥,栩栩如生。这种形态,现代人恐怕只有酒后才偶露峥嵘。他们恣意生动,马儿嘶鸣,似乎想要把我拉回到二千五百年前百家争鸣、活泼自由、辉煌灿烂的春秋战国时代。当然,并无时光隧道送我去与孔老夫子对饮一杯。

车子在通衢大道前进,把我们拉到了孔府家酒,当然那里有酒。楼上办公室里,我们见到了先回一步的葛经理。我俩年龄相差无几。"一直通电话,想不到这么年轻,还以为你至少也得五十多岁了呢。"年轻开朗的他打趣道。"不敢不敢,在孔子故里,我们岂能充大。"

孔府家酒楼房已是这条大街上最大的建筑群。马路这边临街有四幢三四层的办公楼连在一起,后面有大面积的酿造、包装车间,还有一个孔府家酒珍藏馆;马路斜对面另有一个纵深更远、面积更大的酿酒车间和储酒仓库,那里厂区一角还有几个巨大的圆筒形粮仓,外面的白铁皮在阳光下熠熠生辉。

酿酒车间,拌料工人穿戴整洁,热火朝天。边上正在蒸馏出酒,陪在一旁的孔府家酒上海大区张经理笑着说:"要不要尝尝刚出的酒?"这绝对是原味酒。用小蓝花瓷碗从还在接酒的酒桶里舀了小半碗递过来。拿在手中,看酒液,清澈、透明极了。碗边酒在滴答,我就濡濡嘴唇,抿一口,67度原酒在口腔内翻滚灼烧,咽下去,像一根"火线",立刻点燃胸腔。仔细品尝,闻起来香、入口香、回味香;细细体会,香正、味正、酒体正。这"三香"、"三正"却正是孔府家酒鲜明特色。储酒仓库,无数可装一吨酒的酒坛一排排列队排列,绷得紧紧的坛口封头外露出一片片红边黄布。一坛坛,俊俏、安安静静,像一个个待嫁的新娘。

当年热播剧《北京人在纽约》风靡一时,"阿春"一句贴切话——"孔府家酒,叫人想家",似乎成了当时对海外游子归国最柔情的呼唤。当然也把孔府家酒带上一个高峰——与五粮液、汾酒一起名列白酒"前三甲"。世事变迁,孔府家酒还好吗?当我们把这个问题抛给孔府家酒董事长邱振新时,这位山东汉子微笑着问道:"你们知道孔府家酒为什么能畅销上海20年?"

泰山特曲的"玉皇顶"

——山东泰山生力源集团股份有限公司见闻

"会当凌绝顶,一览众山小。"站在泰山顶上,凌晨5点不到。俯瞰1500多米的山下,没有其它山。下面泰安市还在睡梦里,灯火似繁星密布,公路两旁的路灯串缀起来,远远望去像笔直的线条,把市区分割成一格格棋盘。山谷也睡眼惺忪。山上树木影影绰绰,像蓬松的头发梳都没有梳过。裸露的山石开始露出一些面目来。

摄影师说,太阳光是分层的。东方泛白,远处的天际线上,微橙或微红的亮光确实层次分明,从下到上由深变淡,一层一层,像色卡上一样。太阳还不出来。导游仍在一轮一轮将或穿短袖衬衫或穿棉衣的懵懂游客赶到悬崖边观日位置较好的地方。边上安全警示牌,毫不放在眼里。故事总是这样发生,突然有人高喊"出来了!"一个火柴头、不对、半个火柴头大小的亮点钻出分层的地平线。群情激昂,纷纷按着山顶上摄影摊样照模样摆pose,忙碌之间,稍纵即逝,不到两分钟,整个"火柴头"跳出来,有光芒了,迅速变大,肉眼就不能直视它了……泰山日出。

下山,从南天门,经过艰辛的十八盘,尽管脚直哆嗦,但一步步下山,感觉越来越暖和舒服。到了中天门,乘车盘山而下。山脚下15分钟车程,就到了泰山生力源集团。会客室里一幅"泰山驰名中外,特曲誉满九州"书法,一看落款,就是泰山顶上为天街题字的那位当地著名书法家的作品。

泰山特曲最大特色是"小窖"酿造。白酒酿造精髓在于"一窖二曲三工艺",窖池起着决定性作用。单个"小窖"容积为5立方米,表面积为 14.5 平方米,二者之比接近 3∶1,与大窖池相比,加大了窖泥与酒醅接触面积,加上特殊的倒梯形结构,使发酵更均匀,微生物营养来源更充分,代谢产物和酒醅之间互换更畅通,品质更胜一筹。泰山特曲 3000 个窖池全部集中在近 3 万平方米同一车间内,室内温度、湿度、空气质量等十分接近,酿酒微生物种类和分布基本一致,这对出酒率和品质可谓锦上添花。泰山特曲"小窖"酿酒车间曾获上海大世界基尼斯之最。

在吴江这个小县级市,泰山特曲年销售逾 7000 万元,平均每个吴江人要喝掉两瓶半。为解决江南人不饮高度酒的习惯,泰山特曲特地开发了 10 多款适合南方的低度白酒,当 30 度的泰山特曲以平和淡雅的口味、适中的销售价格入市时,立刻受到当地消费者喜爱。在浙江市场,泰山特曲创造了连续 15 年畅销不衰的"泰山传奇",每年销售逾 2 亿;泰山特曲登陆广东又刮起"泰山旋风",连续 9 年销售过亿。我们刚从泰山下来,便问泰山特曲的"玉皇顶"在哪里?泰山生力源董事长马西元一锤定音——"一统山东,走向全国。"

诗酒天下杏花村
——杏花村酒文化系列之一

山西,地处黄河流域腹地,是中华民族的发祥地,是黄河文化的摇篮。

说起黄河文化,人们自然会首先提到汾酒文化,提到晋商文化,提到山西杏花村。

杏花村是汾酒文化的发祥地。1982 年吉林大学考古系与山西省考古研究所组成的山西晋中考古队对汾阳县杏花村遗址的权威考古证明,杏花村的酿酒史源于四千年前的龙山文化。南北朝时期汾酒成为宫廷御酒,受到北齐武成帝的赞誉;晚唐大诗人杜牧畅饮汾酒,挥毫《清明》诗流传千古;晋商的辉煌,巴拿马赛会的金质大奖使汾酒名扬华夏,香飘万国。到了近代汾酒所获桂冠殊荣更是数不胜数。

清香至尊的杏花村美酒,吸引了无数儒雅睿智的文人墨客,汾酒激发着诗的灵感,诗句飞扬着汾酒的神韵,酿就了"借问酒家何处有,牧童遥指杏花村"的千古绝句,也铸就了杏花村灿烂的汾酒文化。

几千年来,勤劳智慧的杏花村人,用灿烂的酒文化,谱写出无数绚丽的诗篇。杏花村是汾酒文化的源泉,是汾酒的象征,是汾酒的世界,诗和酒在杏花村汇成了海洋。

今天的汾酒人,意气风发,与时俱进,开拓创新,正建造着中国规模宏大的白酒基地、保健酒基地和酒文化旅游基地,矢志不移地把汾酒集团做优、做强、做大,谱写着汾酒发展史上宏伟壮丽的新篇章。

汾酒的酿造秘诀
——杏花村酒文化系列之二

1933年春天,又是一个雨纷纷的日子,一位二十多岁的年轻人来到山西杏花村探究汾酒酿造的奥秘,他就是后来成为中国酒文化研究会会长、现代著名微生物发酵专家的方心芳。

在往后的十多天里,他和汾酒掌柜杨得龄促膝交谈推心置腹,白天守在发酵室,蹲在烧锅前,搞调查、做笔记、分析化验,晚上一盏油灯、两杯汾酒,两人一聊到天亮。对汾酒的酿造过程进行了系统的研究后,方心芳写出了中国制曲酿酒的经典论文《汾酒酿造情形报告》。道出了汾酒人千年酿酒实践中的七大秘诀——

"人必得其精,水必得其甘,曲必得其时,粮必得其实,器必得其洁,缸必得其湿,火必得其缓"。

这七大秘诀,包含了汾酒酿造过程中对自然环境、原料、器皿、工艺及酿酒人等各种因素的严格要求。

今天的汾酒人在继承和完善传统酿造秘方的同时，广泛应用现代生物科技，使汾酒酿造技术日臻完善，酒体风格更加完美。2006 年 6 月山西杏花村汾酒的传统酿造工艺，以悠久的历史和深厚的文化底蕴，被列入首批国家非物质文化遗产。

风雨沧桑，古酒新芳。这享誉天下、香飘九州的杏花村美酒，不能不说是大自然的天地造化和汾酒人大智大慧的杰作。

带走一片浓香

——泸州老窖股份有限公司见闻

"酒香不怕巷子深"，我来到了出这句话的巷子。1873 年 9 月，洋务运动代表人物张之洞途径泸州，船未靠岸就闻到江风中飘来的浓郁酒香，便停船沽酒。南城营沟头有一条很深很长的酒巷，据说泸州最好的酒就出自这里八家作坊。他喝了最后一家的大曲酒，感慨出此言！

如今曲里拐弯的小巷不复存在，代之以国窖 1573 广场。巷口墙上已换作 79 米长的一幅幅浮雕，始于秦汉、兴于唐宋、盛于明清、享誉当代的泸州老窖发展史一一展现。自元代郭怀玉发明甘醇曲酿制大曲酒以来，这里便以中国浓香型白酒发源地而著称。小巷深处便是始建于明万历元年（公元 1573 年）的国宝窖池群。中国白酒鉴赏标准级酒品国窖 1573 便出自这里。这是我国建造时间最早、保存最完好、连续使用时间最长的酿酒窖池群，也是酿酒行业第一个全国重点文物保护单位。

黄浦江、苏州河交汇处诞生最早上海滩；长江、沱江交汇处生成最初泸州城。泸州地属巴国，古称江阳。"江阳酒熟花如锦"，酿酒业发达可见一斑。泸州地处四川盆地与云贵高原过渡地带，北部平坝连片，南部河流纵横，水资源丰富，日照充足，雨量充沛，四季分明，素有"蜀南粮仓"之誉。泸州高粱是一大特产，乃上等酿酒原料。

令泸州人自豪的是，自 1952 年泸州老窖被评为全国首届四大名白酒之后，蝉联历届名酒称号。泸州老窖以浓香爽口、柔和纯净特点被称为浓香型白酒典型代表，浓香鼻祖。最初浓香型即称泸香型。各地酒厂纷纷学泸州。几十年后浓香型白酒在全国遍地开花，成为产量最多、效益最好、消费群体最大的白酒。泸州老窖实在是"浓香型白酒黄埔军校"。

走了这么多酒厂，看到用天然洞库贮存白酒，这是第一家。在以吕洞宾别号命名的纯阳洞参观时，有人戏言："今天，仲阳，来江阳，看纯阳。"众仙曾留下了醉倒东方白的佳话。纯阳洞、龙泉洞、醉翁洞是泸州老窖储酒洞。洞穴宽约 4 米，三洞共有 7 公里之长，陶罐储酒 10000 余吨。酒坛成阵，似秦陵兵马俑，堪称"中国白酒地下金库"。洞藏之后的原酒"陈香优雅、窖香浓郁、醇厚、绵柔、细腻"，酒体平衡稳定。

泸州老窖共有 10086 口窖池，百年以上老窖池 1619 口，主要集中于营沟头、皂角巷、小市及罗汉镇。许多酒厂厂区都相对集中，唯独泸州老窖共有 16 处生产区分布在全市大街小巷。在老窖原址因"窖"就产，维系老窖"血脉"。而泸州城就是泸州老窖的生产车间！泸州，是个好地方！在沱江边登高，极目"巴"天舒，泸州老窖霓虹灯在远处闪烁，不愧为"酒城"。徐志摩再别康桥，不带走一片云彩；我离开泸州，却带走一片浓香。

在酿酒生态园中穿行
——四川沱牌集团有限公司见闻

一进去，一片葱茏。绿荫下穿行，像一滴水滴进绿色的海洋，悄无声息。看上去好像绿色是主体，厂房倒成了点缀。这就是历时 30 年打造的国内首家沱牌生态酿酒工业园。占地 5.6 平方公里，年产能 30 万吨，高端陈年酒贮量全国第一。园内种植柳树、桃树、楠木、香樟、银杏等 160 多万株，鲜花 40 多万盆，绿化覆盖率

47.4%。

四川遂宁市号称观音故里。传说菩萨手中的柳枝化作柳树，变成今天的柳树沱，即沱牌所在地。嘉陵江的支流涪江由北至南奔泻而来，流经射洪县形成一冲积平原。这里常年气候温和，四季分明，雨量充沛，各种农作物竞相生长，酿酒理想之地。唐代射洪春酒、明代谢酒、清代泰安作坊直至今天的沱牌曲酒，一脉相承。

走在沱牌大道，两旁树木繁茂，绿化带后面有 12 个共 10 万吨的金属粮仓。轻点鼠标即可完成进料、筛选、冷冻、储存等步骤，自动控温、除湿、除杂、翻仓。粮仓常年恒温 15℃ 以下，不生虫、不霉变，储存中不喷洒药物除虫，避免二次污染。

中国白酒属敞开式自然发酵，好的生态环境才会富集众多酿酒有益微生物。沱牌制曲园三面环山，大量种植杜鹃花、月季花、黄花槐、银杏、法国冬青、红叶李等。厂区公路蜿蜒而上。看到我们的车子爬到半山坡，似乎扰乱了它们的宁静，几只斑鸠飞快地落在前方杨枝上激动地"叽叽喳喳"，像课间操场上嬉闹的小朋友聚在一起，看着突然到来的陌生人猜测纷纷。

下山时看到一排排红顶白墙建筑，那是沱牌标准化酿酒车间。墙壁四周种植了各种绿色植物。爬山虎开始爬满整个墙壁，听说夏天能吸收阳光辐射，降低厂房内气温，有利于微生物生长繁殖。另一边粉色建筑群是陶坛储酒库，总建筑面积 15 万平方米。酒库内冬暖夏凉，原酒在坛内自由"呼吸"，自然老熟。酒中刺激性物质挥发，各种成分更协调，酒香更幽雅。

远处山下有一个发电高炉，那是沱牌投资的热电公司。它对厂区集中供热，取代原来污染严重的小锅炉，节能环保。用余热发电，冷却水回收，废弃物综合利用。烟气除尘达标排放。难怪边上的冬青树叶泛着油光，一尘不染。除工厂自用外，富余电力还能上网销售呢！

舍得是沱牌的高档酒，百里挑二——100 斤好酒仅得 2 斤舍得精华。"舍得"源自佛家语，最早见于《了凡四训》，是一种生活禅。舍得酒的包装,外方盒、内圆瓶,演绎天地方圆;米字格里写"舍得"不逾矩;咖啡色珍珠白,上下分割,简单平实;字体阴阳反转,动态平衡。舍得酒风格幽雅,酒清欺玉露,馨香四溢,醇厚绵柔,雅逸愉悦。是观音拂酒的甘霖? 专程从外地赶回的沱牌董事长李家顺劝道"多看看"! 是啊,胜"态"在握,一点不愁呵,一如蜀中四月的春风。

来自天府之国的"国酒"
——四川水井坊股份有限公司见闻

一问世,水井坊就成了中国超高端白酒阵营中最明确的一员,与茅台、五粮液并驾齐驱。优雅浓香,在华夏大地流芳。

去成都之前,朋友告诉我:现在成都有"三宝"——杜甫草堂、武侯祠、水井坊。我不同意,水井坊充其量算"新晋贵族",怎能与胸怀天下寒士的杜甫,以及被神话了的诸葛孔明相提并论? 一出双流机场,水井坊的广告牌就在正前方,似乎正展开笑脸欢迎每一位来到成都的客人。走近看,下方还镌刻着一方毫不含糊的方形小章"成都名片"。

据了解,1998 年 8 月全兴集团在对位于成都市水井街的曲酒生产车间进行改造时,发现地下埋藏有规模宏大的古代酿酒作坊。考证认为其为元末明初的窖池。濯锦江畔这座酿酒作坊六百年沧桑之后呈现在世人面前,中国白酒起源之谜在这里第一次找到了答案。

在中科院成都生物研究所及清华大学帮助下,从水井街酒坊古窖窖泥中,提炼出"水井坊一号菌",采用现代生物技术与古法酿酒工艺相结合,研制出了水井坊酒。其所含的大量呈香物质及香味前体物质,赋予水井坊酒陈香飘逸、甘润幽雅的卓绝风味。2000年 8 月,水井坊高档白酒正式面市。水井坊以优异品质、精美包装,将中国酒的浓香传播海内外,被誉为"中国白酒第一坊"。2001

年 8 月,水井街酒坊遗址被列为国家重点文物保护单位。同年 12 月,水井坊酒成为国家第一个浓香型白酒原产地域保护产品。

进水井坊包装车间参观,跟其他酒厂不一样的是,要发一套白大褂和橡皮筋帽子让你穿戴,就像进药厂参观一样。一瓶瓶水井坊酒在输送带上传过去。酒瓶底部凸起的六边形井台上有六幅内烧画,锦官城著名文化古迹——武侯祠、杜甫草堂、九眼桥、合江亭、水井烧坊、望江楼——呈现。高贵清雅蕴涵于古色清幽之中。一盒盒菱柱形、色调典雅的水井坊就这样下线了。

中国历来对富庶之地有两个称谓最出名:江南"鱼米之乡"和四川"天府之国"。四川盆地周围环山,山顶终年积雪,引发溪流江河无数,滋养万物。盆地内气候温润,叠翠掩绿。都江堰建成后,风调雨顺,物庶民丰。好一个天府之国! 水井坊就是这天府之国的"国酒"。川西古称蜀,由于《三国演义》广泛深远的影响,魏蜀吴中蜀乃正统。水井坊也可算蜀国"国酒"。如今最先与全球最大洋酒公司帝亚吉欧合作打造国际一流白酒,水井坊代表的正是中国的"国酒"!

狮头、狮身、狮面,狮扣、狮画、狮像。仔细观察你会发现,狮子仿佛是水井坊酒的图腾。酒瓶上、包装上、配件上到处都有。是的,水井坊有一颗"王者之心",它就是中国白酒界的一头"雄狮",正在中国、世界"雄起"。

三星堆畔的"白酒文明"
——四川剑南春集团有限责任公司见闻

从成都到绵竹的公路上,得知离三星堆不远。我们当机决定,去看一下。人类文明瑰宝,过其门而不入,实在可惜。车子弯进去三公里就到了。三星堆是长江流域早期文明代表。因为有三星堆,上下五千年才真实。展厅内陈列了上千件青铜器、玉石器、陶器和金器等。其中有相当一部分陶器、青铜器属于酒具。可见,酒在古蜀先民生活中地位突出,酒风与酒礼远盛中原,蜀地酿造技术相当高超。

剑南春,就诞生在这片灿烂的土地上! 产地绵竹,地处四川西北边缘,地滨绵水,西北山峦重叠,沟壑幽深,常年气候温润,水源充沛,植被繁茂,竹资源丰富,故名。绵竹曾出土了战国铜罍、提梁壶等酒器及东汉酿酒画像砖等。因在唐代属剑南道,故有剑南烧春之谓。相传李白曾在这里"解貂赎酒",痛饮一番。剑南烧春当时被列为宫廷御酒,是唯一载入正史的中国名酒。"百里闻香绵竹酒,天下何人不识君。"在明清,绵竹大曲行销成都、重庆、武汉、南京、上海等地。

2003年11月9日,剑南春发展史上留下浓墨一笔:美国前总统克林顿专程访问剑南春。在任时访问过唐朝古都西安,当他听说有一种酒在当时宫廷里就有了,酒的历史甚至比美国历史要长五倍时,这位当代美国最有魅力的总统欣然来到绵竹。兴致盎然作了演讲,还为剑南春的"剑"字画龙点睛一"点"。剑南春,开启了中国白酒企业参与中美民间外交的先河!

二十多年来,酒的江湖上有一个传说"茅五剑"。这不是金庸笔下侠客名字,而指稳居白酒行业前三甲的茅台、五粮液、剑南春。这是从产品品质、生产规模、销售收入、在消费者心目中的形象等综合起来的一种固化叫法! 事实上任尔东南西北风,"茅五剑"地位却不曾改变。剑南春一直是最有性价比的高端白酒代名词。目前剑南春纯粮固态发酵窖池13000多口,装原酒的陶罐储存库9万多平方米,年生产能力8万多吨。剑南春副总经理杨冬云自豪地说:"剑南春是一家历史非常悠久,有传承的企业!"

近年,高价位年份酒旺销。由于我国还没有年份酒技术标准,厂商自己标识,有较大随意性。众多酒龄不实的年份酒充斥市场,甚至冒出10年酒厂出产30年、50年酒的怪事。消费者担心年份酒不够"年头"。面对每年50亿元年份酒市场,剑南春迟迟未动。8年后,剑南春年份酒鉴定标准公布,才推出年份酒。其商品标识年份与酒的贮存年份完全一致。这是第一个如此公开承诺的名酒！剑南春"挥发系数鉴别法"以精确数据保证年份，让消费者明明白白。剑南春就像白酒行业当代"愚公"，正挖山不止。

俊朗的山　俊朗的酒

——四川宜宾五粮液集团有限公司见闻

周立波讲，张艺谋的面孔像刀削过的一样。我在宜宾岷江大桥上看到了同样的情形：岷江边的山，从山顶一削到江底，相形之下岷江水似乎在浅浅地流。峻峭的山，让我不时联想到五粮液和金六福的白玻瓶型——俊朗的山！俊朗的酒！

五粮液地处四川南部宜宾市。因金沙江、岷江在此交汇，始称长江，又有"万里长江第一城"之谓。全市被三江分割成北、中、南三块。宜宾属南亚热带到暖湿带的立体气候，常年温差小，湿度大，特别适合空气中的微生物和古窖池群中微生物共同构成立体微生物群落。优良的自然环境为酿酒提供了无与伦比的条件。

五粮液酒厂位于市区北块，占地 10 平方公里。拥有国内规模最大的发窖池 29882 个，有世界最大的酿酒车间、最先进的全自动包装生产线，生产能力达到 45 万吨，是全球最大的酿酒生产基地。在"十里酒城"的厂区，你会见到它自有的消防中队、职工医院、派出所、邮局、加油站、厂内出租车、班车停车场……恍如一个小社会。当有车队来访，便派出警车开道，每个路口更有一名警察、一名保安立正行注目礼。

"中国酒业大王"并非虚名浪得。30 年来，五粮液共实现利税410 亿元，集聚 270 多亿国有优质资产，提供就业三万多人，成为中国食品行业第一品牌，创造五粮液神话！多位国家领导人曾来视察。每来一位，随后便布一展馆，将领导人一言一行拍照记录下来，像连环画般贴在墙上展出。更有貌不逊川航空姐的妙龄讲解员一路指点。一位领导人 2003 年 5 月 11 日在这里的签名，三个字放大后，从上到下铺满两层楼高整堵墙壁。

五粮液前身为唐宋时的荔枝绿、姚子雪曲，明清时的杂粮酒。后者太俗，前者太雅。因为集五粮之精华而成玉液，遂更名五粮液。五粮液现有最老古窖"长发升"建于明代成化年间，连续600多年微生物群繁衍至今从未间断。这正是五粮液酿造年份酒的奥秘。经典梅形水晶瓶中的五粮液年份酒柔中有刚、淡中透浓、韵味和谐、醇厚协调，正是中庸精神的最好体现。

1998年，第一瓶金六福酒从五粮液生产车间下线。十余年来，金六福建立起一个年销售额20多亿元的新兴白酒标杆品牌，单品牌销量全国第一，成为五粮液系列品牌中最为成功的品牌之一。与五粮液同出名门！金六福瓶子中装的，是由五粮液生产的酒。作为"新民俗文化运动"的载体，金六福中秋团圆、春节回家、我有喜事、幸福时刻、奥运福……满足了对中华民族福文化传统的心灵需求。酒桌上喝"小五粮液"，数星星——看看是几星金六福，成了全国酒席上的一道风景线。真是：五粮液醉神州，金六福泽中华！

剑南春香醉浦江岸
——"珍藏级剑南春"上海上市品鉴会侧记

尽管日午还有一阵酷热，傍晚时分畅行在高架上，已是微风习习，丝丝凉意拂面，毕竟秋意近。是的，金秋时节好收获！中国名酒剑南春历时八载打造、"天益老号"活窖群特酿——"珍藏级剑南春"，率先在上海这座国际大都市面市了。这一匠心之作，不仅视觉上产生震撼，更让人在金樽美酒的品味中，感受着千年老窖的盛唐风韵。

日前，在美丽的黄浦江畔，在离上海世博会园区不远的浦东喜来登大酒店，举行了隆重的"珍藏级剑南春上海上市品鉴会"。是夜，华灯绽放，嘉宾云集，高贵气派。浦江，醉了！

出席此次品鉴会的有：本市市、区酒类专卖管理局、区县烟草连锁、捷强连锁、各区县酒(饭)店酒类分销商、卖场超市、在沪央企大客户、总经销商等代表。发言中大家一致肯定,剑南春酒作为中国名白酒前三强,一直致力于中国高档白酒的品质提升。"唐时宫廷酒,盛世剑南春。"剑南春酒在中国白酒中一直扮演着翘楚的角色。剑南春还致力于白酒文化的传承发扬,倾力打造的《大唐华章》大型诗乐舞在国内外巡演取得成功。

茶憩。某区经销商赵经理笑谈他与剑南春的那些事儿——读大学时,由于是家中独子,零用钿宽裕点,同学聚餐,买酒都是他出手。每次集合到同学家,他总会从书包里摸出两瓶酒。不知什么原因,他买来的大多是剑南春。由于当时金庸武侠小说风靡,他书包里书与酒混在一起,大家取乐,叫他"书'剑'恩仇录"。现在他又在卖剑南春酒,自诩"'剑'客"。这就是一个上海人与剑南春的"恩怨情仇"!

"珍藏级剑南春"蕴含了剑南春人对尊贵级白酒的最新理解。由中国顶级酿酒大师徐占成领衔,将发轫于1500年前的"天益老号"活窖群出的原浆中10%精华,特酿奉献世人。1500年绵亘岁月,上千种老窖活菌不断繁衍,生生不息,赋予"珍藏级剑南春"美妙绝伦的协调风味,更孕育了其高贵"血统"——拥有专门贮存库、专门生产线,品质纯正,不受丝毫掺杂。

剑南春一直是最有性价比的高端白酒代名词!"珍藏级剑南春"在餐饮终端每瓶价格将达到千元左右,大大逼近茅台、五粮液,超高端白酒不再一个"国酒"统天下,消费选择更得体更适宜。用"珍藏级剑南春"宴请尊贵客人,拿得出手。"连克林顿到访,都用'珍藏级剑南春',你说够意思吗?"2003年11月,美国前总统克林顿访问剑南春,成为收藏"珍藏级剑南春"第一人。

"上海滩,不好闯!"有人感叹。上海人对高档白酒品牌忠诚度高,让上海人接受一个新品牌很难;但一旦他认可了,要他改变往往也难。目前,剑南春在全国广设办事处,深度分销,争取终端。剑南春要把上海市场做得越来越红火,就像"珍藏级剑南春"那红红的瓶身。在上海,期待"珍藏级剑南春"能够大卖特卖,力争每年2个亿。

宝剑出鞘,所向披靡!"珍藏级剑南春"上海上市后,还将在北京、广州、成都、重庆、天津、郑州、杭州、济南、长沙等各大城市陆续上市,一场"珍藏级剑南春"的"红色风暴"正席卷而来。

·仲阳访谈录·

"真正好喝的黄酒还是在绍兴"

——会稽山绍兴酒股份有限公司总经理傅祖康专访

问(陆仲阳问,下同)：傅总,我知道你是行伍出身。你觉得军旅生涯对你的人生产生了何种影响?

答(傅祖康答,下同)：上世纪 80 年代初,我参加了对越自卫反击战,在老山前线蹲过猫耳洞。如果说影响的话,我想,军旅生涯使我明白了目标、纪律和责任的重要性,同时也给我今后的人生上了难忘而重要的一课。

问：2003 年 11 月你孤身一人来到会稽山,随后收购嘉善、联手央视、牵手凤凰卫视,同时,会稽山全国市场征程全面启动。你是如何看的?

答：黄酒业普遍存在小富即安的思想。我到了会稽山后,业内也有不少人发出疑问：从没搞过黄酒的"空降兵"能行吗?但我对自己说,我就是为改变这个行业而来的。会稽山在黄酒业内率先推出了不少新的举措,当时,有人称会稽山为行业带来了"清新之风",也有人说傅祖康是"搅局者"。我个人倒觉得这样的评价挺合适的。

问：看得出你很热爱黄酒,敢作敢为。为什么说黄酒是最适合中国人喝的酒?

答：在世界三大发酵酒黄酒、啤酒和红酒中,只有黄酒起源于中国。黄酒性温味醇,色如琥珀,呈现的恰恰是炎黄子孙、黄河、黄土地以及黄皮肤这些中华本色,堪称真正的"国酒"。还有,黄酒也是中国历史最为悠久的酒种,是最能代表中国文化的酒。历史上越王勾践"箪醪劳师"、王羲之"曲水流觞"、陆游"沈园题壁"等典故也都跟黄酒有关。正如有的专家所言,中国绵延几千年的酒文化其实就是黄酒的文化。

问：有媒体说，"会稽山是中国现存黄酒企业中底蕴最为深厚的黄酒厂"，会稽山的前身"云集周信记酒坊"早在1915年就在美国举行的巴拿马太平洋国际博览会上，为绍兴酒夺得第一枚国际金奖。你认为会稽山对绍兴酒辉煌历史的传承与创新集中体现在哪些方面？

答：会稽山创建于1743年，有265年不间断的酿酒史，这样的企业在中国黄酒业中应该是仅此一家。会稽山有今天的品牌成就，不是一下子形成的，而是靠几代人的奋斗和经年累月、持之以恒的诚信和品质堆积而成的。现在，会稽山已把中国驰名商标、中国名牌，"绍兴黄酒酿制技艺"国家非物质文化遗产传承基地、中华老字号、国家地理标志保护产品、绿色食品等国家级荣誉收入囊中。但我经常和我们的员工讲，不要躺在光环上睡觉。上个月，国家取消了食品业的"免检"资格，以后可能连"中国名牌"也会取消。所以说，光有名牌还不行，要成为"民牌"才行。长期来，我们一方面坚持原汁原味的传统工艺，把绍兴酒传统技艺传承好、保护好；另一方面坚持创新战略，开发时尚、新颖的黄酒品种，倡导绿色健康的消费理念。在品牌战略上，我们便实施了以"会稽山"主品牌和"帝聚堂"（浙江）、"水香国色"（江苏）、"尚·海派"（上海）等区域品牌同时运作的双品牌战略。

问：现实是，黄酒面临着来自白酒、啤酒、红酒等方面的竞争，黄酒较强的地域性使其在全国市场的流行度还不高，怎样才能让"喝酒"的人更多地"喝黄酒"呢？

答：这需要宣传与推广，让更多的人了解黄酒悠久的历史和品质。黄酒低能耗、低酒度、营养健康，符合国家产业政策。黄酒能舒筋活血，美容养颜，酒中含有功能性多糖、小分子多肽、20多种氨基酸、多种维生素以及20多种微量矿物元素。随着消费者对黄酒的全面认识，黄酒正在逐步流行起来。现在，北方也有越来越多的地方喜欢黄酒了。目前，会稽山的全国营销网络已经建成，北京、东北、西部等地区销量增长迅速。如果黄酒业能够互相协调，抱团共同出击全国市场，收获将会更多。

问：你提出过黄酒行业不能"坐井观天"，要"跳出黄酒做黄酒"、"将黄酒当中国酒卖"，怎么理解？

答："不识庐山真面目，只缘身在此山中。"跳出黄酒做黄酒，关键在于一个词：创新。黄酒不能老陷在原来的消费圈里，要积极借鉴红酒、啤酒、洋酒的成功经验，通过技术、管理和营销创新，打造黄酒的传播标准、包装标准、饮器标准，把黄酒当作真正的中国酒来卖，选好切入点，抢占制高点，通过黄酒文化的传播，加快培育大众消费群体，把黄酒这一"国酒"广泛深入地推广开去。

问：你在博客里写道：要到有"鱼"的地方去钓"鱼"；不但要有"养鱼"的意识，更要有"前人栽树、后人乘凉"的胸怀，这又如何理解呢？

答：苏、浙、沪、闽是黄酒的主销区，也是有"鱼"的区域。北京、广州、湖南、河南等区域"鱼"相对较少，对"钓具"、"钓技"要求较高。而新疆、西藏等地属于少"鱼"区或无"鱼"区，需要我们去"放鱼"、去"养鱼"，为最后"垂钓"打下基础。黄酒企业特别是我们一些有能力的龙头企业应该树立长远眼光，为后人、为同行多"栽树"。

问：现在黄酒业国有控股比例逐年下降，以民营黄酒企业为主的格局正在形成。会稽山早已完成转制，并由中国精功集团、轻纺城集团等民营资本控股，机制创新了，手脚是否更为放开？

答：其实，早在10多年前，会稽山就开始酝酿股改，但由于主客观方面的原因，去年我们才开始正式实施。股改有助于实施科学管理和决策，也有助于加大创新力度，确保决策执行到位。现在，会稽山背后有"精功"这一大集团作后盾，资金上能给予充足保证，机制也非常灵活，从而确保企业良好健康地运作。

问：去年，针对上海市场，会稽山特别推出了一款精心策划的"尚·海派"，这款产品和和酒、石库门有什么差异？"绍兴派"打造"上海派"，你觉得"外来和尚好念经"吗？

答：其实，10 多年前，会稽山前身东风酒厂在上海的名头很响。上海的消费者对会稽山酒非常有感情，口碑也很好。后来，由于体制和战略上的原因，会稽山在上海的影响有所弱化。现在我们想把失去的拿回来。上海是一个市场，黄酒年销售达到 20 万千升，这么大一个容量的市场，不可能被一两个品牌所把控，上海的消费者也应该有更多更好的选择。现在，会稽山在上海既有传统经典的国标十二年陈，又有时尚新颖的"尚·海派"。同时，由新佳惠和上海会稽山绍兴酒销售公司两支素质一流的营销团队负责全面运作。我们的目的是想让上海的消费者品尝到来自酒都绍兴的正宗好酒。"尚·海派"的品质和石库门、和酒完全不一样，这是由绍兴独特的地理环境、鉴湖水的水质和会稽山 265 年专注酿酒、传承一脉的酿酒技艺决定的。中国黄酒流派纷呈，各有千秋，但正如业内专家所言，"真正好喝的黄酒还是在绍兴"。

问：传统绍兴酒的确不错，新一代绍兴酒这几年发展得也挺快，像会稽山"水香国色"系列在苏南地区去年做到 7000 万元，今年据说可达到一个亿。其实苏南地区苏派黄酒一直有很强的势力，请问会稽山是怎么突围的？

答：和上海一样，会稽山酒在苏南也有广泛的影响力。"汲取门前鉴湖水，酿得绍酒万里香"。"水香国色"就是在这样的一种诗情画意中推了出来，并和其他黄酒有效区隔。"水香国色"定位城市年轻一代，产品既传承了绍兴酒醇和甘润的特质，又具有酒度低、口感温和、不易上头的特点，酒中含有异麦芽低聚糖、枸杞、茯苓等多种养生元素，成为绍兴黄酒成功拓展外埠市场的一个成功案例。

问：一直以来，会稽山在中低端黄酒市场上拥有绝对的优势，现在又有"尚·海派"和"水香国色"这样的高端新产品。那么，如何协调好主副品牌的关系？

答：会稽山是主品牌，也是全国品牌；"尚·海派"与"水香国色"则是区域品牌，产品主要采用现代生物工程技术研制开发而成,口感清淡,包装时尚,符合健康养生的饮酒消费理念。对主副品牌的形象、市场与宣传策略,我们进行了不同的区隔和定位,确保品牌价值得到最好体现。

问:斥巨资亮相央视一直为绍兴黄酒所津津乐道,会稽山也在央视投广告,最近还独家赞助拍摄《水客》电影。这些投资值吗?

答:在央视上投广告是出于战略考虑,并不考虑一时的销量,借助央视这一平台能让更多的人知道和了解黄酒。我们投了,古越龙山也投了,我认为这不光是对企业自身的宣传,更是对中国黄酒的宣传。《水客》是以会稽山第五代传人、绍兴酒第一块国际金牌得主周清生平为线索,讲述他如何将绍兴酒用船沿京杭运河载至北京等地销售,并让黄酒风靡全国的故事。目的是用文化传播的方式,将这一段东方美酒传奇史展示给世界,也算是对中国黄酒文化的一种传承和弘扬吧。

问:绍兴黄酒有两座"山",如何看待会稽山与古越龙山的关系? 会稽山走终端渠道之路,古越龙山走品牌之路。会稽山如何强化与提升自己的品牌?

答:品牌永远是前提,是根本。没有品牌,终端再好也不行,会稽山致力于终端和网络建设,但同样重视品牌建设,正是在"会稽山"这一百年金字招牌的基础上,才有了良好的终端形象。会稽山和古越龙山都是绍兴酒,既是同城兄弟又是对手,我们一直维持良好的关系。近年来,我们在做好会稽山品牌的同时,积极做好黄酒文化的普及和传播工作,以改变黄酒的"弱势"地位,使黄酒成为真正的中国"国酒"。如果你仔细看一下我们的会稽山商标,上面有两只凌空飞翔的大雁,这便是我们在创立会稽山品牌时立下的志向:会稽山要成为中国黄酒的"领头雁"!

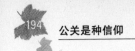

·醉话、评论·

茅台遭遇公关危机

商家在做宣传的时候,涉及一个自身利益与公众利益的问题。如果忽略后者而单纯发布有利于自己的信息,这就是一种误导。我们称之为"伪信息",这样的"伪信息"是不长久的。社会上曾有过一些"夸大治疗效果"的民营医院、整容中心"火"了一把的事实,但最终都是"昙花一现",原因在于"商家不可能天天放鞭炮"。公共关系的最终目标是要符合常规常理,真正考虑公众利益。任何的忽略最多只能换得短期利益,绝非长远之计。

酒有优劣之分,特别在众多白酒中更是鱼龙混杂,当然其中有一些顶尖的产品。喝酒伤肝是常识,但好的产品通过其独特工艺、天然酿造、科研革新等,达到尽可能减少对人体的伤害。茅台酒"喝出健康来",从此角度可以理解。但如果进一步延伸,放大这一功能,则会引起失实。所以无论哪个厂商搬出伪医学成果,说酒能保肝护肝,都经不起推敲。

许多企业商家可从中得到公共关系上的一些有益启示:1. 创意不能开无轨电车,广告不能随便乱喊,要遵守真实性的原则;2. 企业应将自身商业利益与公众利益统一起来,否则走不远;3. 信息高流通的当今时代,一个企业对舆论不能缺乏敏感度。

激烈的社会竞争中,一个知名的品牌尤其要面对各方的压力,有必要引入"危机公关"来看待、解决问题。茅台目前有争议,但我觉得要爱护它,帮助它,毕竟"论白酒还看茅台"。任何一个企业都是依赖公众的认同、支持而存在,把道德、责任感、公众利益综合起来,一个企业才能赢得市场的长远认同。

"国×"多乎哉

不知茅台"国酒"称号出自何处?套用一句话:世上本没有"国

酒"，叫的人多了也就成了"国酒"。有一绍兴酒叫作"塔牌国酒"，一点不示弱。所以饭店里点"国酒"要喊清爽，免得服务员拿错。贵州有茅台，别忘还有一名酒，叫"国密董酒"——配方是言之凿凿的国家机密。

泸州老窖因留有的明万历年间窖池被列为文物保护，遂升格到"国窖"，意为国宝级窖池，跻身高端白酒。山东有个老牌子"扳倒井"，本身蛮出名，近年出了款"国井"，不知其然。苏北"今世缘"老树发新枝有起色，却也高端推出"国缘"，据说我国驻外使领馆里都有。是否果如其名，倒上一杯酒，国缘就好了？

酒一"国"，脸就阔。凡高档酒都往"国"上靠，都叫"国"、"国"，岂不变成"叫蝈蝈"声一片？

护　　肝

"茅台酒能护肝？"近闻此话题引得诸多专家、学者争论不下，言辞激烈，互不相让。

老夫嗜饮多年，深知酒之利弊。有学者脸红脖粗诘问：茅台护肝？请拿科学依据！老夫赞同。然"科学"是甚？老夫鲜见，却见"伪科学"无数："饮红酒可防心血管之疾"算"科学"？"饮黄酒身体健康"也算"科学"？凡此种种，不胜枚举；不算不对，但不全对。

红酒以葡萄酿之，每日少喝些许，当可防心血管之疾；黄酒用糯米蒸成，每日小酌几杯，定能健体强身。这茅台更以粮食精心炮制，兼有好水好气相辅，每日浅尝几钱，焉能不护肝？

其实，酒之利弊在度。善饮者活血通体，不善者赔上性命。可护肝，亦能伤肝。商家会造出些噱头，消费者当耳聪目明才是。

生　　造

"'杀口力'是啥么事？杀口、杀嘴巴，哪能杀法子？"在电车站头,一小朋友问爸爸。这一问使老夫一个激灵,端详起候车亭一块啤酒广告牌来。老夫琢磨所谓"杀口力",许是该啤酒入口爽快、刺激。恕老夫孤陋寡闻,"杀口力"实在闻所未闻。大概用"爽口"不过瘾,硬要弄个新词方显创意!形容东西好吃叫"打嘴不放",哪是否可叫"打嘴力"呢?

黄酒以前又叫陈酒,自从三年陈、五年陈、八年陈流行后,年份酒深入人心。动辄三十年陈、五十年陈"高龄酒"市面上不少。也有酒别出心裁叫"成年酒",那未成年酒咋样的?实质上黄酒当年酿造,最起码隔一年以上才能拿出来卖。如此说来黄酒应该都是"成年的酒",叫"成年酒"无异于"脱裤子放屁"。几年陈就几年陈,明明白白,别模模糊糊"成年酒"。

啤酒有纯生,黄酒有纯酿造,产品可"生"可"造";每临祖国语言文字宝库,常怀敬畏之心,产品用语又何必生造!

喝低度酒可以开车吗?

前几日,绍兴城里有一黄酒企业老总"尝鲜",上某网站直播,与网民交流。伊说,现代人生活节奏快,不会喝完酒之后就睡觉,要开车、交友、学习,这时候要把酒精度降下来。在高酒精下,要去学习、开车、交友,会碰到困难,这些都是发展的趋势。

主持人听闻,立马追问:"酒后驾车属违章。您刚刚提到黄酒在这方面很有优势,黄酒的酒精含量会对驾车产生影响吗?"此言一出,顿时肃然。

停了几秒,老总似乎酒醒,正色道:"喝任何酒对驾车都有影响,喝低度酒酒精含量也会超标。作为驾驶员,最好什么酒都别喝。"还好,老总没醉。

老夫自认亦属性情中人。然面对该老总,甘拜下风,自叹弗如。上网直播,也敢醉眼惺忪,真为他捏一把汗,别在平时豁边。

是非"鲁迅酒"

老夫近日见一旧闻,说鲁迅之子海婴先生诉古越龙山,被告在鲁迅诞辰 120 周年之际,推出鲁迅纪念酒,然许可协议终止后,仍继续销售。结果达成调解,古越龙山付 3 万,不再销鲁迅酒。

先生创作之孔乙己,将家乡酒、故乡人刻画得淋漓尽致。虽说他能喝些绍兴酒,但量不大。先生是吾中华民族精神之象征,其肖像上酒瓶,虽有人异议,古越龙山老总却兴奋:"要让全国 13 亿人记住一个品牌,要花多少钱?"酒瓶陶制,如一尊青铜雕像,要在北京、上海、广州等地大干一场。

然人愿不能天遂,"鲁迅酒"终没扬名中国,却横眉冷对法庭,最终草草收场。有人喟叹:法兰西有拿破仑酒,何以华夏"鲁迅酒"行之不远? 老夫回道:国情不同,酒味不同,结果亦不同。

汉 武 吟 诗

"惜秦皇汉武,略输文采;唐宗宋祖,稍逊风骚……"毛泽东诗词豪情万丈,气势磅礴。而日前,某汉武帝扮演者在某绍兴酒广告中竹林对酌,竟朗声:"数风流人物,品××××。"丑态尽现。

那汉武帝亦算一代英雄,东征西伐,立下战功无数。酒厂以演员代言,本无可非议。然此演员以"汉武"自居,却诵读篡改之主席词句,个中"创意",野豁豁也。

再说,时下"风流人物"不饮则已,饮则非名酒洋酒昂贵酒不可,谁记得"汉武"吃喝呢? 依老夫之言,既是正宗绍兴花雕、千年滋养美酒,那就定位弄清爽点,别不伦不类让"汉武"吟毛泽东诗词。

一"夫"三"妻"

电视上,某演员先"品古越龙山",再道鸿茅药酒好处,后推荐喝燕京啤酒。一"夫"三"妻",忙得不亦乐乎。由他代言的其他广告也在同时热播。

老夫知有条"规则",明星不能同时为竞争产品代言。一般代言合同均有"竞品禁止"约定,免得"为人家放炮仗",广告效果打折扣;同时为多个相近产品叫喊,会令消费者视听混淆。

有人会讲,一个是黄酒、一个是药酒、一个是啤酒,三种酒无甚矛盾。君不知,某港台歌星组合当年为可口可乐做广告时,一乳业品牌亦想请她们代言且筹码诱人,但经纪人考虑再三还是放弃。尽管牛奶与碳酸饮料完全是两种产品,但毕竟同属"饮料"。老夫耳略背,但也常闻"与国际接轨"声,何时也接接这种"轨"呢?

一"女"二"嫁"

近日在大卖场,老夫见一"沪"酒促销堆垛,码得密密实实。细看,乃沪牌加饭酒,几元一瓶,颇便宜。欲放回,却见瓶身上"古越龙山"赫然入目,唉? 古越龙山入主沪牌?

细端详,非也。瓶贴上清清楚楚写着"上海新晖酿造有限公司"生产,并未与那古越龙山搭边。原来,沪牌用了古越龙山之瓶也!

对沪牌而言,自家酒自家牌子用人家之瓶,莫非为他人作嫁衣? 对古越龙山而言,堂堂绍兴黄酒代表,给廉价黄酒装酒,不怕掉价?

老眼昏花若我辈,匆忙之间怎分得清? 还可能越看越不明白。古有一"女"二"嫁"之戏文,今有一瓶二酒之用。只是损了消费者利益,谁来管?

"央视牌"白酒

央视广告招标盛宴已散,五粮液、泸州老窖、郎酒均摸出 4 亿余,众酒厂砸下 19 亿,竟占二成多,令老夫惊诧! 这"央视"该唤"酒视"了! 莫非明年新闻联播、天气预报、整点报时、电视剧特约、春晚冠名、大赛赞助等,皆要吾等"醉倒"?

川酒"六朵金花"、茅台、洋河、汾酒扎堆央视,明争暗斗。纷纷以天价投向央视这一"稀缺资源"平台。看似"魄力"一个比一个大,但每家所推崇之历史、工艺、特色、文化、市场细分等,一概被"格式化",个性阙如。

作为独占独享独特影响力的国家大台,荧屏白酒充斥。你逃无可逃,妇孺老少满目酒气。此"风向标"将导向何方? 老夫未看,却似乎被劣酒上头,昏愦不已。

第三部分

《沟通》文萃

本辑均为作者发表在其公司内刊《沟通》上的部分文章精选。

·现实中的公关·

方兴未艾的消费者运动

　　"昂立一号并无不当宣传"。这是交大昂立就涉嫌虚假宣传而发出的一个正面信息的主要内容。事情起因于有"南京王海"、"上海王海"之称的杨鸿、王海东以及蚌埠律师刘德文等消费者,针对"保健品市场常青树"昂立一号口服液外包装及说明书夸大宣传,向法院提出状告。焦点有二:一是昂立一号说其"100毫升含有95克昂立一号代谢产物"无依据;二是产品说明栏和外包装上出现的"具有延缓衰老作用"等字样与卫生部批准功能内容不一致。在昂立不能提供有效检测报告的情况下,上海黄浦区法院一审仍判昂立胜诉。在卫生部行政复议中,昂立又是胜券在握。可见,昂立的政府关系还是比较到家的。但最后国务院法制局终裁决定却肯定了杨鸿等消费者,认为卫生部的维持复议决定显属不当,并建议修改昂立一号批准证书和说明书。

　　前车之鉴并不远。昂立"同门兄弟"三株口服液的老总吴炳新就曾感叹,一个老汉的错告促使了三株的迅速衰败。企业所碰到的这类事情几乎天天在上演:利乐公司被中国同行、客户指控利用不正当手段垄断软包装市场;瑞士雀巢因执行双重标准,其在中国销售的巧伴伴产品所含的大豆转基因问题未告诉消费者而让消费者朱燕翎告上法院;城隍庙南面的新地苑高层建筑因热心市民袁亚幸源源不断地寄发人民来信,使市人大常委会出面,引起市领导重视,致使已打好地基的高楼被限高;在消费者的一片质疑声中,养生堂龟鳖丸拿到了国家林业部门、国家工商行政部门颁发的"中国野生动物制品"管理专用标识……这些都是由于蓬勃兴起的消费者运动而产生的企业公共关系新挑战。

第一次真正意义上的消费者保护运动发生在 20 世纪初。那时新闻界争先恐后地揭露一些公司的丑闻,主张就保护消费者问题立法。在美国,相继通过了《食品与医药法案》《贸易委员会法案》《食物、药品和化妆品法案》。六十年代,消费者保护运动变得更强大、更规范。消费者权利法案赋予了消费者安全权、知情权、选择权、受重视权。如今美国有大量的政府机构和监管当局负责保护消费者权益免受侵害,有至少 900 项保护方案,由 400 多个联邦机构监督运作。包括司法部、联邦贸易委员会、食品和药品管理局、消费品安全委员会和消费者事务办公室。其中联邦贸易委员会最具活力,下属的国家广告部监管电视和广播广告;诉讼部负责杂志订阅、上门推销、所得税服务等其他领域;消费者信用和特殊事务部负责处理诸如报道的可信度和包装宣传的真实性等事务。

近年来,消费者保护运动已吸引了不少激进分子的参与,确保公司诚信的活动也在轰轰烈烈展开。在应对企业侵害消费者权益的各种力量中,最有影响的或许是互联网,它不可忽视。现在精明的公司对来自互联网的指责不敢怠慢,并会立即采取补救措施迅速处理。尽管企业觉得这些消费者保护积极分子的批评令人头疼,但对社会来说,消费者保护运动的出现是种进步。聪明的公司不得不慎重对待这些积极分子的言论和批评。很少有企业敢于逃避对消费者的责任,负责协调与消费者关系的公共关系功能得到极大加强。这些功能包括为管理部门制定评估产品及服务的方针;拟订计划满足消费者需求;提高销售业绩;制定现场销售培训方案;评估、展示公司对消费者关爱方面取得的成效。企业发现,处理消费者关系其实并非一味防守,应更为积极主动,让消费者充分了解使用公司产品的好处及产品的其他真实情况。企业消费者关系目标通常有:留住老顾客、吸引新顾客、为新产品或服务开拓市场、加快投诉处理、教育顾客以降低推销成本。

人性有弱点,企业有软档。昂立们为了经营,从自身利益出发,可以为自己开脱,但不宜直接对抗,甚至拿一个似乎并不十分有利的结果来宣传、肯定自己。企业面对指责,即便对方千真万确,但你还有质疑的权利。更要命的是一个不依不饶的消费者引发的模仿效应则是防不胜防的。要记住:有关自身产品的困惑、争论不宜被持续宣传。昂立此事持续了一、二年,似乎太长了点,从最先的网上、外埠报纸、到堂堂新华社发电讯稿以及主流媒体的各种报道,预示着传播上的复杂与不可控。面对强大的反吸烟势头,至少菲利普·莫瑞斯烟草公司懂得如此说:"吸烟有风险,但仍有5000万成年人选择了抽烟,他们有权做出选择的决定。"当然遭遇风波与挫折的产品难免伤元气。重塑形象,异常艰巨。从昂立最近频频增加的广告投放来看可见一斑。在一个平等的公共关系舞台上,只有消费者一方(尽管是个别人)而缺乏企业这本应更强大的另一方,显失平衡。面对司法控告,将公共关系作为应对诉讼的一部分,与媒体积极沟通,从自己角度告诉外界发生了什么,这比被动挨打好多了。批评者、对手很多,处在媒体关注之下,不得不注意听取他们在说什么,学会对话,寻找利益共同点。昂立的现状再次告诉我们,没人是刀枪不入的金刚不坏身。

危机中的媒体对策

以"补好钙,巨能钙"而叫响荧屏的"补钙大王"被查出含严禁残留的过氧化氢即双氧水,对人体具有致癌性、加速衰老、缩短寿命等危害。由此,巨能钙有毒的消息满天飞。

由产品配方、工艺等引起的缺陷或质量问题,是通常见到的企业危机之一。这可能是一些能加以弥补的小问题,但后果是在公众眼里留下不好印象。也有可能是一些灾难性的问题,很难得到弥补或修正。往往会导致产品退货,甚至有可能扼杀一个品牌或产品线。巨能钙目前的情况极其危险。巨能老总有一千一万个理由叫冤枉:我们有无毒证明,怕什么? 然而谣言已满天,你的呼叫十分微弱。据老板自己讲,这是离职员工捅出来的,是对公司未能满足其非分要求而采取的报复行为,并准备"将他告上法庭"。其实不管是作为原告还是被告,走上法庭对每个企业来讲都不是一件让人舒服的事。

第一个报道巨能事件的是《内蒙古商报》记者。这张报纸不知道是大报还是小报。但不管如何,它起了个头,影响就形成了。据说,该记者收到一份举报巨能钙的材料,经他实地购买,委托药品监督检验所检验,确认含过氧化氢。他说他对巨能钙的调查一直未停过。由此可见,今后一段时期内颇显记者功力的调查性报道、背景报道,将为企业带来极大的杀伤力。

成功的企业意味着一切都在企业控制之中。所以当企业老总发现他们无法控制新闻媒体的时候,往往感到十分沮丧。媒体能在任何时候报道他们愿意报道的任何事。一个发表在日报、周报、月刊、电台、电视台、网络上的具有负面影响的报道,能够立刻引发一个公司的危机。这类报道与受怠慢的顾客、不满的员工、感到不公平的合作伙伴、财务上的不利传闻、高层人士的不当言论等有关。

一些想象、误解和传闻的传播,也会带来危机。企业的销售、顾客对企业或产品的不好评论、对公司行为的推测、对生产线可靠性的担忧等,也会造成危机。有些也许是无意伤害企业的小问题,但也有一些是心怀恶意的前任员工或竞争对手为损害公司而蓄意传播的。

那些没有得到有效管理的危机,可能造成的影响范围十分广,损害企业声誉,甚至累及没有及时采取行动来补救的 CEO。许多企业根本无法从这些乱七八糟的危机中恢复过来。由于被认为是危机的肇始者或没有体现出管理危机的能力,许多领导层被迫转岗或换位。危机也会损害企业的信用及对企业的信任和信心。这些都会影响到企业的声誉。企业也会花很长一段时间向员工、顾客、厂商、媒体、主管部门和其他人再次证明它是有信用的、值得信赖和可靠的。不幸的是,只需要很短的时间,几小时、几天,信誉就会因麻木、反应迟钝、疏于管理而被破坏殆尽。而弥补这种损失则十分艰难和漫长。

危机能从一个侧面展示出公司的领导能力。危机处理不当,往往意味着员工忠诚度灾难性的下降,对企业及管理层来讲,是无法挽回的损失。反过来,危机管理得当、有力,也是在员工中增强领导威信,提高效率的绝好机会。爆发大范围、致命的危机,声誉受损后,随之而来的往往就是销售下降。顾客不会只钟情于你的产品,他们很容易去找替代品,他们也会认为危机中的企业根本无暇他顾。

在媒体世界中,现实情况是:每个人都在竞争,他们希望对新闻进行独家报道。记者不辞辛苦地奔波、打电话,他们喜欢揭露一些竞争对手还没有发现的新闻,他们努力工作,以便能首先报道这些新闻。他们会在探究中做出许多的判断,以决定它的新闻价值。你会及时给记者回电话吗?听起来你是诚实可靠的呢,还是让人感到处处提防或害怕呢?你会配合他们的要求吗?这些都会影响他们的判断。记者和编辑对企业有一种本能的不信任:除了这些之外,你是不是还隐藏了其他信息?记者很难相信你讲的是真话,他们经常会从其他来源、从各种角度深入分析一切危机。

他们想确定你已经了解了一切,希望你加强了解并能承担相应的责任。许多记者会不断强调负面事件的影响,直至你了解了事件的严峻性。多数记者对你的产品、公司或行业知道得并不太多,所以你必须让他们快速、高效地了解情况,否则,在报道中也许会产生对你不利的偏差。媒体感兴趣的是一些最新的、及时的新闻。如果以为危机中有新东西,他们会一直报道下去,直到不再发现新闻价值。

在与新闻媒体的争斗中,企业很难获胜。尽你所能同记者进行配合,避免陷入必输境地。与媒体发生争议,结果几乎总是商家受到损失。也许你能取得短暂的胜利,但从长远讲,你肯定会处于失败的境地。

在危机中对付新闻媒体的最好办法是：

・以你希望别人对待你的方式对待媒体；

・获得公关专家帮助，及时、有礼貌地给媒体回电话；

・为记者提供所有可以很容易从其他地方收集到的信息；

・让媒体更容易了解你的公司、产品和行业；

・当媒体一直追问或看起来并没有理解你所讲的事情，要有耐心并谅解他们；

・不要表现出好像你受到了他们的威胁或害怕他们；

・相互尊重、平起平坐，不要像对待敌人一样，也不必过于卑恭；

・认识到错误并改正。

牛奶"鲜"、"香"之争

不出意外，我们每天见到的牛奶盒上"纯鲜牛奶"字样将消失。《食品标签国家标准实施指南》规定：鲜奶标准术语是"生鲜奶"，即国际标准所称的"原乳"。凡经任何加工的牛奶都不能在包装上印制"鲜奶"二字。

如果这样，可看作牛奶两大阵营之一常温奶的胜利！另一方巴氏奶自此开始了战略上的失守。一直以来，"纯鲜牛奶"几乎是巴氏杀菌、低温保存牛奶的通称。如果不标"鲜奶"，巴氏奶品牌损失很大。放弃"鲜"字，实非所愿。

近年来牛奶行业争斗白热化。奶源均来自奶农手里的生奶，不同的是巴氏奶采用低于85℃的巴氏杀菌，优点是对营养物质破坏少，缺点是保存时间短，因而称为鲜奶。而常温奶则采用130℃至150℃的超高温灭菌，优点是常温下保存时间较长，缺点是高温破坏了很多营养物质。凭借保质期长和价格低廉，常温奶占据了70％的市场。巴氏奶认为，常温奶超高温灭菌，营养流失大，不配称鲜奶。因此曾试图推出鲜奶标识与之划清界限。但这一打压行动却因常温奶的反对而出师未捷身先卒。如今禁鲜令的出台，无疑是釜底抽薪。这一政策无意间成了常温奶的"帮凶"。

写不写"鲜"字，这涉及到乳业标准之争。获得标准的制导权，对自身利益有无限好处。好比进赌场，游戏规则充分反映了你的意愿，赌场老板明火执仗站在你一边，还愁赢不了对手？翻看《食品标签国家标准实施指南》，横看竖看这规定几乎完全反映了常温奶的意志，简直可说常温奶参与了起草。明显之处有三：第一，《指南》的编制单位全国食品工业标准化技术委员会认为："从树上摘的水果才是鲜果，从奶牛身上挤出的才可以称为鲜奶。""只要经过任何一种加工处理就失去了生鲜的意义。"这一论断是颇可疑的。事实上，用挤奶器或人工手挤，严格意义上已带上"工"的成分。照此推理，刚挤下放在挤奶桶里也非鲜奶，"精确地"讲只有存在于牛的乳房里的才称得上真正的鲜奶。当我们大谈与国际惯例接轨时，在言必称颂的美国，巴氏奶标"新鲜"却是许可的。第二，《指南》在定义巴氏奶为"牛（羊）乳或复原乳经巴氏杀菌制成的液体产品"时，擅自加入了"复原乳"，将一个正经产品与见不得光的产品相提并论，拖巴氏奶下水之意，昭然若揭。第三，由于工艺不一，巴氏杀菌与超高温灭菌对牛奶营养的不同损坏，几成常识，巴氏奶营养丢失少，可说人人皆知。但有人不甘心，在单一地将巴氏奶与原料奶比较后，就简单片面地得出"巴氏杀菌乳的营养也遭受到破坏"的结论。这真大快常温奶的人心。常温奶在巴氏奶"新鲜"进逼下的种种尴尬从此消弭无形。从公共关系手法上讲，常温奶非常高明。但从规则制定者角度，一项规定要获得实施，必须显得公正、不偏袒。遵循普世原则，对自然怀揣敬畏之心。

人们对"新鲜"的辨别本来是不成问题。刚生产出来、可短期保存的，大致可称为"鲜奶"。尽管可能长达7天，但在"新鲜"的可承受心理范围；但最长有6个月的保质期，半月、一月之后，无论如何不能算"新鲜"了。当然有人想，我不能算"新鲜"，你也别想戴

"新鲜"的帽子。而且我们的一套行政系统是会炮制出这样一项明显对一方有利、对另一方不利的规定。"凡加工过即不能称鲜。"表面上以十足的权威下断语，但也暴露出一付强词夺理的霸道嘴脸。即便"新鲜"的标示是错误的，也要充分尊重、吸取约定俗成的"理"。所以，有人直言不讳说"鲜奶的概念乱在北京，就是国家标准化管理委员会，是它造成了乳业的混乱局面。"

如果奶业目前的这一"去鲜"化得以成功，它将使鲜奶、常温奶、还原奶三者的界限越来越模糊。如果所有牛奶都不得标注"鲜奶"，意味着市场上牛奶将没有鲜奶和常温奶之分，这对鲜奶生产企业极为不利。更重要的是，既然都不标"鲜奶"，企业就会选择成本更低、用奶粉生产的还原奶，从而放弃奶农提供的生奶，这样可能出现奶农倒奶、卖牛情况，甚至引发杀牛高峰，严重危及我国奶牛养殖业。随着还原奶的盛行，加上进口奶粉关税下调，这等于为洋奶粉更多地向中国市场倾销提前"清场"。

与巴氏奶的奔走呼号相比，常温奶简直是欢欣鼓舞！对于禁鲜令，以蒙牛、伊利为代表的草原牛奶纷纷表示，他们非常欢迎禁鲜令出台。占据奶源优势，有足够实力让消费者放心选购。同时还不忘"踏对手一脚"——对那些以奶粉来生产还原奶的企业，今后就不可能再利用"鲜奶"来欺骗消费者了——俨然"鲜奶＝还原奶"了。最大好处就是引发媒体对"鲜奶"大讨论，让消费者重视到以前这个常被忽视的问题，进行意识上的"去鲜"化。常温奶目的达到！

常温奶觉得还不够，还在进行新一轮对"鲜"的妖化。它正像一名战士一样在"痛打落水狗"。首先，常温奶对与巴氏奶的区别一概勿论，而强调选什么奶该由消费者决断。看起来"主权在民"嘛！接着义正词严地说还原奶打"鲜"字招牌，蒙骗消费者，属商业欺诈。再论"鲜"字不能准确表明牛奶的营养、品质与安全性。特别强调常温奶的安全性、便利性、奶源充足等特点。最后叮嘱消费者，买奶切莫单纯图"鲜"，被"鲜"迷惑。注意："鲜"怎么坏到妖言惑众的程度！在这种情形下，代表常温奶利益的中国乳制品工业协会不忘给禁鲜令"加强信心"。公开信称，国家标准从未允许巴氏杀菌乳使用"鲜牛乳"、"纯鲜牛乳"的名称。所有牛奶产品不能用"鲜"字作为产品名称，是国家所有相关法规和标准自上世纪八十年代以来一贯和共同的精神。禁鲜令不过是重申了这一精神。这是什么意思？巴氏纯鲜牛奶是"非婚生子"。现在怎么办？扼杀。

在常温奶的大举进伐下，巴氏奶也非坐以待毙。除声讨，进京找有关部门陈情外，他们也在行动。大家有体会，现在牛奶一个比一个香，特别是一些后起之秀牌子。有一些是炫耀奶源等特点，且他们的牛奶也特别香浓。现在我们知道，这"香"非"真香"，而是有可能添加香精之故。乳品专家坦言"以中国目前的畜牧技术和牛只品种，正常来说不会产出如此香浓的牛奶，"业内人士透露，一些乳品厂家为迎合口感，在牛奶中添加一些香精、增稠剂、稳定剂等，人为地将牛奶调配得很香很浓。这种现象很普遍，假作真时真亦假。现在没加料的一般牛奶就被误以为兑了水。但长期饮用加香精的牛奶对人体是有害的。清者自清，浊者自浊。香浓牛奶的"后门"已然洞开。

不标"鲜"字，也决非巴氏奶的世界末日。河，正因为有岸的约束，才成其为河，才能奔流到海不复回。各地巴氏奶都或多或少有一个在计划经济羽翼下出生，在初级市场经济浪潮里长成的经历，现在也是抛开"纯鲜牛奶"这根拐杖，勇走品牌之路的时候了。靠"纯鲜牛奶"卖钱的日子终究会过去。惟有靠品牌、靠情感沟通卖钱是一世之计。巴氏奶、常温奶互相较量、揭丑——你以"去鲜"一剑封喉，我以"揭香""反勾拳"打个措手不及。这是一种很好的市场"自净"功能。你有人文牌，我有奶源牌。关键是在一个良好的公共关系策略下进行长久持续的诉求、沟通。宣传上处于自然经济、无为而治状态，就要挨打。赶鸭子上架，草台班子唱戏，就要付更大的学费！如果仅仅将一盒盒、一袋袋牛奶纯粹作为资本运作的载体,光盯着钱,这个产品终有垮台的一天。为消费者,诚信,并不是挂在嘴上的漂亮托辞,而在行为。审视一下自己的企业是否"道德"地发展,是否企业与社会利益渐渐趋于一致?伊利公司董事长郑俊怀说:企业领导者应具有的"权威",是更强的责任感、使命感和更高的管理水平,而不是更集中的权力。"一个人说了算"是企业最大的风险。然正是他,未经董事会同意,先后挪用公司巨款,被刑事拘留。在市场经济的汪洋大海中冲浪,没人管吗?不!"看不见的手"铐住了看得见的手。

看雀巢危机中表现

浙江省工商局抽检发现雀巢金牌成长3＋奶粉碘含量超标。在公布检测结果前曾给了雀巢15天时间让它说明情况。雀巢硬是"官僚"到不予理睬的程度,大模大样任不合格产品在市面上销售。

奶粉国家标准是每百克碘含量应在30微克到150微克之间,而雀巢碘含量191微克到198微克,超过上限40微克。对此雀巢承认:"按国家标准,这批产品是不合格。"又对记者说:"我们的产品没有问题,是非常安全的。"又强调碘含量"略微偏离国标上限",并解释"碘超标是由于牛奶原料中天然含有的碘含量存在波动引起的。该成分含量甚微,不会对人体造成什么伤害。"并声明符合《国际幼儿奶粉食品标准》。辩护是可以的,但不应给人留下推脱责任甚至狡辩的印象。

超标奶粉外包装袋上标明的碘含量是30～150微克,即国标。但实测结果完全不符。中消协指出:"这属于误导,侵害消费者知情权。"央视记者发现,生产中其碘含量上限是不检测的。

雀巢的理屈词穷,在发言人与记者的对答中一览无余。记者问:"你们有没有查过造成碘含量超标的原因?"回答说:"我们查过,是原料奶的碘含量不太平衡。原料奶是从千家万户收过来的,碘含量的幅度比较难控制,这是事实。"问:"比较难控制,我们能理解,但是以你们目前的技术手段可以控制吗?"答:"可以控制。"问:"既然可以控制,为什么还出现了超标的情况?"采访过程中雀巢发言人几次摘下话筒要求结束采访,并以沉默作答。活脱脱幼儿园做错事的孩子遭到老师质问后的委屈相。不要忘了,这是一个有着130多年历史、世界上最大的食品公司之一的跨国公司。

央视调查发现,在原料奶的收集中,碘含量并不在雀巢检测范围之内。检测显示,指标当中只有脂肪和蛋白质。记者问:"检测的指标中有碘吗?"工作人员说:"不要问了。"并拒绝回答任何关于碘超标的问题,记者没有发现检测碘的任何痕迹。当记者从密封车间走出来的时候,工作人员告诉记者,采访到此结束。这也是雀巢事情越闹越大的原因之一。

在刨根问底中,雀巢节节败退。记者:"消费者很想知道出问题的这些奶粉究竟销往什么地方了,你们查清楚了吗?"雀巢发言人:"我们都有掌握,雀巢的安全体系中有一部分叫质量体系,这个体系是从农民养奶牛开始到收买到销售,整个过程完全由我们控制。"问:"那你现在能不能告诉我这批含碘量超标的不合格产品到底生产了多少,你刚才不是说都有掌握吗?"答:"这个数字由公司掌握,我本身不是搞生产的。"问:"就是说现在还没查清楚。"答:"查清楚了,但我是公关部经理,不是生产部的,我可以去给你查,肯定有。"发言人表示,这批不合格奶粉生产了多少,销往哪里,她需要询问相关的生产部门才能告诉记者。在经过近半小时的等待之后,发言人却说:"到目前为止我们没有更进一步的消息。"记者:"刚才你不是说公司对每一桶奶粉什么时候生产的、销售到哪里都掌握吗?"答:"从我本人来讲,到目前为止掌握的消息也就这么多了。"问:"那我可不可以理解成,你们公司不知道这些奶粉销到哪里去了。"答:"我作为公关部经理,目前掌握的信息就是我们新闻稿发布的信息,如果有进一步的消息我会再告诉你们。"发言人此时自行摘掉话筒,起身想离开。记者继续追问:"现在消费者希望知道一些消息,他们的知情权能否得到保障?"发言人第二次用沉默回应记者。如果有一种难熬的状态叫如坐针毡,接受采访的雀巢发言人最有深切体会。记者有痛打落水狗的职业特性。雀巢表现出的言而无信、剑拔弩张的场面,无异于给难以收拾的局面火上添油。

采访中,雀巢发言人先后三次起身摘掉话筒,使采访一次又一次中断,最终竟未能完成。发言人:"因为我该讲的已经讲完了。"记者:"你们承诺过要配合采访,我的问题你可以不回答,但我们采访还没有结束。"发言人:"没结束吗,我觉得结束了。"发言人第三次沉默并走出采访现场。雀巢发言人十分不够格,表现差劲!

堂堂跨国公司小小婴儿奶粉竟然碘超标已让我们惊讶,训练有素的雀巢发言人及其公关部的差劲的表现更令我们惊讶。但惊讶仍在继续。雀巢奶粉碘超标后,尽管在市场经销商和消费者之间引起了巨大反响,但雀巢并没有对全国的消费者发出警示,也没有主动召回超标产品。而一些经销商已自发地把不合格产品撤柜,家乐福说:"只要有可能产生危害,我们会先停售。"

雀巢在事件中被动、苟且、退却,在经历了"消极应对——公开道歉——只换不退"三个阶段后,终于表示消费者可退货。整个过程中,雀巢敷衍塞责,傲慢自大,似乎低估了消费者的维权意识,给人以"将与消费者对抗到底"的恶劣印象。在大家看来这已不是单纯的产品质量问题,而是企业的商业道德、社会责任问题。面对消费者的健康和生命,企业的任何辩解都显得苍白无力。舆论呼吁只有勇敢承担责任,拿出积极的解决方案,包括对问题产品实行无条件召回,主动对消费者遭受的损失进行补偿,才能获得谅解,赢得消费者的信任与尊敬。

对雀巢公司明知奶粉有问题仍然任其销售,且"不够坦诚,不能自圆其说,不能坦诚地面对政府机关"的行为,中消协表示全力支持消费者起诉雀巢。这种"挑讼"某一公司的情况,几乎旷古未见,也反映出雀巢引起的公愤已让参与者无所畏惧。社会一致要求雀巢停止问题奶粉的销售，然而它就是死不悔改——不召回！一波未平一波又起。雀巢另一批次碘超标奶粉在云南被发现，北京再曝雀巢碘超标……律师指出："雀巢不召回，这是不尊重中国消费者。"出问题之后，雀巢不主动承认错误，而是抱着侥幸心理四处"灭火"，把精力放在对付消费者身上，散发新闻稿，跑"政府公关"，和新闻单位拉拢关系等等。呜呼！一切正当的公共关系处理手段，在雀巢身上都遭到了指责。现在任谁、用任何方式也无法迅速扭转雀巢的不利处境。

如何获得曝光？

并非所有的军人都能获得英雄的称号。只有经过战火洗礼，始终坚韧不拔，顽强摧毁敌人，最后凯旋而归者，才能享受这一无上的荣光。和平年代，英雄何出？——飞天英雄。杨利伟已经上去过了，所以当费俊龙、聂海胜在雪花飘飘的早晨略显蹒跚地出征时，看不出丝毫英雄气概。然而，随着强大的舆论机器的全方位开动，全体国民情感的拉网式酝酿，也经过生死考验，英雄横空再现！

同样两个家庭的人——作为中国航天壮举中的"保留节目"——被请到了地面控制中心与太空亲人通话。按中国人十分注重的排位情况——费俊龙在前、聂海胜在后，但结果无疑聂家却出了更多的风头，原因何在？费的妻子、儿子按常规来，顶多重复了杨利伟家当时通话情况，无甚新意。但位居其后、忠厚老实的聂家却不同了。聂妻深情祝福，更"要命的"是聂女清嗓唱生日歌给太空老爸。此时海胜泪花盈盈，现场掌声阵阵。相信全国人民的心，刹那间都为之一颤——幸福的聂家，大家都为你祈祷！如花似玉的女儿，听来赛超女的歌声，普通的情愫……都是如此符合新闻要素。此后，聂女唱歌的画面成了无数电视节目的经典段落，获得高曝光率！而费的妻子、儿子通话镜头大多已略去。也许有人会说，本该如此。"我是聂女儿，我爸为国贡献，你们应该多拍我、报道我。"这样没用的。在舆论市场获得曝光,要靠竞争。聂家是无意识的,但因为有趣,充满人情味,聂女得到更多亮相,那是顺理成章的。

世界一号总统布什,即便是如此的"牛",在舆论上获得曝光,也要靠竞争。最显见的例子就是——备受争议的美国入侵伊拉克,主攻仅持续了三周,美军只有138名士兵牺牲,损失较轻,萨达姆被打败,他的统治被颠覆。如果说政权更迭是战争目的,那么布什无疑取得了胜利。2003年5月1日,布什飞往亚伯拉罕·林肯号航母准备进行一场还为时过早的胜利演说。这可是个抓拍照片的大好机会。布什乘坐一架5—3B维京喷气式飞机而来,从飞机上走下,身着一整套飞行服。此时电视实况正在转播。布什从没有解释过他在得克萨斯州空军国民警卫队服役期间为什么消失了整整一年,但此刻他像是从电影《壮志凌云》中走出来一样。布什的这种形象是政治顾问的梦想。在电视黄金时段,布什站在甲板上对航母官兵发表了演讲,他的身边是巨大的红色、白色、蓝色的写有"任务胜利完成"口号的旗帜。整个场面是美国在伊主要战事胜利结束后一场盛大的谢幕表演。

布什的白宫媒体公关部门是个顶级群体,他们经常安排布什摆出英雄的姿态。乘喷气飞机速降林肯号就是精心安排的一项旨在提升布什形象的杰作。当布什在"9·11"袭击一周年之际到埃利斯岛上发表演说时,白宫租用了三艘船只装载巨型照明设备,使其在纽约港漂浮,这样布什身后出现的自由女神像呈现出最佳的照明效果。如果布什自认为"我是布什,媒体都会报道",断不能取得如此美好形象。在舆论的自由市场上,每个角色都要竞争。

十运会上,刘翔无疑是头号明星。但刘翔却忽略了一样——西装。开幕式上,作为上海代表团旗手,刘翔须着正装,而他带的是一件白色休闲西装。情急之下只能临时去商店购买,最终一件浅色正装终于解决了他的燃眉之急。

看到这里,列位看官定要着急了——杉杉,杉杉呢? 杉杉在哪里？是的，遥想刘翔奥运会凯旋时，杉杉这位以"杉杉西服，不要太潇洒"在上海滩掘金成功的暴发户，出手大方邀刘翔做代言人，又是拍照，又是上杂志，着实闹猛了一阵子，又以"世界有我，杉杉有你"蛊惑人心。高价签约明星，为何不好好利用呢？十运赛场，各运动品牌争先恐后粉墨登场试图一露小脸，不知杉杉怎样？作为赞助商杉杉之前为何不为刘翔准备充足一点呢？或得知刘翔少西装后，为何杉杉不自告奋勇哪怕风雨兼程星夜送衣过去呢？代言并非合同签完、照片拍完即完事。假设，杉杉有公关意识，急投西服为刘翔解围，不正是各路记者妙笔生花的好题材？有钱买西瓜，无钱买箩筐。杉杉将总部从宁波搬到上海，空间距离拉近了，可能更要紧的是思维上的距离。

家乐福怎么啦！

刚刚因销售过期小排而出丑的家乐福，又遭卖假 LV 包侵权案官司败诉，被罚 30 万元。正值胡锦涛访美大谈知识产权之际，上海法院判定一家全球著名零售企业售卖假国际知名品牌侵权，具有典型意义。法院判得无牵无挂，消费者听得大快人心。低价卖场堂而皇之低价卖高价名包，家乐福倒也有恃无恐。对于假 LV 包出现在超市货架的原因，家乐福又一次把责任推给了供应商，说是供应商为充抵数目，私购地摊货进来。如同把过期小排的责任推给肉类供货商一样。这却是人在幼儿园就学会的把戏！这样看来，大卖场某种程度上已成了假冒伪劣产品的避难所。这种低级失误怎么会一而再地出在全球零售老二家乐福身上呢？

对于家乐福的频频整改又频频出错，不少消费者表示了失望。家乐福不止一次地公开致歉，但是整改不是嘴上说说，人们希望看到的是实际的行动。出售时已超过保质期 4 个月的小排，如何从上海双汇大昌泰森有限公司进入家乐福曲阳店？家乐福公关经理说，我们的检验人员没有严格地按照流程办事。一般而言，有专人对销售商品的规格、质量、生产日期进行检查,虽然这个检验员做了记录,但事后发现他显然没有对这些肉制品进行检验。

肉制品要进入大超市货柜通常至少要过四道关:集团采购、门店验货、上架销售检查、仓库保管,大批量的问题产品在任何一个环节都可以轻而易举地被发现。近 2000 公斤的小排骨,能够逃过一道道检测关走上货柜,这让人对家乐福的采购表示担忧。如此多的过期产品能够安然存放于冷库,并已卖出近千公斤,是否只是冷冻柜负责人的失职? 家乐福对于过期小排是否知情也让人怀疑。家乐福熟食柜台烤鸡、烤鸭等熟食油光闪闪香味扑鼻,馒头、包子等点心也五花八门煞是诱人。可对于模糊的保质期,顾客能放心吗?

家乐福流年不利,去年底其集团 CEO 丹尼尔·伯纳德在掌舵13 年之后离开。法国大卖场业务由于偏高的价格和无法保持商品的快速变化,导致消费者流失。韩国家乐福向供应商收取门类繁多进场费,与中国情况大同小异,但一旦涉及不合理成分,就会迅速招来抵制和调查。韩国供应商向公平贸易委员会集体起诉韩国家乐福,原因是恶意转嫁费用。

依靠在华违规开店取得抢跑优势的家乐福,近几年实际上一直纷争不断。先有家乐福与上海炒货协会为高额进场费问题僵持不下,并引来水产、糖烟酒茶、内衣、交家电、针织、纺织、果品等众多行业共同商讨对付它的乱收费,触犯众怒。专家认为,家乐福的高额收费是一种变相垄断行为。随后,假茅台出现在杭州和上海两地家乐福超市货架上,上海在家乐福几家分店查扣了近 500 瓶涉嫌假冒的茅台。家乐福一旦涉嫌贩卖假货,美誉度大打折扣,并累及正品的销售。

因在家乐福购买的光盘上没有署自己的名字,而且光盘的出版、发行、复制和销售,也没有向他支付报酬,因此刀郎将家乐福和音像制品公司告上法庭,索赔 50 万,法院正式受理此案。

家乐福即便做好事,也会惹人不开心。前两年,家乐福曲阳路店没有想到每天派送 500 份免费早餐的促销活动,竟让一些看不惯每天数百人为此在超市门口排起百米长队的人认为,家乐福此举有"伤害中国人感情"的嫌疑,"让人想起施舍的场面"。

在家乐福中国总部墙上的使命描述与承诺中写道:我们全部的努力都围绕着满足顾客需求这一核心;我们的使命是在每一个市场中成为现代零售业的楷模(卖假包、假酒?);为供应商提供市场、顾客信息,及在平等(还强要高额进场费?)与互惠的关系中为完善产品进行合作,为中国制造业的发展做出应有的贡献。

家乐福有按照全球统一标准开发的质量体系,家乐福质量体系猪肉是由供应商严格按照家乐福全球标准生产,从培育、喂养、到屠宰和运输,从源头到超市全过程处于严格控制之下,是最高质量猪肉的代表。所有措施都是为了保证猪肉的绝对安全和最高品质。然而,就在印刷品油墨余香犹存时,曲阳店过期小排出笼。

硬上·弄白相·触神经

《第一财经日报》刊发报道,揭露郭台铭的富士康在深圳的工厂普遍存在超时加班问题。富士康认为报道不实,侵害名誉权,直接起诉当事女记者及一编委,索赔 3000 万元,并请求法院查封两人财产。

这是恼羞成怒的被曝光企业的典型表现!碰不得。其实如今一些外企和私人企业,超时加班可说司空见惯。就是被曝光了,也犯不着那么着急上火。破天荒的巨额索赔,狠辣的资产冻结,让富士康天下皆知,但不是好名声!

我们没有看到富士康的公共关系发挥作用。首先,富士康公关代理有责任督促企业履行合法、合情、合理的行为,对超时加班等问题做出整改;其次,改善劳资关系,使不满情绪内部消化;还有,在记者前期采访时,富士康并未将事件消灭在萌芽状态;曝光后大动肝火,兴师问罪,以打官司相要挟,实属不智,因为司法行为、上纲上线是下下策,堵塞了解决问题的其它有效途径。

富士康的轻率还表现在——在强大的舆论压力面前,迅速将天价索赔降为1元。视司法诉讼为儿戏!原来的3000万索赔请求也不知是怎么算出来的,远远超出被告两人的支付能力,并罕见地在名誉权诉讼中采取财产保全、冻结记者个人财产的措施。富士康认为,做出这个决定,是希望媒体不要将注意力放在赔偿金上,而是关注事实本身。但在荒谬的起诉、天价的索赔、史无前例的财产查封之下,富士康的话有多少人愿意听呢?将诉讼标的3000万骤降至1元,已说明当初的数据完全是"瞎弄弄"的。但富士康将为自己的行为埋单:30多万的诉讼费以及保全费不会被退还,另外还有一笔巨大的律师费。特别是,经过此番炒作,富士康成为众矢之的。深圳市已把其列入"必须在今年组建工会"的企业名单;对其超时加班等问题的反映,已被媒体描述为"揭黑报道",俨然成了正义的对立面。

现在中国的媒体环境是,负面报道几乎成为一家媒体能否在竞争中占据高位的标准。如果是一家新媒体,只有拿出社会反响大的报道来,得到广泛认同,它才能站稳脚跟。《第一财经日报》是一张新报纸,发行量少,既使经过台湾当局的允许,《第一财经日报》入驻了,台湾,也并没有多少人当回事。而这次富士康的报道,将迅速将其推上有影响力的大报宝座,让人刮目相看。

众怒难犯,相信许多局外人都有同感。一个台商在大陆赚钱多年,不思回报,表现近乎盘剥,凛然对抗主流价值观,这犯了大忌!超时加班,可能不止富士康一家,但你是台湾首富,知名大企业,为国际品牌苹果代工,这都是新闻要素,曝它的光,非常有典型意义。因此名牌企业的舆论风险更高,代价更大!在中国,新闻报道虽然还未得到有效的保护,但毕竟今非昔比。媒体竞争加剧,业界表现更为成熟,报道更为大胆。维护新闻自由,是举国上下的追求。想挑战新闻的底线,从精神上打压舆论监督的意志,任何人都不可能，遑论一介商人、一个公司。

财大气粗是正常现象，但以财欺人，没多少人会买账。富士康给人就是这种感觉。难怪，许多与富士康无冤无仇的人，事发后，迅速站到报社记者这边，表示敬佩。《第一财经日报》表示：记者报道属于职务行为，报社将全力应诉；国内、海外很多人打电话给弱小的女记者向她表示支持；法律界人士纷纷声援，要组成一个庞大的律师团，免费为报社记者代理官司。"记者无国界"组织致信苹果电脑CEO，希望他能说服该公司代工厂富士康撤诉……现在的阵势好像完全是富士康一人错了！鲁迅说：恐吓决不是战斗；我们说，打官司决不是办法。你瞧，它不是马上撤诉。有许多人应该庆幸，庆幸自己没有像富士康一样，意气用事，出尽"风头"。

荣威能开多远？

自主创新、自主品牌，再次从上海响彻云霄！我们似乎听到了毛主席在建国初期提出的口号"独立自主，自力更生"在21世纪的回响。作为率先提高自主创新能力的一次行动和落实科学发展观的一个象征——荣威，在上海诞生，顺理成章。在上海高层动荡之后，它的出现，也标志着一个新政绩时代的开端。

一手主导荣威推出的"上海造车人"胡茂元、陈虹，均出自上海通用汽车。当年首辆国产别克、国内首款经济型轿车赛欧上市，均带有献礼性质，此次也不例外。现在又将他们在上海通用那套驾轻就熟的新车上市路数拿到荣威身上。都是上海产的，同一批主导者，若将品牌隐去，君威、荣御、荣威……初看还以为是一个子品牌系列哩，其实分属不同的公司。从这一角度来说十分讨巧，荣威或多或少可减少些新品牌接受度上的风险。

解放后，西方封锁，中国只能闭门搞建设。1958年，首辆沪产轿车自我拼搏试制成功，全国领先。但依当时低下的生产力，以及后来全民性的政治斗争，至1983年，上海牌轿车还是为中德合资的桑塔纳所取代。从此总共只生产了77054辆的上海牌被埋进历史的尘埃。

在全国一片汽车合资声中，每条中国马路上跑满国外品牌汽车。反观韩国的汽车生产发展史及对自身产业的保护，终于有一天再次想起，中国汽车工业要真正得到发展，必须依靠自主创新。在合资车的全国厮杀中，以奇瑞、吉利为代表的自主品牌也在求发展。吉利，造低价车的代表，并在艰难地提升其产品等级，女性车、中档车前途未卜。因车标与丰田酷似而遭到后者的诉讼，虽赢不荣。自主品牌创新谈何容易！奇瑞的旗云被指"偷别人"，东方之子用三菱的发动机，真可谓"东方"之子。一汽奔腾被认为完全是马自达6的翻版。实际上目前国内轿车工业并没有真正的自主创新。在这种情况下，上汽荣耀登场。荣威是在罗孚75基础上的改版，充其量是个中英混血儿。主持荣威设计的Ricardo是位于英国南部小镇的汽车发动机研发和整车设计机构，独立于上汽。因此也有人质疑这一自主品牌的"自主性"。

上海领导讲，上海汽车工业的唯一出路就是自主创新和自主品牌。一辆自主汽车被寄予了多重的涵义。市政府非常倾向于用"上海牌"名字，以打响老牌子。然调查发现：一、原上海牌轿车给人印象档次低，不利于新产品的中高档定位；二、地名不宜做品牌和商标名；三、用上海牌会令外地反感，这一点可从陈良宇倒台后全国性的欢欣鼓舞中一见对上海的某种情绪释放。从80年代初国产车隐退、合资车兴起的进程中，无论是上海大众、上海通用，在市场上均凯歌高奏，战绩不俗。20多年过去了为何再次提起自主创新？正像当时提出的口号"用市场换技术"，一味希望从国外汽车厂商身上获取核心技术，被证明行不通。但如果像钟摆一样回到另一边，一味强调创新，也有可能因此而掉队，更别提在国际市场争一席之地了。不管是以前的众多外资车商"入赘"中国当上门女婿，还是现在如上汽这般隔洋"娶"媳妇，重要的是获取一种真正的主导权，而不是一些名义上的东西。"有钱的中国佬"并不是一顶好的高帽子,有可能倒是"冤大头"的代名词。

荣威能开多远?尽管都是同一批上海汽车当权派在干,但还是取决于能否将上海通用、上海大众的成功做法顺利嫁接到上汽汽车头上,能否将二者的质量、服务、信誉等同起来?归根结蒂,是否真正以市场为导向,取得消费者的广泛认同及进一步的忠诚。另外,还包括政府高层主事者对自主创新的内心坚韧性。最根本的一点,有些东西改不下去了,明确体现为对生产力的障碍。最显见的是,上汽领导还是红头文件任命的。

肯德基劫童案反思

儿童节刚过,就在武宁路肯德基发生劫持案。四岁女幼童被挟为人质。开始,许多人并不相信这种事会发生在上海,似乎是偏远地区、落后省份的事。不过,当晚的上海新闻报道很分明——劫持案仍在处理中。上海安全吗?

对峙 7 小时后,以警方派狙击手击毙劫持人收场。女童得救了,然疑虑重重。"砰"!开枪是容易的,寻找开枪的理由却并不容易。警方称,当歹徒正要举刀行凶时,特警果断射击,一枪击毙。"正要举刀行凶",对此警方未过多解释,也未留下"正行凶"的影像证据,从而让人对射击的必要性缺乏认同。从解救小孩的角度来说是成功的,但处理结果并不完美。在小孩的家长看来,恨不得一上来就把那人打死。但他毕竟只是嫌疑人,未经审判即处死,不符法治精神。而且这样的劫持虽说极其恶劣,但是否够死刑还不可知。一枪了断,是省事,但作案动机、精神鉴定、事件本质等均无从深究,变成糊涂案了。怎么避免类似悲剧重演?而这却是最为关键的。

有媒体认为,劫持者疑似精神病患者。事后警方说未发现该人有精神病情况。不过,从该人表现来看,又不由人不往此处想:与女童家庭素不相识,无怨无仇,随意劫持,非正常人思维;对峙中开出的条件匪夷所思——要两束玫瑰，一辆出租车；又高喊要吃可乐、汉堡……如果真是精神病患者，一枪毙命的方式显失慎重。

这是"硬上"。其实也有和平解决的机会，只不过没有成功。警方谈判专家也出动了，但通篇没有看到有什么出彩之处。他们悄悄地来了，又悄悄地走了。看来"攻心为上"的谈判专家还得大力培养，这样关键时刻可以少死人。有欠缺就有市场！有眼光的家长赶快让子女报名读相关专业，将来做谈判专家肯定有前途。

警方可能也错失了一些智取的良机。劫持者索要可乐汉堡时，为何不下点蒙汗药让他昏倒呢？我们的先人在《水浒传》里就有这种智慧了，我们高科技武装的现代警察难道不接受这种培训？出动大批警力如临大敌，长达7小时的拖延，准备这种药的时间、人手都没有？或者用高效麻醉弹？抑或射击非要害部位而不是致命地直击眉心？嫌疑人不是一只青蛙或一条狗。暴露出警方在实战处置时应付阙如，手段乏善可陈。

7个小时的时间，成人也难以承受。女孩获救后，她父亲一直哄她：这是拍电影，那叔叔拿的是假刀。但她根本不相信，"是真的，警察开枪了，那个人流血了，倒在那里。"现在只要电视里有警察和枪，她就叫着说不要看了。虽然在枪响之后第一个冲进去的警察很英勇，大吼着抱小女孩冲出来的镜头令人热泪盈眶。不知第一时间从已死的嫌疑人手中抢过女童时情形如何？据最近一期《读者》文章介绍，美国在发生一类似劫持案时，解救后警官在第一时间抱起孩子，十分专业地说"演习结束了"，并称赞孩子表现棒极了。第二天，当地媒体又罕见地集体保持沉默，希望小天使的心灵不受伤害。我们的参与各方都还不够专业啊！

市政府发言人说，据警方调查，犯罪嫌疑人童建生无业，未婚，父母双亡，他前科众多，劣迹斑斑，曾因故意放火、倒卖车船票电影票、赌博、盗窃等被判刑和处理。真所谓"罪大恶极、死有余辜"的老调重弹。法律专家指出，有犯罪前科并不等于死罪。他是一个社会边缘人、失败者。社会也值得反思：如何让这种人也能有尊严地生活下去从而形成更广的和谐呢？贫穷，万恶之源。我们的4050工程、社会救助体系能够覆盖得更到位些吗？我们的惩治改造体系能够更为成功有效而不是造成屡教屡犯？谁来关心这批人，政府要来回答。我们社会学家也要考虑：在上海，一个全球化的肯德基餐厅，无业者，劫童，为什么？

同样，在前段时间震惊全球的美国历史上最为严重的校园枪击案中，弗吉尼亚理工大学除追授死难者学位外，还为所有人刻碑纪念，包括疯狂射杀33人、"铁板钉钉"的凶手韩裔学生赵承熙也被铭记，校方坚持认为他也是受害者。这是一种怎样的悲天悯人啊！

事发肯德基店的儿童乐园位于死角，给警方现场处置带来很大不便。有网友称，中国肯德基店中的儿童乐园大多处于店堂死角，不利于大人看管监护，并在网上贴出哈尔滨一家肯德基餐厅儿童乐园照片为例。这种设计上的缺陷，监管部门可以督促其迅速加以整改。

令人奇怪的是，对诸如苏丹红、滤油粉事件迅速辟谣，一向注重自身公关形象，习惯闻风而动的肯德基，在本事件中保持了难得的缄默。对警方出动大队人马未作只字公开感谢；对给公众和社区带来的不便未作一点道歉（当然政府也未有人想到出面道歉）；对女童一家也未见哪怕是姿态性的慰问；当然对被击毙的"歹徒"家人或代表也不可能有一点安抚。而这又何尝不是一种展示负责任的企业公民形象的公关良机呢。说白了，它就不想承担一点责任。这就是一家国际知名公司的面孔！平时追求轰轰烈烈的"公益活动"，关键时刻表现冷冷淡淡。可能怕"湿手抓面粉"。是的，消费者在你的店堂里就餐，由于你未能提供足够安全的环境，遭受人身重大危险和心理严重创伤，你的服务是有瑕疵的。有律师称，受到惊吓的女童一家完全可以起诉肯德基，要求得到全面的经济赔偿。

·观点·

有偿新闻是最大的对手

凡对手,大多出自同行。同行相轻,千年古训,流传至今。那么在专业公共关系这一职业领域,最大的对手是谁呢?

职业公关的对手肯定不是同行,既不是本地公关公司,也不是国内其他地区的公关公司。在我们的职场中,时时倒觉得有点独行侠的味道。在周围,看得出——真正专业的公共关系实践不是太多,而是寥寥。独木不成林。我们不想做独孤求败,倒非常热望有更多的同志者投身于我们的事业。那是一种非常兴旺而对社会又有推动的繁荣景象。

职业公关的对手也决非外资跨国公关传播集团。你有你的阳关道,我有我的独木桥。因为这是两个群体、两种客户来源、两类服务方式,血缘泾渭分明,并不撞车。而且从全球流动性上看,应秉持开明的心态,举手欢迎,多吸收。虽然也有一些挂着洋牌子、其实尽是港台人操作的、经营思维并不怎么先进的行号,以及一开始就时不时地从娘胎里带点业务来、并无多少竞争力的所谓国际公司,日子过得蛮滋润,但从大局看无论优劣,仍属同道。

职业公关的对手也绝对不是媒体记者。时下有种非常盛行的错误说法:自恃大企业、大品牌的人员说"我们自己有媒介发稿渠道"。在上海蛮混得开的人讲"我认得许多新闻界的朋友"。吃香过一阵的企业家认为"自己能让记者招之即来"……这里把"认识记者"与"会做公关"等同起来,真是不可与夏虫语冰。固然新闻队伍里也有忙于赶场子的记者,忙时连轴转,甚至还有拉上老婆、儿子代劳签到领礼品者,但这种人往往帮不上什么大忙的。有人以为很简单,塞只红包,一个字几锂,一定搞定。其实不然。发出的报道——"豆腐干"不满意,角度偏掉、冷嘲热讽等等都是上面种种"自信"的代价。有一集团老总私下坦言,与新闻界打交道,不吃不塞不行,吃了塞了也不见得就一定行。甚至有些"老提克"就是迟迟不发稿,老板、企业深受其害。当然这仅是一部分,碰上了也就自认。但有职业感的记者与专业公关公司之间是上下链的关系,一个需要新闻,一个作为可靠的信源供应合适的新闻,是同事。

由真正的记者与公关人组成的同盟长城,它们所御之寇即有偿新闻。有偿新闻败坏了公平竞争的平台,恶化了公共关系的职业环境,应成为过街老鼠,人人喊打。打击之法,最得力的莫过于法律。从这层意义上看,我国《新闻法》宜尽早出台,一方面保护新闻记者职业免受干扰,减少讼灾;另一方面对害群之马进行惩戒。否则近墨者黑,影响一大片。有从以公平竞争为国训的国度来的一些大公关公司,到中国后,也不得不放下"不保证发稿"的行业清规,招聘些本地机灵员工,非常入乡随俗地干起来,沦落成非常的"中国特色"。另外,希望这个行业形成规模,快快成熟起来,利用行业公会、职业道德方面的约束来制控。国外这方面就做得非常好。我们有一点比较自豪,即拥有一种企业发展的核心能力,那就是——通过我们的专业代理服务,我们"写"出能为新闻界所采纳的高水准的稿件,为客户"说"好。我们成功地扮演了一个这样的角色:客户花钱要"说",这是首务,仅如此商业性肯定不行,像广告一般要求新闻,我们会加以拒绝;记者、编辑要新闻性、版面的纯洁性,这是他们的职业规律,理应尊重;当然我们作为介于之间的桥梁,更要考虑到社会利益,这是让别人尊重我们职业的最好办法。

有朝一日,当铲除了滋生有偿新闻的土壤,必将迎来公关在中国的艳阳天。到那时,最大的挑战将来自职业实践本身。至此,有人会说这是你在往自己脸上贴金。我说思想是丰富的,语言是自由的。在一个热闹的化妆舞会上,戴上"神圣"的假面具是一件多么无趣的事啊!

广 告 性 新 闻

近几年来新闻媒介出现了经营行为向新闻业务介入的趋势，一个明显的例证就是所谓广告性新闻。广告性新闻使受众陷进了一种前所未有的尴尬境地，有时发觉读的不是新闻，而似乎是广告；有时又发觉广告冠冕堂皇地占据了本应属于新闻的重要版面和黄金时段。这种广告性新闻在理论和实践中造成种种悖谬，本文试作一些剖析。

目前公认，广告至少包括明确的广告主、付费、非个体性传播、以推销商品或服务为目的等要素。新闻强调新、真实客观、迅速传播；而广告则反复刊播，内容强调创意、想象。总之，广告与新闻完全属于两种不同性质的信息，按照两种规则传播，它们只是在传播渠道上交汇。

一条信息是广告性新闻或是广告，本质是一样的，都是为了促销而进行的付费的商业信息传播，实际上许多企业就是利用广告性新闻打擦边球。这种广告性新闻，以新闻报道形式刊播隐性广告，使它带上权威、客观的灿烂光环。

新闻的公共性注定它更注重真实和社会效益。新闻媒介一旦向工商企业提供有偿服务，便蜕变成了传播者的传声筒和代言人。这样传播机构权威公正的社会形象，新闻工作者的职业道德，被用作金钱交易，角色错位，直接导致新闻腐败。新闻媒介通过高质量、客观、公正的报道，树立良好社会形象和崇高声望。如广告刊播太多，必然导致新闻信息量减少，喧宾夺主，危及新闻媒介存在的基础。

广告性新闻使真诚的受众对新闻的基本期待落空，难免要对新闻的真实性、客观性产生怀疑。一旦形成整体的不可信任感，便会导致真正的新闻存在根基的动摇。我国新闻媒介有着特殊的性质，具有行政职能的某些性质。新闻媒介作为权威的信息来源和舆论机关,广告性新闻的存在,显然干扰了新闻媒介的正常健康运转,而且使媒介文化整合功能弱化。

　　某些媒介利用广告性新闻取悦广告主,招揽广告业务,这对不搞广告性新闻的媒介来说也是不公平的。广告必须明确广告主,让消费者了解广告的真实动机。广告性新闻以新闻为伪装,避开了广告审查,它违背了公平竞争的原则,干扰了广告业乃至市场经济规律,当在摒弃之列。

内资企业本地化

　　按统计,上海平均每天新增 130 多人到各跨国公司上班,外资企业人才本地化程度越来越高。像微软技术中心达 100％,连向来保守的日本公司也有 80％左右。反观一些内资企业本地化率远不尽如人意。不必说驻沪机构负责人、业务骨干均由总部"钦差",即便是普通的接电话小姐也由当地员工赶来担当。看来,内资企业尤需本地化。

　　当年外资公司挟品牌、经验、资本来到中国,用了差不多 10 年的时间纷纷完成了本土化进程,大量使用当地高素质员工,甚至委以重任。一方面加快了文化上的融合,一方面省却了派本国雇员来中国的昂贵支出。现在,许多耳熟能详的品牌,其中外性质早已浑然一体,分不出你我。

　　国内企业本地化步履维艰,原因有多方面:从自身来看,第一,内资公司主观上总以为本乡本地人牢靠、管得住,尽管有将总部搬到浦东、也有在市中心买幢楼作"标志"的国内名企,即使是他们也没有很好地人才本地化;第二,内资公司客观上找不到优秀的当地人才,相比外企开出的诱人工资及福利、培训,国内企业待遇远远不及,还有企业文化上的制约;第三,从另一角度来看,当地人才也不肯屈就进国内公司,认为当"洋买办"吃香、"土帮佣"到底差口气。有个有趣的现象:凡人才本地化程度高的,也往往是较为成功的公司,二者的相关性很明显。

　　商人讲成本。从人才的"性价比"上看,使用当地员工合算,省掉了高级员工的置房安家费以及普通员工的食宿等全天候的管理开支。"用一方智慧做一方市场"是跨国公司全球化法宝之一。在市场化的今天,内资企业用不用当地人才,关键还是观念问题。中国地域观念历来很微妙,谁都回避不了。但市场不相信乡土情结,只追捧最大价值。盖茨在他的上海全球技术中心用中国常州人作管家,我们老总有这个气魄吗? 在走出去的战略中,上海企业同样需要本地化。

非商业化 & 非倾向性

　　比利时弗兰德斯一家名为圣西克斯图斯修道院酿造的Westvleteren Abt12 啤酒被美国啤酒迷网站评为全球最佳。对于这份突然而至的荣誉,多数酿造商肯定会高兴,但该修道院却并不兴奋。很多人认为,如果酿造更多的啤酒,他们就可以赚更多的钱。其实,对于修道士而言,最重要的是修炼,而不是酿造啤酒。这种珍贵的啤酒只能在修道院才能买到,且规定顾客购买时不超过 5 份订单总计 120 瓶的限量。它之所以能获至啤酒迷给予的如此殊荣,秘诀恐怕在于它的非商业化,让啤酒爱好者仰慕不已。

　　过分的商业化已如阴霾的空气令人讨厌,它对人的压迫感也是显而易见的。陪女士兜百货商场的男人大凡都有切身体会:女式内衣柜台前,永远是男人抬不起头、挺不起腰的地方,尽管没做亏心事。那一排排光溜溜的灯泡似的陈列,定然让世上最具气质的男性相形之下阳刚顿失。眉不扬、气不吐,像过街老鼠! 为什么会这样? 隐秘物件的赤裸裸公开展示,已形成了排山倒海的冲击,太咄咄逼人,令人望而生畏。商业化,有时就如内衣陈列,将人拒之千里之外。你愿意让你的顾客、合作伙伴、利益相关者,都像内衣柜台前的男士那样对你敬而远之嘛?

商场里还有烦人的就是营业员的"紧盯式促销"，当然在高档商场此类情况较少见。上海这几年来的服务艺术教育，已大大减少了这种情况的发生。紧盯式的一种害处，是让人浑身不自在，最后兴趣全无。广告，为什么越来越会令人起厌？劣质广告真如劣质产品！缺少艺术性，要么就像一个人一样猥琐得很，在公开媒体上讲话不知脸红。最典型的如丰乳霜厂商，十有八九都是如此循循善诱，又是图示又是文字，看了半天如看"春书"。还有大量医疗广告专治男女疑难杂症，什么前列腺、子宫肌瘤……特别是某些医院给居民广泛散发的"健康工程手册"，都是有头有脸的专家教授写的，普及各种医学常识，有些性知识写得很俏皮、风趣，手法直追兰陵笑笑生了！并无淫的粗俗，倒有医的光环。颇有大碗喝酒、大块吃肉的豪爽气！

　　人，往往都有一种证明欲，总是试图证明什么？急火攻心、急功近利之下，商业化甚嚣尘上。李嘉诚是做大买卖的，他从不炫耀比谁有能耐，而事实上他是华人世界最有能耐之人。他是大商人，反而积极呼吁给生意场上对手机会，履行造福社会的宏旨。天下至理，不证自明；天下至名，不吹自响。悠着点，反而更有风度。修道院的啤酒因为非商业化的气质，反而在商业化世界中更添自身魅力。服装设计大师范思哲，他生前所开创的显赫名声和时装帝国，当然有赖于它的经营神功，但有一点是明显的，即借助了其设计艺术的巨大成就才造就了他的商业王国的成功。只知"卖"的人达不到这种高度，"艺"是他的时装品牌的灵魂。他的服装有的用料很省，布片奇少，价格奇高，名媛淑女趋之若鹜。这位卖出了很多漂亮时装的人，照理应竭力鼓吹人应多穿各式各样范思哲服装，然而他却像一个哲人一样说：再巧的设计师也赶不上造化的设计，一个不穿衣服的人，其身体本身就是最美的时装！一个顶级大师认识到自己的艺术行为也只不过是自然之美"边上的雕虫小技"。范思哲多么清醒，多么可爱！

　　Nike做跑鞋，但它鼓励赤足，大谈赤足的好处。从规划馆的新媒体设计展到街头橱窗的信手涂鸦,都给艺术家提供了无穷的想象空间,哪怕你鼓励赤足跑步,与商业目标"背道而驰"也在所不惜。它让人赤足新生。其实在此之中,它自己已在新生了! 福建鞋商看到这里,应该恐惧了——怎么与他竞争呢? 就连在中国还算最为成功的李宁牌也该看看。Adidas说:没有不可能;李宁跟着说:一切皆有可能。就像政治人物发表政治声明,跟着前代基调绕圈圈,转换一下措辞再"出口",错是断然不会错,但是,少了创新、少了自己的东西、少了个性、少了突破、少了解决难题的勇气。连口号都亦步亦趋的李宁们,之前是想不到也决不敢打出"赤足"旗号的! 当然之后也许很快会有李宁版的"赤足",因为亦步亦趋很快嘛。何时我们的商界中人能从达摩祖师的一苇渡江、洛水女神的凌波微步中得到一点感悟,那"非商业化"的种子也在萌动之中了。

　　许多人学会了在为自己利益的辩护中尽量隐藏倾向性,从而"翻案"。油炸食品被称为垃圾食品,多食用会致癌,这在医学界几成公论。有食品安全专家说,油炸食品能不能吃跟能不能吸烟是一个道理。香烟含大量致癌物是众所周知的,吸烟增加患肺癌几率,所以提倡戒烟。油炸食品也一样,但建议少吃不等于不能吃,与尼古丁相比,油炸产生的丙烯酰胺的危害还要低一些,不必过于紧张。食品中含致癌物和吃了得癌是两回事。人体内既有致癌基因,也有抑癌基因,一般总是邪不胜正,患癌的只是少数。人体还有多种免疫手段,每天在摄入致癌食物时,更多摄入抑癌食物。对于油炸食品,只要不是经常吃,人体都是能够接受的。这是到目前为止为油炸食品打得最好的圆场了。

　　在一片批评声中,模糊的倾向性、非倾向性所导致的"倾向性",看似讨论、商榷、另外角度,实质也是一种不经意的倾向性,且具有更大的冲淡、扭转、改善的功能。

名如其人吗？

陈水扁这个名字不陌生。由于众所周知的两岸现状，我们大陆人往往在他有出格举动、被这里的发言人和媒体愤怒声讨时才偶听其名。如果现在还有"阶级敌人"一词的话，他便算一个。这次由于其女婿及家人的丑闻惊动台湾政坛，我们的媒体也大肆报道，终于此人的庐山真面目在我们报纸上也难得地一露。

乍一看，这绝非张牙舞爪之人。粗看像一学者、教授，儒雅得很。架一无框眼镜，头发纹丝不乱。只是从他面露的狡黠微笑里还是看出了一点政客的马脚。当然，他是民选"总统"。不过，从他给宝贝女儿和外孙的起名来看，这人也还有很深的帝王情节。他女儿叫陈幸妤，这名字很有中国文化意味。虽然我们知道他正在要不承认是中国人，政治上去中国化，但给女儿的名字倒是数典不忘祖。不像大陆明星叫什么陈好，毫无中国文化韵味。"妤"与"好"字形相近，但后字一看都懂，前字就不一定了，这却也体现出阿扁的文化修养。妤是古代对帝王嫔妃的称呼。按中国人的习惯，给小孩起名往往寄托某种情怀。显然在生女儿时，阿扁希望女儿成为贵人，"幸福的嫔妃"；而且对女婿也有很高的期待，他的女婿要成为帝王。

但照目前看来，此女当"帝王"的女儿已成事实（"总统"即"帝王"嘛），可要当"帝王"的嫔妃，至少目前不会成为现实，事实上是囚犯的嫔妃。所以，幸妤，不幸妤。命运嘲弄名字，名字也骗人呀！

阿扁的外孙，即被捕女婿赵建铭的儿子赵翊廷。你看，名字是"辅佐朝廷"的意思。阿扁家族完全是中国的"龙生龙，凤生凤"的传统意识，外公是"总统"，外孙将来也为朝廷服务。陈水扁尽管是现代的"总统"，但满脑子的帝王、朝廷思想。他肯定希望帝王君臣代代相传啊！

从爆出的家属弊案情形看，陈水扁虽说早已权倾天下，可能还不满于此,还要钱。这一点似乎从其女婿之名也可略窥一点。"建铭"之"铭"不是"金"与"名"吗?要名利双收、建功立名嘛。而现实却弄得身败名裂,极可能阿扁还会引火烧身。水扁,是否会给这一波"丑闻"之水压扁呢?不过,现任"总统"的女婿立即被收押,至少完全打破了中国"刑不上大夫"的固有思维框架,彰显了"王子犯法与庶民同罪"的法治观念。

中国人的起名,太注重含义,过于贪图吉利、口彩。这一点在大商人那里得到最强烈的体现。李嘉诚一子叫李泽钜,老子华人首富,望子也有"巨大的金钱(金子)";霍英东的儿子叫霍震霆,老子纵横捭阖打拼一生但当年始终未得英女王封爵乃成憾事,因而希冀下一代清一色有(雨、水)势、有力影响朝廷,所以拼命让儿子往官场发展以显贵……

当然有些人的名字,比如叫陆仲阳,一看就认为此人只需阳,不需阴,这种看法就会发生错误。事实上,人体讲究阴阳平衡,岂能偏颇?所以凡人、凡事,不一定名如其人、名副其实啊。

"鲜花盔甲"下的制药业

古语道:"医者,父母心。"在科学技术、医疗手段尚不昌明、先进的时代,能为患者祛病消灾的医生好比大慈大悲的观世音菩萨。今天,单纯的"医"已经分为许多相互咬合的链接。在这一链条上,制药业可谓首当其冲。这个一直以来以阳光形象自居,以社会责任相标榜,以科技先锋的姿态俯视众生的行业,到底是如何运营操作的?《制药业的真相》一书让我们看到了阳光背后的阴影。与其道"父母心",不若说是"利欲熏心",一把将他们拉下了神坛。

作者安吉尔博士是美国健康政策和医药理论领域专家,素以对业内的不正之风直言敢讲而闻名。《TIME》就曾将她提名为当今美国最有影响力的二十五人之一。初翻看这本书,还当是作者针对中国制药业的百弊放言。怎么这么讲呢?我们知道,国内药价居高不下，层出不穷的所谓"新药"甫一问世便报到天价，搞得民怨鼎沸；医生、医院及其行政人员的回扣，成为见怪不怪的潜规则；国家医药管理部门的不作为，为何同一种药品，只是名称不同，其价格悬殊，试问中国哪来的那么多新药？等等。这些富有中国特色的问题，没想到在大洋彼岸的业界也是如此，那里的同行不仅把我们的这些手段奉为圭臬，更是披上现代商业宣传光鲜的外衣，找到冠冕堂皇的言辞，实质却有过之而无不及。

针对制药公司公关宣传的三大着眼点——科研、创新、美国精神，安吉尔博士逐条反驳。首先，研发只是大型制药公司预算中相对较小的部分，同用在销售上的费用相比不过九牛一毛。其次，制药业并没有什么特别的创新，绝大多数"新"药，不过是对市场上已有的旧药做些微的变动，为的是抢占已经确立的有利可图的市场份额。最后，像辉瑞、默克、强生这些业界巨鳄，向上对国会施以献金拉拢游说，凭靠专利商标局授予的专利和 FDA 授予的市场垄断权长久牟利、打压对手，全然没有半分 fair play 以及探索创新的美国精神。该行业二十多年来的发展与其最初为人类研发和生产有用的新药的崇高目标早已背道而驰，现在已沦为一个卖药的市场营销机器，且所售药物的疗效令人生疑。

制药公司面向大众的广告也无可厚非。但是，如果把触角伸向医生与医疗机构，以教育或培养咨询师为名，行推广之实，就值得警惕了。就像许多其他行业一样，既当运动员（销售产品）又当裁判员（评价商品）是肯定会有利益冲突的。同时拉拢贿赂开处方的医生这样见不得光的行径也实在令制药业难堪。"这些药物推销员和解说员在医药界无处不在，他们通常都非常年轻，会迎合别人，他们在每一个稍具规模的医院里徘徊，寻找机会同医生搭讪，送出各种各样的礼物来为他们的工作铺路。"这些等而下之的手段，与少数见利忘义的医生一拍即合，达成共谋。我们知道药品由于消费的特殊性，是凭医生处方出货的，患者无权也无相关知识来选择药品，医院对用药、购药带有垄断性。在利益驱动下，开大处方、用贵重药、不合理用药和过度利用医疗设备检查的现象屡见不鲜，以药养医导致高价药反而好销。

《制药业的真相》戳穿了皇帝的新衣，而赤条条的制药业，反应似乎也颇为迟钝，真不知他们真实的谎言还要上演多久。掩卷遐思，不禁慨叹，史家司马迁在《货殖列传》中的开篇词："天下熙熙，皆为利来；天下攘攘，皆为利往"所言非虚，看得真切，可谓纵览古今，横跨寰宇。以往我们总认为美国的司法体系完备，西方的企业讲究社会责任，可前有安然一本呆账，后又是制药业骇人听闻的大揭底。实在让人觉得商业道德、商业操守不仅在中国是墙上画、壁上挂的东西，在西方月亮也未必是圆的。

一场跨国联姻的隐喻

10年前，一位杭州父亲将他如花似月的女儿，嫁给了法国豪门男子，并有一纸婚约。不能说父亲攀龙附凤爱财，当时他不缺钱。主要原因是：傍老外、招洋婿被认为是女儿吃香的标志。随波逐流之下，酒足饭饱之际，这门婚事也就定了。尽管婚约多有制约，比如送出聘礼后，女方一切财产归男方所有；岳父不得再生儿育女，若再生须征得女婿同意……但为了赶快成亲，父亲也不管这些了。

法国人浪漫多情。这门婚事后，法国女婿再与另一广东女子结合，"重婚"。但时隔不久，便弄得该女勤快的老父挥泪别家。有鉴于此，杭州父亲当时就说"我不会像他那样"！事实也是如此，当女婿想安插自己的亲信到老丈人身边意欲伺机取而代之时，都给警惕的父亲赶走。翁婿之间多年的交锋，都以强势父亲的威势不减而告结束。

问题是，岳父对女婿提防着，早就留了一手。女儿出嫁不几年，就开始私底下再生出小女儿来。几年来，小女儿的势力竟也可与大女儿分庭抗礼了。原来开只眼闭只眼的女婿现在终于"发调头"：把小女儿也嫁过来吧！聘礼极低。女婿说，你毁约超生，少开条件。强硬的老岳父回头道：免谈！女婿正色：你不从，我告你。岳父回击：以前的婚约不平等；如果这个女儿再给抢走，大不了再生一个，现在还来得及，再过 10 年可能就晚了……

这个纷争的现实版，正在激烈上演。故事中的女婿女儿分别是达能、娃哈哈，父亲叫宗庆后。广东女子即乐百氏。

宗庆后之于娃哈哈的重要性，相信大家都知道。没有宗庆后就没有娃哈哈！从杭州一个"找饭吃"的校办工厂起家，逐渐发展成中国饮料业的龙头。一个强势品牌、企业的成长，没有一个强人肯定不行！

几年前，一位杭州记者跟一位上海记者"别苗头"说，你们上海只有昙花一现的企业政治明星，没有真正的企业家，也没有大的全国性名牌。杭州有娃哈哈，你们上海有什么？想想也是：紧缺年代辉煌的凤凰、永久自行车名存实亡，早已躲进历史尘埃；改革时候与海尔几乎同时创立的上菱冰箱也已作古；宝钢中央投资；上海通用、上海大众是合资……屈指算来真也乏善可陈。上海记者一时无话可说，但并不买账说了句气话——有啥了不起？上海不出"标王"的！其时，娃哈哈刚勇夺央视黄金时段广告"标王"，杭州人大喜过望。上海人怎么反而瞧不上眼呢？事实上，"标王"之后往往没有几个有好下场。杭州记者竟一时气绝语塞。

娃哈哈与达能现在要撕破脸皮了。宗庆后两会期间写提案呼吁阻止外资吞并行业龙头，保护民族品牌，在媒体上很悲壮地说，中国人已经站起来了，不再受人欺负。向外大肆散发职工代表、管理层、经销商联名信，传达二点内容：一是合资不平等，撤销合资；二是不跟达能走，只拥护宗庆后的领导。达能讲，我们有合同，白纸黑字清清楚楚。商务部讲，内外资都要保护，按规则办事。

不容否认，上了年纪的宗庆后在调动舆论、聚拢人心壮声势、打民族牌以获政治支持和民心方面，可谓深谙国情。

可能只有政治才能挽救娃哈哈！百事可乐要收购达能，法国总理发话"不能收购"，于是终止。问题是由于多种复杂全面兼顾综合平衡考虑的原因,中国总理不会这样说。动用政府资源,打通高层关系,获取法律界、学者同声呼吁,然后,上面"发调头",惟如此,宗庆后才能遂愿。

记住:在中国,达能这样的企业注定得不到欣赏。一个外来户的霸道行径,有多少人会拍手称好? 赢了合同,输了名声,这是必然的代价。君不见,近年来为什么外资企业麻烦不断? 正是平时的官僚傲慢自大、双重标准、不尊重当地市场的一个个行为,造成了一种集体的反感,你称之为民族情绪也可以。在这种背景下,跨国公司的品牌一定会受伤。

在中国,少一个自己人掌控的民族饮料品牌,对于我们的生活不会有多少影响。但是,高歌猛进的中国经济领域,在越来越多的产业、民族品牌屡屡失守甚至最终消失得无影无终,多少有点悲凉。民族品牌得不到长大的机会,原因是什么? 大量的外资、合资产品充斥市场,自己的品牌少之又少,拿什么遗产交给下一代? 或者索性就不要留遗产,哪管得了身后事哪!

心中唤声"陆老师"

陆谷孙是复旦大学英语教授。不说校园里每当他开课学生听者众,不说他在全国英语教学界的显赫地位,单单翻翻手边的各色英语词典,"陆谷孙"大名赫然其上,这个也不说了。说陆谷孙英文好,大概无人否定。

不过有人讲,现在英文好的多着呢! 本科四年毕业,大多能开几句外语,"正楷不正楷"不去管,总之能交流,也能看几张英文报纸。外文好不稀奇,英语教得好的也多。不过,陆谷孙不但英文水平高,他的中文造诣也很深。不知大家发觉吗,近年来他陆续在报章发表了不少杂文、随笔、小文章。他的勤奋已使我辈汗颜。再说句不怕坍台的话,我等发现在他文章里竟有许多不识的汉字。肯定不是那种学究爱挖出来的冷僻字,而是用得很得体的一些字,新颖,生动,精辟,含义丰富。也不是我们忘了这些字词的读法写法用法,而是我们的语境中由于这些字词不常用而生疏了。我们不禁赞叹汉语里还有这等美字美词!看了他的文字,我的想法不再是要把英语学学精,而是心虚地想先把汉语弄弄透再说!

也有人讲,百家讲坛学者造星,讲得头头是道、写得有条有理的人多呢!有网络速秀写手,有码字的靠骂人来炒作但决不逾矩的,也有文风油滑文章不痛不痒甚至流于溜须拍马的。有些写国学新篇的到后来为现实服务,唱起了主调,风骨无存。也有在消解鲁迅,认为他不够张爱玲。鲁迅说杂文是匕首、投枪,现在变成是道具匕首、塑料枪,不碰要害,避重就轻,甚至拘泥于细枝末节。《新民晚报》林放仙逝多年,《未晚谈》无人接棒谈得下去,缺什么呢?

想到陆谷孙,我忽然发现他除了英文好、中文好之外,还有最可贵之处——敢讲!不提醒、不批判,怎么推动社会前进?这是真伪知识分子的分水岭。天下熙熙攘攘,若人人噤若寒蝉、不敢讲,苟苟于混饭吃、温柔乡,还有升官发财,所谓精英、精英,只有"精乖"了无"英气",这样社会总会缺"一口气"——一种浩然正气。勇气,气韵生动;心动,心唤"陆老师"。

畅销榜权威性有多高?

中国/上海何时有自己的权威榜单?福布斯、胡润等富豪榜人人耳熟能详,美国《商业周刊》与品牌咨询公司 Interbrand 合作推出世界品牌100强榜单,这些都有很高的权威性。由上海市商业信息中心主办的上海市场畅销品牌评选,从其公布的榜单来看,似乎毛糙了点。

上海市商业信息中心是隶属于上海市政府经济委员会的专业研究机构。照理,由它推出的榜单可以做到客观、全面、公正,逐渐打出自己的权威。不过,它的一项重要职能是为中外企事业单位提供咨询服务,而服务又绝不可能免费,在此情形下是否会惟"交费"是瞻？

据2007年畅销品牌公告上称，根据市场销售监测结果，在100种商品中共有500多个品牌在全市同类商品中销售额名列前茅。但公布的名单挂一漏万。

家电领域，东芝、日立、LG、夏普、索尼、三星、西门子、美的榜上有名，只是不知为何在公告榜上所占位置大小不一，有的占一格、有的占三格，是跟付费多少有关？被称为中国最有价值品牌的海尔竟然榜上无名，而渐渐被人遗忘的新飞冰箱倒赫然其上。在大小家电上都有不俗表现的世界名牌飞利浦也未上榜。红心牌小电器上榜啰，但此红心牌已今非昔比。原来上海家家户户有的红心牌是电熨斗，自从落败改制卖给民营企业后，红心牌已变身为电吹风、电磁炉、电饭煲，请问上海市场上有多少人知道红心牌这些新产品？SVA彩电由当年盛极一时的金星彩电变来，尽管曾作为申花俱乐部的大股东常在新闻里被人提起，但SVA电视机已全无当年金星的荣耀。在厨卫电器领域，能率、林内、樱花、帅康都上榜，"中国厨卫第一品牌"华帝未见踪影，上海市场卖得不错的老板牌也未上榜。

针织内衣三枪、菊花、Byford上榜。二十多年前买三枪、菊花内衣绝对上档次。三枪也出了个明星企业家苏寿南，后来随着企业家红火度下降直至销声匿迹，三枪等上海针织名品一直在沦落，直至最后沦陷。质量上不去，改变不了低档货的面貌。相反舒雅等外资品乘胜追击，反倒上不了榜。海螺衬衫、培罗蒙西服登榜。七、八十年代，只有出国人员才有资格定做一套培罗蒙西服，而且排队人多，工期长。普通人着一套培罗蒙真"扎台型"。培罗蒙开始大批量成衣生产，但市场已不认这块老牌子，培罗蒙远比不上人家杉杉的知名度，甚至有乡镇企业注册了"罗蒙"，明显傍"名牌"，竟然注册成功，而且现在罗蒙比你培罗蒙名气还响。海螺现在还有多少上海人以穿着它而感自豪？中山西路上有一幢辉煌时期造的旧楼，郊区的宝安公路上有迁过去的厂房，一代名衫就积累了这些可见的资产。夕阳西下，但它还在榜上！

不知喜来登皮鞋是何方神圣？它上榜了。登云、牛头牌、宝鸡这些老古董皮鞋没有上榜，它们已和凤凰、永久、上菱这些沪上名牌一样从人们印象中飘逝。苏北森达被收购，但确有一些深圳鞋商如百丽等牌子销售业绩斐然，但为何不登榜？

大帝豪钟表，相信也没多少人听到，不过也上榜了。尽管由于媒体的关注，胶州路上的手表厂门市部火了一阵，但放在篮头里卖的手表，肯定改变不了它的没落命运。曾经金光闪闪的上海牌、宝石花、钻石牌手表早已黯淡无光，普通商场柜台已无供货。不过，一些日本低档表、港台牌子手表销售可观。劳力士、Ω、雷达、浪琴、梅花表当然不可能纳入畅销榜，但 Swach 等时尚表总可以统计一下哇！

亚一黄金、东华美钻登榜，老庙黄金、老凤祥、周生生、谢瑞麟都没有上去。家纺有民光、福沁上榜，但畅销品远不止两家。民光堪称当年中国床上用品行业一枝花，今日已是日薄西山。福沁民企有冲劲，但规模不大。罗莱高举高打有目共睹；猫猫家纺也闷声大发财销售不错。牙膏只有上海防酸牙膏上榜，高露洁、佳洁士、中华、黑妹等都未露面，不知畅销牙膏都到哪里去了？洗洁精有家家用，不见白猫；糖果有大白兔，没有阿尔卑斯；牛奶有光明，看不到蒙牛、伊利；鸡精有太太乐，不见家乐、佛手；炒货只有天喔，没有阿明、洽洽、张生记；蜂蜜倒有几种：冠生园、百酿工房、蜂博士、鸿香源，后几种知名度不高，倒是畅销品？

葡萄酒只见皇轩，一概不见长城、张裕等产品；黄酒有石库门、君再来、沪牌，一律不写和酒、古越龙山、会稽山。沪牌讲：在上海有两个老大哥，第一和酒，第二石库门。阿弟上了，阿哥为啥不上？而且，上海市场畅销榜不要变成上海产品畅销榜，不能仅仅捧本地品牌。

这就是半官方机构评出的畅销榜。大家服气吗？可以看到：一、畅销榜有些产品并不畅销；二、有些畅销品登不了榜；三、显而易见不全面、不公正；四、品牌凌乱，权威性远远不够。联想到上海名牌、上海驰名商标、中国名牌、中国驰名商标评选。波士登还有个国内评出的"世界名牌"，真像马季相声里的"宇宙牌"香烟，让人笑掉大牙。中国品牌在世界上还不强，可我们助力品牌的榜单也不行啊！

·专注·

公关的演进

我们会经常反思一些本原性问题,比如什么是公共关系? 行业内众说纷纭,职业表现也有天壤之别。这时,回顾——对历史进程的倒溯,不失为一剂"家备良方"。

公共关系的演变,反映了它在社会中的演进过程,还显示出一个新兴职业作为组织管理功能所展开的努力。

强大的利益集团早在 20 世纪初就运用公共关系来为他们自己和垄断作防御,反对揭发丑闻的新闻记者和政府法规。重点在告知公众和影响舆论上,以防越来越多的商业管制。

随着美日参加第一次世界大战和伍德罗·威尔逊总统创建公共信息委员会,单向说服型传播占据主导地位。这个委员会由年轻宣传家担任职员,目标是通过全国范围的宣传把支持战争努力的舆论团结起来。在早期,公共关系采取新闻宣传来影响人。

今天,许多从业人员在为客户和管理者工作时,还把公共关系简单地看作是说服其他人的单向传播。公共关系创始人爱德华·L·伯尼斯在其有影响力的著作《舆论一致工程学》中将公共关系定义为:"诱导公众的理解和好意。"

在第二次世界大战后数十年间,公共关系定义包括双向传播和相互关系的概念,显示出对于这个功能的成熟看法。《韦伯斯特词典》中将公关定义为:"发展相互理解和善意的科学或艺术。"英国公共关系学会将这一功能定义为努力建立和维护"在一个组织及其各类公众之间的相互理解"。20 世纪 80 年代也有另外一种形式来表述,即"一个组织和其公众之间的传播管理"。

《舆论学季刊》创始人哈伍德·L·蔡尔兹得出的结论是,公共关系的本质"不是某种观点的陈述,不是调和心理态度的艺术,也不是发展热忱而且有利可图的关系",与此相反,其基本机能是

"按照公共利益协调或者调整在我们个人和企业行为中那些有着社会意义的方面"。简言之是帮助组织适应环境。

总之,单向的公共关系概念几乎完全依赖宣传和说服性传播,典型地表现为新闻宣传。双向的概念则强调传播的相互交流、相互关系和相互理解。一种扩大的双向概念包括组织调整在内,给公共关系增加了咨询管理和矫正的内容。

新闻代理的真谛

在好莱坞直到现在仍充斥着许多宣传员,他们被称作新闻业务代理人,其工作非常简单——就是让演员、客户的名字不断地在报纸和电视等传媒的娱乐"星"闻上出现,将那些知名与不知名的、如日中天的与过气的大小明星推向注意力中心,变成好莱坞话题。从某种程度上说,大众传媒的报道授予他们一种地位。

新闻代理人试图吸引大众注意力的愿望要大得多,新闻宣传是他们的主要战略。议程设置理论认为,传媒对于某一话题和人物报道数量多少,随之决定相关话题和人物在公共议题上的相对重要性。

按照有些人的看法,新闻界的报道不一定非得是正面的。例如,瑞典阿斯特拉制药公司宣布解雇它的美国营业处负责人和行政官时,受到广泛报道,那些被解雇的官员被指控为"有组织的性骚扰典型"和贪污受贿。阿斯特拉在解释时认为:"发生性丑闻并不好,但是这也有助于我们在美国传扬阿斯特拉的名字,而不需要支付昂贵的广告费用。"这当然不是把名字传出去的最佳方式,但它还是有效的。

新闻业务代理在商业、娱乐、体育等领域中发挥着重要的作用,在政治运动试图提高知名度并通过媒介曝光吸引庞大受众的过程中,扮演着重要角色。成功的新闻代理人,使四年一次的现代奥林匹克运动会成为全球性事件,使迈阿密海滩成为知名旅游胜地,使迪斯尼成为欧美人的休假目的地,使微软的每一次新产品发布在市场上"未现先热"。

在中国,一个导演、演员、歌手等明星的收益能力,也开始有力地归功于新闻代理人进行新闻宣传的程度,也许这与专业能力同样重要。一个嘉宾在一个流行谈话节目中抛头露面,开始其职业生涯,也许不仅反映了这个嘉宾的才能,而更多地反映了其新闻代理人的工作能力。

新闻业务代理长期、持续地创造一系列有新闻价值的报道和事件,以吸引媒介的注意力并获得公众的关注。这正是新闻代理的真谛。

为 公 关 正 名

长久以来对公关有些片面看法,比如说那是一种交际,或招揽生意或拉扯关系,仅此而已。最等而下之的莫过于电线杆上黑广告里竟也堂而皇之"急招公关",这都是极为庸俗、狭隘的。公关的流传要归于广东一部电视剧《公关小姐》,误读也由此产生,公关被异化为"攻关",渐渐远离本真。

公关的全名是公共关系,如同小时侯有人叫乳名、小名一样,公关也只是对公共关系这一职业的简称,它其实是一项非常专业的维护企业、机构与公众双向交流的组织功能。即便在当今的公共关系实践中,公关的泛化倾向也一直没能得到很好的纠正,认为公关就是热闹,只看到——请明星做代言人时镜头前闪光灯下的排场、拼命作秀的架式、写写弄弄发发广告文章的"数字数公关"……还有种论调,公关人士就是穿梭头等舱、出入皆宾馆的"飘"一族。须知,公关岂止在酒店。

公共关系可以给企业带来良好的生存环境,更多的在于持续沟通。战略、计划、执行、把握时机,是一个常年公共关系成功的基石,涵盖了正面的信息传播与危机预警管理等诸多方面。人,没有灵魂如同行尸走肉；公共关系，没有"灵魂"如同花拳绣腿。一旦宣传策略"出窍"，再咄咄逼人的气势也无济于事。在中国，呼唤真正的公共关系。

公共关系是重要参谋

公共关系是企业和组织几个参谋职能中的一个，它要为领导和 CEO 出主意，提供支持。参谋模式最早来源于军队，但现已通用于大多数组织中。企业里的职能包括：技术、生产和市场营销等。参谋职能包括：金融、法律、人事和公共关系等。一个成功的公共关系主任应该成为参谋、副总裁。

随着现代企业经营规模和复杂性的增大，参谋变得越来越不可少。CEO 拥有决策的权利和责任，但他们需要从参谋那里得到定计划、出主意和提建议等方面的帮助和支持。参谋是必不可少的"水龙头"，而不是高阁上的摆设，参谋总在作贡献。在公共关系中他总在花别人的钱，总在为别人做事，或为他们欢呼，或为他们撰写一篇东西，或制作一个出版物，或探讨一个题目，而不是自己的题目。一位理想的公共关系参谋应该是：诚实可信，谨言慎行，具有扎实的分析能力并且对于核心业务和各类关键公众有着全面的理解，具有避免其他成员说出或做出任何有害于企业组织利益的言行的影响力。

公共关系参谋则对 CEO 们寄予期望：积极地领导公共关系，支持传播政策，提供开展工作的足够预算，包括充分的舆论研究、问题分析、项目评估资金，并且有求必应。CEO 决定基本原则，确定航向。决策也许产生于一个统一的意见，或由 CEO 从各种选择中做出，最终的决定是 CEO 的职权。在内外部关系上，公共关系都在规定的范围内运转。由于公共关系是越来越重要而且核心的职能，有相当的公共关系参谋已获得职位晋升，甚至成为 CEO。在一次强有力的危机公共关系管理之后，英雄显出本色。公共关系与工程技术、市场营销、制造部门有着同样的威力,有时有过之而无不及。公共关系参谋越来越多地参与制订决策,有些人最终开始主持这些决策会议。

公关专家肖像

1. 敏感。绝大多数成功的公共关系人员都处于紧张状态,尽管有时并不总是那么明显,但越是紧张,状态越佳,他们通过直接的行动来求得解决办法。2. 主动。通常在形势发生变化前采取立即的行动。他们尽量提出解决问题的建议,预测、适应变化,领导公共关系。3. 好奇。公共关系专家爱追根究底,学习一切可能得到的有关产品、服务或客户的东西。因为公共关系还不是一个准确的科学,常常必须试用许多方法,只有依靠坚持不懈和智慧来解决。4. 活力。他们快速地工作,不害怕承担意料之中的风险。这是一种非常重要的个性,大部分从业人员都受到问题有待解决的刺激,为了工作他们必须一小时接着一小时。5. 客观。公共关系人员必须尽可能客观和讲究实际,尤其需要有出色的判断。他们必须知道做什么和说什么,以及什么时候做和什么时候说,他们必须具有时间意识,他们必须具有高度集中和注意错综复杂细节的能力,以及敏锐的观察能力。6. 灵活。公共关系专家具有从别人例如客户、CEO、记者编辑、受众的角度观察事物的能力。7. 服务。具有一种想要帮助别人的自然愿望,对于其他人的成功感到由衷的高兴,这是服务行业的一个主要动机。8. 友好。公共关系人员总体来说是亲切、友好且真心实意对他人有兴趣,能维持广泛的个人接触。9. 才能。他们是多面手,具有冒险精神且对整个世界抱有兴趣,他们能集中注意力于各种各样的主题,快速地适应新任务及多种客户的问题和需要。10. 舍我。大多数从业人员不喜欢出风头,一方面自己在后台发挥作用,一方面把别人投影成为众人注目的中心,这是最优良的品质之一。

面对不可控的媒体

公共关系媒体最大的特点是不可控性。在广告中,企业可以完全控制所要传递的信息和发布时机,购买媒介时间和空间。而在公共关系中,企业对信息的控制度较低,一般只能依靠争取媒介报道率,对媒体报道的角度及立场,则更难把握。而媒体是所有公共关系活动中不可缺少的公众。媒介关系处理的好坏决定着公共关系的成败。如何在不可控的情况下,使媒体作出有利的反应,是值得每个企业深思的。

回想当年,美国炸毁了中国驻南斯拉夫大使馆,不仅严重侵犯我国领土,还造成人员伤亡;但当时外国(除中国)媒体并没有作出太多有关美国的负面报道,而美国坚称这次事件仅是"意外",是"判断的错误",这一借口成为相当一部分人的观点。

冷战虽已结束,但东西方阵营意识形态领域对峙远未消失殆尽,中国国际影响还有待提升。我国政府还没熟练地运用公共关系来处理和不可控的外国媒体的关系也是一大原因。一旦未能建立有效的传播途径、传递真实的消息,谣言就会乘虚而入,造成外部公众的错误认识,这使中国的形象面临考验。

就中国政府来说,它能控制国内媒体的新闻导向,使其为自身服务,但是它不能控制外国媒体。同样,就企业来说,形象的树立也存在着风险,企业不能依靠政治力量来控制媒体,媒体对企业的报道完全是从自身角度出发,根据自身对企业的认识及评价作出的。于是企业的信誉、形象不可避免会受到媒体报道的左右。共同的本质是,媒体报道的不可控性,能对组织产生巨大影响,特别是消极舆论会造成极大危害。因此,媒体的不可控性,必须成为企业关注的焦点。在企业公共关系中,必须有预防意识,重视对不可控的媒体环境的监测,妥善处理和它的关系,以便在关键时刻得到支持。

正确对待媒体曝光

一旦被媒体曝光,首先不必惊慌,要有正确的认识。因为并不是所有的媒体曝光都提示有危机,还有功能性的媒体曝光的存在,后者又可以归纳为一过性媒介关系失调,它是完全可以恢复正常的。例如在过度松懈、剧烈竞争及监督抽查后出现的偶发性例行性媒体曝光,就是这种情况。

对那些遭受非功能性媒体曝光的企业来说,也不要因此背上思想包袱,要明白不是所有的媒体曝光都是有危险的,而媒体曝光也是可以控制的。实践表明,违反法律法规、损害消费者利益、片面追求经济利益、污染环境、破坏生态、恶意逃避债务、治理结构不完善、不能准确及时全面披露相关信息等,本身就可导致或增加媒体的曝光;遵纪守法、以人为本、重视社会效益、坚守道德底线,成为一个良好的企业公民,正确的态度将会减少或消除媒体曝光的发生。

出现媒体曝光后,要全面彻底地检查和审视,由公共关系专家来寻找"病因"。了解公司传播系统情况,讨论媒体曝光的危害性,找出正确对策。

媒体曝光是不可避免的,这是由新闻媒体的本质所决定的。一是由于媒体与企业之间基本上不存在明显的利益关系,即使一家企业与一些媒体的关系十分"暧昧",但这家企业不可能收买所有的媒体,也不可能收买一个媒体的经常打交道的条线记者外的其他所有记者,因此媒体的独立性相对得到保证;二是媒体的生命力最终来自新闻报道的可信度和准确性,因此"求真"成为大多数媒体的追求;三是媒体拥有敏感的嗅觉、究根寻源的职业习惯、无处不在的网络优势以及法律赋予的特别权利,这些都为媒体曝光创造了条件。

还必须指出,有许多媒体曝光不必理会,而只要针对其出发点,对症下药,冷静处理,往往收效很好。要尽量防止一发现媒体曝光就马上双脚跳、老虎屁股摸不得、盲目交涉、激烈反驳、连忙声明等过激反应,这样对危机处理常有害无益。因为许多媒体曝光并不会造成严重的舆论动力及改变,本身并不需要处理。还有许多危机处理都有不同程度的不良反应,其中包括导致严重的媒体曝光。所以抗媒体曝光的危机处理不一定对每个企业都有益。至于被媒体曝光的公司是否需要进行危机处理,应该由公共关系专家综合考虑舆论环境后再决定。由公共关系专家制订危机处理方案后,应遵循公共关系策略努力执行,切不要随意为之,以免影响声誉修复。

外 聘 的 理 由

如果自己能做,为什么还要请别人做呢?的确,有时外部公司有许多优势:你的职工因工作忙而没有时间去做,你不想成立单独的公共关系部门,也不想增加营销部门的公共关系人员或给本已超负荷工作的企业内公共关系人员再增加工作量,一个明智的办法就是外聘。这样做增加了你与外部专业知识的接触,同时又解放了企业职工,使他们能集中精力于主业上。

有些企业外聘,是为了获得新鲜的观点及原创思维。企业内职工因长期从事某一种工作,而不识庐山真面目。而外部公共关系专业人士能从更大范围去考虑,形成创造性思维流,以制定出极佳的挑战策略。

外聘的另一原因是企业可从外聘公司的媒体关系中获益,如果你想这么做,一定要知己知彼。如果一个公共关系内部做很难达到你的要求,而且你感到支付得起外聘费用,那你就聘请代理。如果你每月在公共关系上花费达三万元或更多,就考虑聘请代理。或许只需最少的钱,就能带来可观的收益,即使是聘请最小的代理公司。当你试图降低成本时就不要聘请代理,外聘一般都会比自己做成本高。因为"没有时间自己做"时，不要独立地聘用一家代理公司。代理公司固然会省出时间让你去做其他工作，但当你聘请一家代理公司时，你只想得到创造力，而实际上也同时包括了公共关系专业知识，这无形中就加大了聘用成本。如果公司市场营销刚起步，就聘请代理。如果想通过代理的服务提高自己优势，就聘请代理。如果想得到新鲜的思想、外部信息及富有创造性的方法，就聘请代理。如果在制定宣传计划、新产品介绍及目标市场选择上需要帮助，就聘请代理。一项事情的"第一步"聘请代理去做。

如果你认为只有你知道宣传企业的最佳途径，在这方面外来者永远不能提出好建议，那就不要聘请代理。

理发店前的转筒

以前的理发店，现在大多数更名为美容美发厅，豪华了许多。在马路上经过时，总会看到它们有一个差不多统一的标志——转筒。对，摆放在每家理发店门前的转筒。只要营业，这个转筒灯箱就会一天到晚开着，晚上点着灯，红白蓝相间的斜条纹缓缓转动，慢慢上升。这是理发店前的典型风景。

旋转的转筒，只是平转，没有向上转，却给人一种"不断上升"的动感。这是视觉诱导的结果，跟催眠术有相通相似之处。在传播上，正面宣传就有同样的"误导"作用，它给人带来积极、光明、向上的心理暗示及感受，尽管这与实际不一定吻合，但人心向往开心，加上它的功利性，正面的东西还是非常有市场。

在理发店前转动的转筒，我们知道它并没有上升。现在假设一下，在天空中，周围全无遮凭，有这么一个转筒同样在旋转，那会给你什么视觉效果？毫无疑问，"千真万确"，转筒在不断升腾。为什么一样情况，地面、天上效果迥然不同？天空中没有任何参照物，它"呈现"的状况，就"是"真实的状况。向上就是向上，没有一点反驳的理由。这给我们带来启发，在一个信息流动系统内，如果能够处理成近似"天空中的转筒"那种类"真空"状态，其宣传效果是不言而喻的。要风即风，要雨即雨，产生出理想条件下的线性关系。这时正确的"导向"格外发生作用，良好的舆论氛围确能营造出来。但一旦有参照系出现，"上升的转筒"即会原形毕露，因为它并没有上升，只是一种错觉。"正面宣传"同时或之后，一旦有反面信息出现，那"反面"将快速、大量地抵消"正面"。这正应了古语所说的"好事不出门，丑话传千里"。虚假的"正面宣传"会受到"真实"的抵消。如果不能处于真空状态，虚假的"正面宣传"犹如肥皂泡，持久力不长，瞬间即破，并显露出它的滑稽性。要使"正面宣传"得以成为"事实"，就要：一、不断地"正面宣传"，像转筒一样不断地"向上转动"；二、排除参照系。

理发店前的转筒有许多参照物：地面、墙壁、玻璃……正因为有了这些，我们才感知到，尽管门前的转筒一直在"向上、向上"，但毕竟没有"飞天"；宣传也有许多参照物：事实、其它信源、曝光……正因为有了这些，我们才感知到，尽管舆论机器一直在"转动、转动"，但毕竟没有"天花乱坠、信以为真"。

在混沌、非线性、不可预测的舆论环境中，我们赋予公共关系的功能之一就是——保持接通电源，让"理发店"前的转筒一直"向上转动"。转筒在动，路过的人就知道："噢，店开着，可以进去理发。"

好 新 闻 稿

有创意的新闻稿件要比那些常规的稿件有效得多。常规稿件只是就某件事情做做表面文章，对于发布新闻的企业来说可能很重要，但是对于媒体和大众来说却是乏味的。写常规新闻稿件的原因无非是有事情发生了，公共关系人员研究一下，找一个主题然后写出来。

有创意的新闻稿件有一个"诱饵"——某一角度或某一倾向能够吸引媒体（这样他们才能发表它）和大众（这样他们才会去读

它）。'我们使用"创造性"一词，是因为宣传员（取代公关人员现在实际的工作方式）既要创造，又要有助于形成故事诱饵——不是明显来自事情自身的创意。

但独创性新闻总是建立在真实素材基础上的，是一个真实的事件、重要的信息或其他内容。如果只是一个空"鱼钩"，即使消息引起了注意，也不会有很好效果。然而，一则有效的新闻稿不应以产品或公关人员关注的东西开头，而应吸引大众——出版物和网络的读者或广播电视的听众观众。有太多的人从产品制造者的角度来写新闻稿，他们只关心公司和它的管理，一篇又一篇不停地写。

之所以这样做是出自一个错误的认识，即认为其他人和你一样关注你及你的公司（实际上，这并不是事实），或者过分以自我为中心。主管经常要求公关部门或代理公司写一篇关于某人成就的文章作为对此人的认可或奖励。这可能会拔高主题，但编辑根本就不关心这些，当然结果也不会是你所期望的。像任何有效的销售手段一样，好的公共关系应把注意力着重放在大众而不是产品上。只要公共关系在进行，就不要考虑什么对你是重要的，而应多想想什么对大众是重要的。他们的问题是什么，他们的需求是什么，他们最想知道什么？他们需要什么样的信息、建议、产品、服务、消息来提高他们的生活水平，来使他们的工作更好，来节约时间和金钱？你有什么样的信息是他们想在杂志上读到、网上看到、广播里听到和电视里看到的？

一篇新闻稿件不应该仅仅以客户为中心或者满足他们内部的要求，而是应把新闻限定于某个主题上。当一则新闻吸引了媒体的注意，激起了大部分读者听众的兴趣时，才算真正成功。

公 关 当 自 重

公共关系早已成了大家都知道的行业，但照现在某些情形看,公关有可能被描绘成"颠倒黑白的代名词"。每当产品被暴露出致命的安全、健康隐患时,所涉企业的公关部门首当其冲被推向前台,公关总监粉墨登场。特别是那些跨国公司反应神速,立即向媒体书面传真,郑重辩白——"这只是供应商、原料所造成的"、"我们是合格的、清白的!"

后来事实又证明远非那么简单,往往夹杂着推卸责任、避重就轻、掩饰及不完整的信息等。至此,这些"官僚外企"中的"公关官僚"的角色已显得十分滑稽!公共关系——这一神圣的具有百年历史的职业,从而毋庸置疑地处于越来越被轻视的境地!

有关特富龙涂层安全性的风波,美国环保署科学委员会的评估报告结论是,全氟辛酸铵对人类有潜在的致癌作用。然而杜邦却开始在全美各报大做广告。在我国,杜邦公关发言人也在郑重声明:特富龙涂层是安全的。并重申,特富龙不是全氟辛酸铵,没有任何研究明确显示接触全氟辛酸铵与影响人类健康有关联。在对特富龙铺天盖地、已几成事实的负面报道下,还敢于逆境求生、凛然自辩,杜邦的公关堪称"艺高人胆大"?

同样,当索尼数码相机被检出质量问题后,该公司公关部人员迅速向媒体发去正式书面声明,声称"由于传统相机与数码相机在市场上并存,一些测定指标也存在差异"。然而国家照相机质量监督检验中心又参照索尼自身标准复检,结果仍不合格。这时索尼公关部又解释:由于工作人员疏忽,"向检测部门提交了与实际不完全一致的企业标准数据",从而导致产品被判定为不合格。在这种不能自圆其说、反复的推诿抵挡之间,已迅速丧失了一个知名企业公关人员的职业风范。

如今都知道:媒体是影响任何一个公司外界形象的最重要因素之一。每个公司都在追求自身企业在媒体上积极正面的形象,都在充分运用公共关系打造声誉,但仅凭正面媒体形象并不能完全保证你平安无事。正如"恶棍"不可能成"君子",媒体形象还需要有良好的企业行为来支撑!没有"良行",何来"良言"?公关注重"说法",更注重"做法"!

特别当一些民生产品发生重大问题时,若一味只顾保住市场销售而不整改,态度"诚恳"但狡辩、决不认账,从不考虑消费者的利益和感受,只让他们担惊受怕无所适从,这样媒体再怎么宣传也不能挽救其企业形象上的失分,并最终影响公司经营业绩。大做广告,花好稻好,滴水泼不进,真的"谎言千遍变真理"吗?企业应认识到,公共关系最终是为公众利益服务,并非仅为自己获取私利,至少也要让企业商业利益与公众利益时时保持一致。而当事的公关从业人员应谨记不仅仅对发薪水的老板负责,更要怀揣敬畏之心与职业精神,执业当"慎"!

国家形象 匹夫有责

2011年1月,胡锦涛访美前一天,中国在纽约时代广场大屏幕播放国家形象宣传片。

请来约50位科技界、体育界、金融界、文化界、企业界名人,与中国普通民众一起,诠释当代中国形象。宣传片中这些代言人都面带笑容,看上去非常幸福。

这令我想起"白岩松之问"——你幸福吗?这是他的一本新书的书名。这次他的同事水均益也成了形象片代言人。

作为中国知名媒体人,水均益以视野开阔、外语好、采访松弛、反应敏捷而受人喜爱。

记得第二次海湾战争爆发前夕,他代表央视去采访。随着战争临近,人员都在撤退,但也有国际新闻媒体不惧危险留守巴格达。而水均益却出现在大撤退的洪流中,尽管撤退中还在公路旁做了一些现场报道,看得出他很恋恋不舍。任何一个新闻人都知道,这是在远离新闻现场。

战争打响后,凤凰卫视间丘露薇冒着危险进入巴格达,采访前线新闻,使她扬名天下。从事新闻报道,如果时时刻刻想着"保身家"，就体现不出敬业精神和勇气。

媒体影响力从何而来？从业者行为很能说明问题。这既是媒体形象，也是一种国家形象。

国家宣传片能够奏效吗？

这种广告片恐怕不符合西方观众的收看习惯，不会引起他们的兴趣。在全球，国家宣传片成功的例子很少。美国人很少关注这种广告，他们要看《美国偶像》之类的。如果带着对中国的负面思维定势来看这些片子，就不会轻易认同，甚至会给出不好的评价。

播放中国形象广告，当然需要一笔数额不菲的费用。据说，国家已在形象宣传上投资数十亿美元。

谈判、开会的会议室，永远都是簇拥的鲜花、考究的地毯、大会议桌和真皮老板椅。以会场的气派和奢华程度来看，中国哪像一个发展中国家？把这种讲排场的钱省下来，给山区孩子配备好的课桌椅，改造教室危房，不是更能体现国家形象吗？

西方媒体尤其美国主流媒体，占据了全球舆论制高点，提供西方和美国式思维与观点。

近年我国不惜投入重金，营造良好的舆论环境，发出中国声音。如央视将自制节目出口海外；还在全球开播多种外语频道；和新华社、《人民日报》等中央媒体一起，在世界各地开设记者站和演播中心；在海外广泛兴办孔子学院，推动中文教学，宣传中国文化等。

但花巨资打造国际一流媒体，争夺话语权，与西方媒体平起平坐，是一个漫长的过程。即便这些"走出去"的媒体所采播的新闻，受众也大部分只是国内读者观众和国外的华人华侨，远远谈不上影响老外的看法。更饱受诟病的是，中国媒体被认为是官方媒体，不会被外国媒体作为信息源。

CNN 知名主持扎卡里亚认为,中国应该鼓励高级官员多接受媒体采访,"只有这样才能把一个可信、客观的中国传递给世界"。他在 2010 年采访温家宝之后,就撰文驳斥美国流行的"中国汇率操纵抢走美国就业"说,文章发表在《时代》周刊。扎卡里亚 2007 年位列《外交事务》杂志评出的世界百名杰出公共知识分子之列,像这种在美国最有影响力的新闻人和新闻媒体,就是我们国家公关重点。另外如布鲁金斯学会等智库以政策研究为核心,以影响公共舆论和公共政策为目的,因此,加强与这类机构的中外学术交流,也是一种有效的国家公关。

尊重国外受众心理、尊重国外传播规律,用人家能够接受和理解的方式与途径来表达中国。中国外交官虽然是出名的客气,但他们不习惯接受西方媒体采访。另外采访费周折,要跟好多部门打交道,也影响了与媒体的交流。让外界多听听中国的立场,对国家形象只有好处。为了改变西方对中国的误解,最有效的方式是让我们的高级官员多接受西方媒体的采访。

温家宝在汶川地震后第一时间飞往灾区视察,充满人性,有力地塑造了政府形象。记得他刚就任总理时,一旦发生重大矿难,他必亲往现场,告诫"我们不要带血的煤"。

资料显示,美国伟达公关公司是第一家被中国政府聘用的外国公关公司,1991 年曾受委托负责在美国国会游说,争取给予中国最惠国待遇。后来 2008 年北京奥运会、2010 年上海世博会的公关顾问都是这家公司。

美国的广告、公关公司负责中国政府的大项目,似乎成了惯例。它们都是国际大公司,有国外运作经验,找它们保险,这是对的。但何时生意给自己人做,由我们国内的广告、公关公司来运作此类项目呢?

一个强大的中国,不仅是扮演到处撒钱的财神爷角色,也不是让新华社、中央电视台遍地开花,到国外多开办事处,而自动晋升为国际媒体。在中国企业走出去的过程中，必须使中国人的会计、律师事务所、广告、公关等专业服务得到同样的发展，这才是均衡的。

制作国家形象片的上海灵狮广告有限公司也是一家美资公司。它拍摄的国家形象宣传片中有一部长片展示中国的和谐发展：在鱼鹰捕鱼的画面外，引用"不涸泽而渔，不焚林而猎"，来说明中国自古以来重视人与自然的关系。

然而，央视《新闻调查》节目有一期报道《淮河源的创伤》：在河南省桐柏县淮河源头的山上，近些年来在城市建设需要大量绿化、大兴花木基地建设的热潮中，一些大树从山上被盗伐移植卖钱，甚至连千年皂角树也被挖掉，导致淮河源变成荒山、光山，这哪是可持续发展呢？

我们为什么怕形象不好？改变对中国看法，需要改变哪些看法？

推广国家形象，不能自娱自乐。没有明确的目的，仅仅是模糊、空洞、简单地让人认识"中国"两字，为形象而形象，如女人化妆一样恐怕不好。

如果是为推动旅游，增加外国人到中国看看的愿望，就要塑造中国旅游整体形象，加强旅游对外推广，把丰富的旅游资源介绍给海外。广告后还要评估，吸引多少游客到中国来了？增进了多少旅游收入？

2009年底"中国制造"形象广告在CNN亚洲频道滚动播出。既然要拿到国际上去播，影响世界的看法，不知为何要放在亚洲频道，难道仅仅只想影响亚洲，或者放在亚洲给自己看？

日本前首相中曾根康弘曾说，国际交往中"索尼是我的左脸，松下是我的右脸"。美国的微软很"硬"，苹果很"甜"，脸谱很"熟"……如果我国能多一些有如此影响力的国际品牌，无疑会为中国形象加分。

我们是美国第一债权国,胡锦涛访美签下 450 亿大单,中国是一个大主顾。更何况美联储将美元大幅贬值,我们也从不叫冤,一直谦谦有礼温文尔雅。

人是一个国家最生动的表情,要塑造中国政治进步、繁荣民主、文明开放的国家形象,不能单靠精英人士来代表国家形象,最首要的是提升普通民众对国家形象的认同感。

在经济发展和 GDP 增长的同时,增加国民的真实幸福感,这不是一部形象宣传片能够改变的。

在胡锦涛访美同一天,温家宝主持国务院常务会议,审议通过《房屋征收与补偿条例(草案)》,民怨沸腾的行政强制拆迁被取消,这何尝不是一种国家形象?

后　记

母亲一直说"不要看人挑担不吃力"。

每看一本书之后，觉得写得好与不好，总是最有发言权的。评论别人，比较容易。轮到自己写时，才感到不易。特别是刚开始写了一点，遥望后面一片无际的空白，似乎坚持不下去了。尽管十多年的从业经历实实在在地放在那里，不会跑掉，只要记下来即可。但时光流逝，完全再现往日细节，谈何容易？我不得不凭着点滴记录，昏天黑地眼飞花，直到将本书所有文字整理完毕。

这不是严格意义上的自传，未涉笔我的出生、求学、成长、早期工作、生活等方面，即便是这样聚焦"公关从业阶段"，也是粗枝大叶的，只选取了片段，远谈不上是翔实丰富的"画卷"。

历史是不是由我们创造？那就先从记录历史开始吧！

写作本书，首先要感谢我公司的同事，一路上有你们同行是我今生最欣慰的事之一；其次我要感谢客户朋友，你们每个人的音容笑貌常在我脑海浮现，没有你们就没有我这里的故事和思想，书中记载的均是我所见的凡人凡事，可能没人为你们记录，那么我来记，若"画得不像"请包涵；还要感谢新闻界的朋友们，我是从新闻界跳出来的，深知你们每天采编节奏的紧张，对书中引用到稿件的作者表示谢意；最后要感谢读者，正如费玉清演唱会上常说的"又让你们破费了"，谢谢你看了这本书！

陆仲阳

2011 年 2 月 14 日假日酒店办公室

图书在版编目(CIP)数据

公关是种信仰：一个公关顾问的职业经历/陆仲阳
著. —上海：上海三联书店,2011.6
ISBN 978-7-5426-3590-7

Ⅰ. ①公… Ⅱ. ①陆… Ⅲ. ①公共关系学-文
集 Ⅳ. ①C912.3-53

中国版本图书馆 CIP 数据核字(2011)第 103619 号

公关是种信仰——一个公关顾问的职业经历

著　　者 / 陆仲阳

责任编辑 / 叶　庆
装帧设计 / 鲁继德
监　　制 / 任中伟

出版发行 / 上海三联书店
　　　　　(200031)中国上海市乌鲁木齐南路 396 弄 10 号
印　　刷 / 上海展强印刷有限公司

版　　次 / 2011 年 6 月第 1 版
印　　次 / 2011 年 6 月第 1 次印刷
开　　本 / 850×1168　1/32
字　　数 / 220 千字
印　　张 / 8.375
书　　号 / ISBN 978-7-5426-3590-7/G·1157
定　　价 / 25.00 元